La amante

Danielle STEEL

La amante

Traducción de
Nieves Calvino

PLAZA JANÉS

Título original: *The Mistress*
Primera edición: diciembre de 2018
Segunda impresión: junio de 2019

© 2017, Danielle Steel
Todos los derechos reservados, incluidos los de reproducción total o parcial en cualquier formato
©2018, Penguin Random House Grupo Editorial, S. A. U.
Travessera de Gràcia, 47-49. 08021 Barcelona
© 2019, de la presente edición en castellano:
Penguin Random House Grupo Editorial USA, LLC.
8950 SW 74th Court, Suite 2010
Miami, FL 33156
© 2018, Nieves Calvino, por la traducción

Diseño de la cubierta: Penguin Random House Grupo Editorial / Gemma Martínez
Fotografía de la cubierta: Candado: © Peter Dazeley / Llave candado: Thinkstock

ISBN: 978-1-949061-50-5

Impreso en Estados Unidos – *Printed in USA*

Penguin
Random House
Grupo Editorial

Para Beatie, Trevor, Todd, Nick,
Sam, Victoria, Vanessa, Maxx y Zara,
mis amados y maravillosos hijos;
que toméis buenas decisiones,
y si resultan no serlo, que tengáis
la sabiduría y el coraje para cambiarlas.
Que seáis felices y estéis a salvo,
rodeados de personas que os quieran
y os traten bien.
Que vuestros caminos sean fáciles
y abundantes vuestras bendiciones,
y ruego que siempre, siempre sepáis
y recordéis cuánto os quiero.

MAMÁ / D. S.

1

Anochecía un cálido día de junio mientras el enorme yate *Princess Marina* permanecía fondeado frente a la costa de Antibes, en el Mediterráneo, no lejos del famoso hotel Du Cap. El yate, de más de ciento cincuenta y dos metros de eslora, estaba a plena vista mientras los marineros de la tripulación, compuesta por setenta y cinco personas, frotaban las cubiertas y eliminaban el agua salada, como hacían al final de cada jornada. Al menos una docena de ellos se ocupaba de limpiarlo con mangueras. Cualquier observador podía hacerse una idea de lo enorme que era al comprobar lo diminutos que parecían los marineros de cubierta desde la lejanía. Había luz en el interior, y los habituales de aquella parte de la costa sabían qué barco era y a quién pertenecía, a pesar de que había varios fondeados en las inmediaciones que eran casi tan grandes como aquel. Los yates supergigantes eran demasiado grandes para atracar en el puerto, salvo en aquellos lo bastante amplios como para alojar cruceros. Atracar un barco de semejante tamaño en puerto no era un asunto trivial, independientemente del volumen de la tripulación o de cuánta experiencia tuvieran pilotándolo.

El propietario, Vladimir Stanislas, poseía tres yates de un tamaño similar repartidos por el mundo y un velero de casi noventa y dos metros que le había comprado a un estadounidense y que raras veces utilizaba. Pero el *Princess Marina*, bautizado así en honor a su madre, fallecida cuando él tenía catorce años, era su barco preferido. Era una exquisita isla flotante de ostentación y lujo que le había costado una fortuna construir. Poseía, además, una de las villas más conocidas de la costa, en Saint Jean Cap-Ferrat. Antes había pertenecido a una famosa estrella de cine, pero no se sentía igual de seguro en tierra, ya que los robos y atracos a las grandes villas eran habituales en el sur de Francia. Cerca de la costa, con la tripulación para protegerle, un arsenal de armas a bordo y un exclusivo sistema de misiles, se sentía seguro y podía cambiar de lugar con celeridad en cualquier momento.

Vladimir Stanislas era conocido por ser uno de los hombres más ricos de Rusia y del mundo, con el monopolio de la industria metalúrgica que el gobierno le había concedido hacía casi veinte años, gracias a los valiosos contactos que desde la adolescencia había cultivado con personas clave. Una considerable suma de dinero cambió de manos en un momento crucial y había amasado más de lo que nadie habría podido imaginar o incluso creído posible.

Su imperio abarcaba importantes inversiones en el sector petrolero e industrial en todo el mundo. Costaba imaginar la cantidad de dinero que Vladimir había amasado y tenía a su disposición. A sus cuarenta y nueve años, se le estimaba una fortuna declarada de entre cuarenta y cincuenta mil millones de dólares en negocios e inversiones. Mantenía una estrecha relación con altos cargos del gobierno, incluido el presidente ruso y varios jefes de Estado. Y el fabuloso yate que relucía como una joya al atardecer era solo un pequeño símbolo de sus contactos y de la magnífica destreza en los negocios que tan buenos resultados le había dado.

Vladimir era admirado y temido a la vez. Lo que había logrado durante diecinueve años como figura destacada en el sector industrial ruso le había granjeado la admiración y la envidia de los empresarios del mundo entero. Y aquellos que le conocían bien y habían hecho negocios con él eran conscientes de que la historia no acababa ahí. Tenía reputación de ser despiadado y de no perdonar jamás a sus enemigos. También poseía un lado amable; su pasión por el arte, su amor por todas las cosas bellas y su conocimiento de la literatura eran aficiones recientes. Prefería la compañía de los suyos, sus amigos eran rusos, todos ellos importantes empresarios industriales como él. Y las mujeres de su vida siempre habían sido rusas. Aunque tenía una preciosa casa en Londres, la villa del sur de Francia y un espectacular apartamento en Moscú, se relacionaba sobre todo con sus propios compatriotas. Era un hombre que siempre conseguía lo que quería y controlaba la mayor parte de la nueva riqueza de Rusia.

A pesar de su relevancia e influencia, no tenía problemas para pasar desapercibido entre la multitud. Su modestia natural le hacía preferir no llamar la atención. Vestía con sencillez y se movía de manera discreta. Solo al mirarle a los ojos uno se daba cuenta de quién y qué era: un hombre con poder ilimitado. Era buen observador de todo lo que le rodeaba. Su prominente mentón y su imponente presencia decían que no toleraba que le negaran nada, pero cuando sonreía se entreveía una calidez que ocultaba bien y a la que casi nunca cedía. Poseía los pómulos marcados y el aire mongol de sus antepasados, que le aportaban cierto exotismo. Las mujeres se habían sentido atraídas por él desde que era un muchacho, pero nunca se permitía mostrarse vulnerable ante nadie. Carecía de ataduras, había controlado su mundo durante mucho tiempo y no se conformaba con nada menos.

Alto, fuerte y rubio, con los ojos azul claro y rasgos cincelados, Vladimir no era guapo en un sentido clásico, sino más bien interesante, y en cambio, en los escasos momentos de descuido y distensión podía parecer afable, con el típico sentimentalismo de muchos rusos. Nada en la vida de Vladimir era casual o espontáneo, y todo estaba cuidadosamente planeado y formaba parte de un conjunto. Había tenido varias amantes desde que alcanzó el poder, pero a diferencia de sus colegas y homólogos, no quiso tener hijos con ellas y desde el principio se lo dejaba bien claro. No toleraba ninguna carga que lo atara ni nada que le hiciera vulnerable. Nada de familia ni de ataduras.

La mayoría de sus conocidos varones tenía al menos un hijo con cada mujer con la que había estado, casi siempre por empeño de ella, que pretendía asegurarse una buena posición económica en los años venideros. Vladimir se negaba a ceder ante ese tipo de súplicas. Los hijos no entraban en sus planes y hacía mucho que había tomado esa decisión. Nunca se había arrepentido. Era muy generoso con sus mujeres mientras estaba con ellas, pero no hacía promesas de futuro ni ellas se habrían atrevido a empeñarse en que las hiciera ni a intentar manipularle.

Vladimir era como una serpiente enroscada, lista para atacar, siempre alerta y potencialmente implacable si se le enfurecía. Podía ser amable, pero también se percibía su crueldad innata, y si se le ofendía o provocaba, podía convertirse en un hombre peligroso. No mucha gente quería comprobarlo y ninguna de las mujeres que habían pasado por su vida lo había hecho hasta la fecha. Natasha, su actual pareja, sabía que no tener hijos con él era una condición indispensable para que Vladimir estuviera con ella. Había dejado claro que jamás habría boda ni alcanzaría la posición social que conllevaba el matrimonio. Y una vez establecido y aceptado eso, no volvía a discutirse nunca más. Había despachado de forma sumaria a las que habían intentado convencerle de lo contrario o engañarle. Vladimir hacía caso a su cerebro y no a su corazón, en todo. No había llegado donde estaba siendo ingenuo, estúpido ni vulnerable con las mujeres. No confiaba en nadie. Ya en su juventud aprendió a confiar solo en sí mismo. Había aprovechado bien las lecciones de su infancia.

Desde que llegó a la cumbre, Vladimir había adquirido mayor influencia y había amasado riqueza a un ritmo meteórico; ahora se encontraba en algún punto de la estratosfera, con un poder casi ilimitado y una fortuna que la gente solo podía imaginar. Y gozaba de los frutos de sus logros. Le gustaba ser el dueño de los muchos juguetes que se permitía, de sus casas, sus barcos, sus fabulosos coches deportivos, de un avión, dos helicópteros que estaban en permanente uso, moviéndose por todo el mundo, y de una colección de arte que era su pasión. Rodearse de belleza era importante para él. Le encantaba poseer lo mejor.

No disponía de demasiado tiempo para dedicarlo a actividades ociosas, pero no dudaba en disfrutar cuando podía. El trabajo era siempre lo primero en su pensamiento, así como el siguiente negocio que iba a emprender, pero de vez en cuando se tomaba un tiempo para descansar. Tenía pocos amigos, solo los hombres relevantes con quienes hacía negocios o los políticos de los que era dueño. No temía el riesgo y no toleraba el desinterés. Su mente funcionaba a la velocidad del rayo. Y llevaba siete años con su actual mujer. Aparte de alguna rara excepción ocasional, le era fiel, lo cual era poco corriente en hombres de su clase. No tenía tiempo para devaneos y tampoco le interesaban demasiado. Estaba satisfecho con su pareja y su relación le resultaba gratificante.

Natasha Leonova era sin duda la mujer más hermosa que había conocido. La vio por primera vez en una calle de Moscú, congelándose en el invierno ruso, aunque joven y orgullosa. Le gustó nada más conocerla, cuando se resistió a sus intentos de ayudarla, y quiso conocerla mejor. Tras un año de implacable cortejo, sucumbió ante él y era su amante desde los diecinueve años. Ahora tenía veintiséis.

Natasha ejercía de anfitriona cuando era necesario, hasta donde él deseaba, y nunca se extralimitaba. Era un complemento extraordinario y un homenaje a él. No le exigía nada más que eso, aunque era una chica inteligente. Lo único que deseaba de ella era su presencia, su belleza y que estuviera disponible en todo momento para cualquier propósito, sin explicaciones. Ella era lo bastante lista como para no preguntar nada que él no le dijera por propia iniciativa. Le esperaba donde él quería, en la ciudad, en la casa o en el barco que fuera, y él recompensaba su presencia y su fidelidad. Nunca le había engañado; de haberlo hecho, haría mucho que ya no estaría con él. Era un acuerdo que les convenía a ambos. Hasta el punto de que ella seguía ahí después de siete años, mucho más tiempo de lo que ninguno de los dos había previsto o planeado. Se había convertido en parte de la bien engrasada máquina en la que Vladimir había convertido su vida y, por eso, era importante para él. Los dos eran conscientes del papel que desempeñaban en la vida del otro y no pedían nada que fuera más allá. El equilibrio entre ellos había funcionado a la perfección durante años.

Natasha se movía con la elegancia de una bailarina por el espectacular camarote del yate que era su hogar durante varios meses al año. Le gustaba estar en el barco con él y la libertad que este les permitía, pues podían cambiar de lugar de improviso, ir adonde querían y hacer lo que les viniera en gana. Y cuando él estaba ocupado o volaba a otras ciudades para asistir a una reunión, ella hacía lo que le placía. A veces abandonaba el barco para hacer recados o ir de compras, o simplemente se quedaba a bordo. Natasha entendía bien los parámetros de su vida con él. Había aprendido lo que él esperaba de ella y lo hacía bien. A cambio, él adoraba su impecable belleza y la exhibía. Siempre estaba expuesta cuando salían, como su Ferrari o una gema rara. A diferencia de las demás mujeres de su posición, Natasha no era conflictiva, exigente ni petulante. Era objeto de envidia de otros hombres. De forma instintiva sabía cuándo guardar silencio y cuándo hablar, cuándo mantener la distancia y cuándo acercarse. Interpretaba su estado de ánimo a la perfección, era flexible y de trato fácil. No le exigía nada, así que él le daba mucho y era generoso con ella. Y aunque agradecía y disfrutaba de todo lo que él le concedía, se habría conformado con menos, algo inaudito en una mujer en su situación.

Natasha no hacía planes por su cuenta ni hacía preguntas sobre los hombres que visitaban a Vladimir o los negocios que hacían. Él valoraba su discreción, su trato amable, su compañía y su impresionante aspecto. Era su amante y nunca le había prometido más. A veces la exhibía como a una obra de arte en un museo. Gracias a su presencia, confirmaba su posición ante los demás hombres y era un símbolo de su buen gusto. Conocía a Vladimir por cómo era con ella; un hombre amable y generoso cuando quería, y peligroso cuando no. Le había visto cambiar de estado de ánimo en un abrir y cerrar de ojos. Quería creer que era buena persona debajo de la dura fachada por la que le conocían, pero nunca lo ponía a prueba. Le gustaba la posición que ocupaba en su vida y quién era él, y le admiraba por todo cuanto había logrado.

Vladimir la había rescatado de la desesperación y la pobreza de las calles de Moscú cuando tenía diecinueve años, pero no había olvidado las penurias de su vida antes de conocerle. No dejaría que nada obstaculizara el desempeño de sus deberes hacia él ni ignoraba cuánto le debía. No quería volver a vivir en la indigencia como antes de conocerle y no corría riesgos que hicieran peligrar la vida que tenía ahora gracias a él. Estaba a salvo bajo su protección y no consentía que nada amenazara eso. Era consciente en todo momento de quién y qué era para él. Vladimir se comportaba de manera excepcional en la vida que compartían y le estaba agradecida por todo cuanto había hecho por ella.

La naturaleza de su vida en común la mantenía aislada de

otras mujeres y tampoco tenía amigos. En su mundo solo había espacio para Vladimir, que era lo que este esperaba de ella. Acataba sus reglas sin remordimientos ni quejas, a diferencia de otras mujeres en su misma situación, que solo pensaban en lo que podían sacar. Natasha no. Era inteligente, sabía cuál era su lugar y conocía los límites de Vladimir. Estaba totalmente satisfecha y disfrutaba de su vida en común. Y nunca le pedía más. Como su amante, tenía todo cuanto jamás había soñado e incluso más. No echaba de menos tener hijos, ni siquiera amigos, ni anhelaba ser su esposa. No necesitaba más de lo que compartían.

Se estaba vistiendo cuando oyó aproximarse el helicóptero. Acababa de darse una ducha y se puso un mono blanco de satén que se amoldaba a la perfección a su exquisito cuerpo. De pequeña soñaba con ser bailarina de ballet, algo totalmente fuera de su alcance. Se cepilló el largo cabello ondulado, se aplicó un poco de maquillaje, se puso unos pendientes de diamantes que le había regalado Vladimir y se subió a las sandalias plateadas de tacón alto. Poseía una belleza natural, sin ningún artificio, y no necesitaba hacer nada para realzarla. Vladimir adoraba eso de ella. Le recordaba a algunas de sus obras preferidas de los maestros italianos y podía contemplarla durante horas; su largo y elegante cuerpo, sus rasgos perfectos, su sedoso pelo rubio y sus enormes ojos azules, del color del cielo en verano. Le resultaba tan placentero mirarla como hablar con ella. Agradecía que fuera inteligente. Vladimir detestaba a las mujeres vulgares, las codiciosas y las estúpidas. Ella no era nada de eso. Poseía una elegancia innata y una dignidad serena.

Subió deprisa las escaleras hasta uno de los dos helipuertos de la cubierta superior y se incorporó a la docena de tripulantes y a los hombres de seguridad que le esperaban justo cuando aterrizó el helicóptero. El viento le azotó el cabello y esbozó una sonrisa, tratando de atisbarle por las ventanillas.

Al cabo de un momento, el piloto apagó el motor, se abrió la puerta y él salió haciendo un gesto al capitán mientras uno de los guardaespaldas le sujetaba el maletín. Vladimir miró a Natasha y sonrió. Era ella la persona con la que deseaba estar después de asistir a las reuniones en Londres. Había estado ausente dos días y se alegraba de regresar al barco, donde podía relajarse, aunque también tenía un despacho para trabajar y pantallas de vídeo que le permitían comunicarse con sus oficinas en Londres y en Moscú.

A veces pasaban meses en el barco y él viajaba para asistir a reuniones cuando era necesario. La última, de la que acababa de volver, había ido bien y estaba satisfecho. Rodeó los hombros de Natasha con el brazo mientras bajaban el tramo de escaleras hasta un amplio y precioso bar en la cubierta inferior. Una camarera les sirvió una copa de champán a cada uno de una bandeja de plata mientras Vladimir contemplaba el agua durante un momento y luego posaba de nuevo la mirada en ella. Natasha no le preguntaba nada sobre sus reuniones. De su trabajo solo sabía lo que había oído, visto o adivinado y se lo guardaba para sí misma. Su discreción, así como su belleza, era importante para él. Y estaba encantado de verla después de dos días de ausencia. Cuando se sentaron, ninguno de los dos reparó en los guardaespaldas situados a escasa distancia de ellos. Para ambos, formaban parte del paisaje.

—Bueno, ¿qué has hecho hoy? —preguntó Vladimir en tono suave, admirando la forma en que el mono se ceñía a ella como una segunda piel.

Su conducta nunca era provocativa, salvo en el dormitorio, pero poseía una sensualidad innegable que hacía que los hombres volvieran la cabeza y le envidiaran, algo que le complacía. Del mismo modo que el barco era una expresión de su extrema riqueza, la impresionante belleza de Natasha era un símbolo de su virilidad y su atractivo como hombre. Disfrutaba ambas cosas.

—He estado nadando, me he hecho la manicura y he ido de compras por Cannes —respondió con naturalidad.

Era un día normal para ella cuando él se ausentaba. Cuando estaba, se quedaba en el barco, a su disposición. A él no le gustaba que desapareciera si disponía de tiempo libre. Y le agradaba nadar, comer y charlar con ella cuando le apetecía.

Natasha había profundizado en sus estudios de arte por su cuenta, leyendo libros y artículos en internet y manteniéndose al día de las noticias del mundo artístico. Le habría gustado recibir algunas clases en la galería Tate de Londres cuando estuvieron allí, o en París, donde también pasaban tiempo, pero nunca se quedaban lo suficiente en ninguna parte como para que pudiera matricularse en algún curso y Vladimir quería que estuviera siempre con él. Sin embargo, a pesar de la falta de formación académica en un aula, había adquirido una educación impresionante sobre arte en los últimos años y a él le gustaba discutir con ella sobre sus nuevas adquisiciones y las obras que pensaba comprar. Ella estudiaba a fondo a los artistas que él mencionaba y le encantaba investigar hechos poco corrientes sobre ellos, lo que fascinaba e intrigaba también a Vladimir. Charlaba con expertos en arte durante las cenas que celebraban y Vladimir estaba orgulloso de sus extensos conocimientos.

Y dado que no tenía amigos con los que pasar el tiempo, estaba acostumbrada a ir de tiendas sola. Vladimir permitía que se comprara lo que le apeteciera y disfrutaba haciéndole regalos, sobre todo joyas que le encantaba elegir para ella y un gran número de bolsos de piel de cocodrilo de Hermès, de todos los colores imaginables, la mayoría Birkin con cierre de diamantes, que costaban una fortuna. No le negaba nada y adoraba elegirle ropa en los desfiles de alta costura, como el mono de Dior que llevaba puesto. Le gustaba mimarla de formas que él mismo no se permitía. Natasha era publicidad para él. Por el contrario, él siempre vestía de forma sencilla y conservadora y había regresado de Londres ataviado con un pantalón vaquero, una americana de corte impecable, camisa azul y unos zapatos marrones de ante de Hermès. Formaban una bonita pareja a pesar de la diferencia de edad. En ocasiones, cuando estaba de buen humor, comentaba que era lo bastante mayor como para ser su padre, ya que se llevaban veintitrés años, aunque no lo aparentara.

Era cierto que ella no tenía vida propia, pero no estaba sola. Vladimir la recompensaba con generosidad por tenerla monopolizada y ella nunca se quejaba. Le estaba agradecida y él no se cansaba de admirarla. En siete años no había conocido a otra mujer a la que deseara más o que se amoldara mejor a él. Solo la engañaba cuando los hombres con los que hacía negocios pedían prostitutas para todos en otra ciudad tras un negocio importante y no quería dar la impresión de ser poco colaborador o arisco. Por lo general, los hombres ya habían bebido mucho a esas alturas y él siempre se escapaba temprano.

Las estrellas ya habían salido cuando terminaron el champán y Vladimir anunció que quería ir al camarote para darse una ducha y ponerse algo más cómodo para cenar, aunque prefería ver a Natasha vestida con la clase de ropa que llevaba puesta. Aún le excitaba ver lo hermosa que era. Ella le siguió al camarote y se tumbó en la cama mientras él se quitaba la ropa y se dirigía al vestidor, con su cuarto de baño de mármol negro. El vestidor y el baño de mármol rosa de Natasha habían sido diseñados especialmente para ella.

Vladimir había pulsado un interruptor al entrar en el camarote que encendía una luz en el pasillo que indicaba que no quería que los molestaran. Natasha puso música en el sistema de sonido del dormitorio mientras le esperaba, volviéndose con sorpresa al verlo de pie, desnudo, detrás de ella, recién salido de la ducha, con el pelo mojado y una sonrisa en los labios.

—Te he echado de menos en Londres, Tasha. No me gusta viajar sin ti.

Natasha sabía que era cierto, pero él no le había pedido que le acompañara, lo cual significaba que estaría ocupado asistiendo a reuniones hasta bien entrada la noche. Ignoraba por completo con quién se había reunido ni por qué se había ido, y no preguntó.

—Yo también te he echado de menos —repuso en voz queda, tendida descalza con el mono de satén blanco y el cabello extendido sobre la almohada.

Él se sentó a su lado en la cama, deslizó los finos tirantes del mono por sus hombros y luego le bajó la prenda por el cuerpo, hasta que lo único que la cubría era un tanga blanco de satén, confeccionado a juego.

Murmuraba con voz queda mientras le acariciaba el cuello con la nariz y su cuerpo poderoso descendía para colocarse encima de ella. Acto seguido le quitó el tanga y lo arrojó a un lado. Había esperado todo el día para volver a su lado y se reconfortó en la familiar unión de sus cuerpos. A Natasha le recordaba a un león cuando le hacía el amor y profirió un rugido triunfal al correrse. Luego descansó entre sus brazos de forma plácida y exhaló un suspiro mientras le sonreía. Nunca se decepcionaban mutuamente y en brazos del otro encontraban paz y seguridad en medio del turbulento mundo de Vladimir.

Se ducharon juntos y ella se puso un caftán blanco de seda cuando subieron al comedor al aire libre una hora más tarde. Ambos parecían relajados al sentarse a cenar. Ya eran más de las diez. Les gustaba cenar tarde, una vez cesaban las llamadas de Vladimir y sus secretarias en Londres y en Moscú terminaban su jornada y dejaban de enviarle correos electrónicos. La noche era suya, salvo cuando recibían a invitados, casi siempre por trabajo, hombres con quienes hacía negocios o de los que quería algo.

—¿Por qué no vamos a cenar a Saint Paul de Vence mañana por la noche? —propuso él mientras se encendía un puro cubano y ella inhalaba el fuerte olor que adoraba.

—¿A La Colombe d'Or? —preguntó.

Habían estado allí en numerosas ocasiones para disfrutar de la deliciosa comida del famoso restaurante repleto de obras de Picasso, Léger, Calder y del resto de artistas que habían cenado allí en sus comienzos y pagado la cuenta con cuadros que habían entregado a los propietarios. Era un festín para la vista comer rodeados de extraordinarias obras de pintores que se habían congregado allí mucho antes de hacerse famosos.

—Quiero probar ese lugar del que siempre oímos hablar —respondió él, relajándose con su puro mientras contemplaba el mar y disfrutaban juntos de la noche estrellada—. Da Lorenzo. —Era, también, un lugar frecuentado por amantes del arte, repleto de obras de Lorenzo Luca, donde se exponía únicamente su arte. El restaurante lo había montado su viuda, casi como un santuario dedicado a él, en la casa en la que habían vivido, y las habitaciones situadas encima del restaurante estaban a disposición de famosos coleccionistas de arte, marchantes y conservadores de museos. En apariencia, era una experiencia de inmersión total en la obra del célebre artista y hacía años que Vladimir quería visitarlo, pero conseguir reserva para el restaurante era tan difícil que siempre terminaban en La Colombe d'Or, que también era divertido—. Un marchante de arte de Londres me dijo que debíamos llamar directamente a madame Luca en su nombre. Mi secretaria lo ha intentado y ha dado resultado. Tenemos reserva para mañana. Estoy impaciente por verlo al fin.

Parecía satisfecho. Los propietarios eran muy puntillosos con las reservas.

—Yo también. Adoro su obra.

Guardaba cierta semejanza con la de Picasso, aunque poseía su estilo propio característico.

—No hay muchas obras suyas en el mercado. Cuando falleció le legó casi todas a su esposa y ella no quiere vender. De vez en cuando saca un cuadro a subasta, pero me han dicho que es muy obstinada al respecto. Y no fue tan prolífico como Picasso, así que hay menos obras suyas circulando. No tuvo éxito hasta muy tarde y los precios están ahora por las nubes. La negativa de su esposa a desprenderse de los cuadros ha disparado los precios hasta alcanzar casi los de Picasso. El último que se vendió en Christie's hace unos años alcanzó una cifra desorbitada.

—Así que no vamos a comprar obras de arte durante la cena —bromeó, y él se echó a reír.

O tal vez sí lo harían. Vladimir era impredecible en cuanto a dónde y cuándo compraba arte e implacable cuando perseguía lo que quería.

—Por lo visto es como visitar un museo. Y ella guarda las mejores piezas en el estudio de su marido. No me importaría visitarlo algún día. Quizá podamos convencerla mañana —añadió él con una sonrisa.

Los dos esperaban con impaciencia la aventura del día siguiente.

Después de cenar se sentaron y charlaron un rato mientras los guardaespaldas se mantenían a distancia y los camareros y camareras les servían. Natasha sujetaba una última copa de champán entre las manos, contemplaba las estrellas y disfrutaba de las comodidades del barco. El mar estaba en calma y la noche era tranquila. Era bien entrada la medianoche cuando bajaron por fin y Vladimir la dejó sola durante un rato para responder unos correos en su despacho. En todo momento se mantenía al día de sus asuntos de manera diligente. Eso era siempre su prioridad.

A Vladimir le impulsaba un terror silencioso, que Natasha también comprendía. Era el vínculo más fuerte que compartían y del que nunca hablaban. Sus orígenes en Rusia no eran muy diferentes. Ambos procedían de la más absoluta pobreza, lo que a él le había llevado a su asombroso éxito y a Natasha, a sus brazos desde las calles de Moscú cuando era una adolescente.

Nacido en la más inimaginable miseria, Vladimir vio morir a su padre a causa del alcoholismo cuando tenía tres años y a su madre, Marina, de tuberculosis y desnutrición cuando tenía catorce. Su hermana falleció de neumonía a los siete. No tenían dinero para asistencia médica. Arrojado a la calle cuando murió su madre, vivió de su ingenio y juró que, costara lo que costase, no sería pobre cuando creciera. A los quince se convirtió en recadero y mensajero de algunos de los personajes más turbios de Moscú y en una especie de mascota. Con diecisiete y dieciocho años ya era un subordinado de confianza, que realizaba para ellos tareas a veces cuestionables, aunque las llevaba a cabo con valentía y eficacia. Era intrépido y listo, y uno de sus jefes vio su potencial y pasó a ser su mentor.

Vladimir aprovechó todo lo que este le enseñó y añadió su propia inteligencia y sus conocimientos. A los veintiuno había ganado más dinero de lo que nunca imaginó y tenía la arrolladora ambición de ir más allá y ganar más. A los veinticinco era un hombre rico según la mayoría de criterios y aprovechó la oportunidad que las nuevas libertades ofrecían. Con treinta había sabido utilizar bien todos sus contactos para ganar varios millones. Diecinueve años más tarde nada podía detenerle, y haría todo lo que tuviera que hacer, a quien tuviera que hacérselo, para no volver a ser pobre. Muchos le consideraban cruel, pero Vladimir sabía lo que costaba sobrevivir en un mundo complicado.

A Natasha también le aterraba volver a ser pobre. Hija de padre desconocido y de una prostituta que la había abandonado en un orfanato estatal a los dos años de edad, permaneció en la institución hasta los dieciséis porque nadie quiso adoptarla. Después de eso pasó tres años trabajando en fábricas y viviendo en albergues sin calefacción ni perspectivas de futuro. Rechazaba las insinuaciones de los hombres que le ofrecían dinero por acostarse con ella. No quería acabar como su madre, cuyo historial mostraba que había muerto de alcoholismo poco después de abandonarla.

Vladimir descubrió a Natasha caminando en la nieve con un fino abrigo cuando tenía dieciocho años y su belleza le había impresionado. Se ofreció a llevarla en su coche en medio del frío y de la nieve, y se quedó anonadado cuando ella le rechazó. La rondó en el albergue estatal durante meses y le regaló ropa de abrigo y comida, que ella volvió a rechazar. Y por fin, casi un año después de verla por primera vez, enferma y con fiebre, accedió a irse a casa con él, donde se encargó de cuidarla él mismo mientras ella estaba a punto de morir de neumonía. Tenía algo que le recordaba a su madre. La salvó, la rescató de la fábrica y de su vida en la miseria, aunque al principio ella seguía desconfiando.

Nunca hablaban del pasado de ninguno de los dos, pero el mayor miedo de Natasha era volver a ser pobre algún día, no tener nada ni a nadie y morir en la miseria. Tenía siempre presente que Vladimir había sido su salvador y, en su opinión, seguía siéndolo cada día. Todavía tenía pesadillas sobre el orfanato, la fábrica, las pensiones en las que vivió y las mujeres que había visto morir en su antigua vida. No lo comentaba con nadie, pero prefería suicidarse antes que volver.

En muchos aspectos, eran una pareja ideal. De orígenes similares, habían alcanzado el éxito de forma diferente, aunque se respetaban mutuamente y, si bien ninguno de ellos lo reconocería jamás, también albergaban una profunda necesidad el uno por el otro.

Nunca olvidaban del todo el pasado. La pobreza en la que

él había crecido era el temor que lo perseguía toda su vida. Hasta ahora había conseguido escapar de ella, pero siempre andaba mirando por encima del hombro para cerciorarse de que su fantasma no rondaba por allí. Por muchos millones que ganara, nunca era suficiente, y estaba dispuesto a hacer lo que fuera necesario para impedir que el demonio de la miseria lo atrapara de nuevo.

La huida de Natasha había sido más fácil, fortuita, y más tranquila, pero en siete años no había olvidado de dónde venía, lo mal que había estado y quién la había salvado. Y por muy lejos que hubieran llegado, por muy a salvo que estuvieran, ambos sabían que sus viejos temores siempre formarían parte de ellos. Los fantasmas que los atormentaban seguían muy presentes.

Aquella noche, Natasha se quedó dormida mientras le esperaba, como de costumbre. Él siempre la despertaba cuando volvía a la cama y le hacía el amor otra vez. Era el salvador que la había rescatado de su propio infierno personal y, por muy peligroso que pudiera ser para los demás, ella sabía que estaba a salvo con él.

2

Maylis Luca seguía siendo una mujer atractiva a sus sesenta y tres años. Su cabello, que había encanecido de manera prematura a los veinticinco, era una melena blanca como la nieve que llevaba suelta durante el día o recogida en una trenza o en un moño por la noche, cuando trabajaba en el restaurante. Tenía los ojos de color azul aciano y la figura suavemente redondeada que la había hecho atractiva como modelo de un artista cuando, con veinte años, un verano llegó a Saint Paul de Vence desde Bretaña y se quedó. Se relacionó con un grupo de pintores a los que adoraba y que la acogieron con los brazos abiertos, para espanto de su muy conservadora familia. Abandonó sus estudios en la universidad y se quedó en Saint Paul de Vence durante el invierno, y en cuanto le puso los ojos encima, se enamoró locamente de Lorenzo Luca.

Un año después, con veintiuno, después de posar para varios de los artistas el invierno anterior, se convirtió en la amante de Lorenzo. Él, que ya tenía sesenta años, la llamaba su pequeña florecilla de primavera. A partir de entonces posó solo para él, y muchas de sus mejores obras la tenían a ella como protagonista. En aquella época él no tenía dinero y la familia de Maylis estaba desolada por el camino que esta había escogido y se lamentaba por la vida y las oportunidades a las que había renunciado. Estaban convencidos de que se había adentrado en el camino de la perdición mientras ella se moría de hambre, pero feliz con Lorenzo, viviendo a base de pan y queso, de manzanas y vino en una pequeña habitación encima de su estudio, pasando el tiempo con sus amigos y viendo a Lorenzo trabajar durante horas o posando para él. Había sido honesto con ella desde el principio y le contó que se había casado con una chica en Italia cuando tenía poco más de veinte años. Hacía casi cuarenta que no la veía y no habían tenido hijos. Estuvieron juntos menos de un año, pero seguía casado con ella y consideraba que divorciarse resultaba demasiado complicado y costoso.

Para cuando conoció a Maylis y se enamoró, ya había tenido cuatro amantes y siete hijos con ellas. Quería a sus hijos, pero no le avergonzaba reconocer que vivía para su trabajo y poco más. Era un artista con una dedicación feroz. Había reconocido en privado a sus hijos, pero no lo había hecho legalmente ni había ayudado a mantenerlos, y no veía razón para hacerlo. Nunca tenía dinero cuando eran pequeños y sus madres jamás le exigieron nada, porque sabían que no tenía nada que darles. Todos sus hijos eran ya adultos cuando conoció a Maylis, que era más joven que ellos, e iban a visitarle de vez en cuando. Le consideraban casi un amigo. Ninguno era artista ni había heredado su talento, por lo que no tenían demasiado en común con él. Maylis siempre se portaba bien con ellos cuando iban a verlo. Algunos estaban casados y tenían hijos.

Maylis no tenía prisa por tener hijos con él. Lo único que quería era estar con Lorenzo y este no tenía deseos de casarse ni de tener más descendencia. La trataba como a una niña casi todo el tiempo y a ella le encantaba aprender arte a su lado, pero el único trabajo que en realidad le importaba era el de Lorenzo. A él le fascinaban su rostro y su cuerpo y la dibujó en un millar de poses en los primeros años de su relación, y pintó algunos cuadros de ella muy hermosos.

Lorenzo había sido un hombre volátil, unas veces maravilloso y otras insufrible con ella. Poseía el temperamento de un artista y del genio por el que ella le tenía y Maylis era feliz con él y llevaba una vida tranquila en Saint Paul de Vence, por muy escandalizada que estuviera su familia debido a la existencia que llevaba y a la pareja que había elegido, a la que consideraban inadecuada por su estilo de vida, su carrera y su edad.

Lorenzo era respetado por sus coetáneos gracias a su enorme talento, pese a ser desconocido en el resto del mundo, algo que a él le traía sin cuidado. Siempre se las apañaba para conseguir el dinero suficiente para vivir o le pedía prestado a un amigo, y Maylis trabajaba de camarera en un restaurante local unas cuantas noches a la semana cuando necesitaban dinero con desesperación. El dinero nunca fue importante para ninguno de los dos, solo su arte y la vida que compartían. No era un hombre fácil; estaba lleno de vida, era conflictivo, voluble y temperamental. Tuvieron algunas peleas tremendas en los primeros años, que solucionaron de manera apasionada en el dormitorio de arriba. Maylis nunca dudó de que la amaba tanto como ella le amaba a él. Lorenzo era el amor de su vida y él decía que ella era la luz de la suya.

A medida que Lorenzo envejecía, se volvía más cascarrabias y discutía a menudo con sus amigos, sobre todo si creía que se estaban vendiendo al mundo comercial y sacrificando su talento por dinero. Se sentía igual de bien regalando su arte que vendiéndolo.

Se mostró hostil y receloso cuando un joven marchante de arte llegó desde París para conocerle. Fue a Saint Paul de Vence varias veces antes de que Lorenzo accediera a verlo. Gabriel Ferrand había visto algunas obras de Lorenzo y reconocía el genio cuando lo tenía delante. Le suplicó a Lorenzo que permitiera que le representase en su galería de París y este se negó. Algunos de sus amigos intentaron convencerle de lo contrario, ya que Ferrand tenía una reputación excelente, pero Lorenzo dijo que no le interesaba que le representara un marchante de arte de París, «un chorizo ávido de pasta», como lo definió. Gabriel tardó tres años en convencer a Lorenzo para que le permitiera exponer uno de sus cuadros en la capital francesa, que vendió de inmediato por una cantidad de dinero muy respetable, aunque Lorenzo insistió en que eso no significaba nada para él.

Fue Maylis quien al final logró que Lorenzo entrara en razón y dejara que Gabriel le representara, un acuerdo que resultó cada vez más lucrativo, a pesar de que Lorenzo continuaba llamándole chorizo, para diversión del marchante. Acabó queriendo al excesivamente conflictivo genio que había descubierto. Gabriel se comunicaba con Lorenzo casi por completo a través de Maylis y no tardaron en trabar amistad, conspirando entre ellos para beneficio del artista.

Cuando Maylis llevaba diez años con él y Lorenzo cumplió setenta, este tenía una considerable suma de dinero en el banco, de la que declaraba no querer saber nada. Insistía en que no tenía deseos de prostituir su arte ni de dejarse corromper por las «inmorales intenciones» de Gabriel, y dejaba que Maylis y él gestionaran su pequeña fortuna. No era rico, ni mucho menos, pero ya no estaba en la más absoluta pobreza.

Nada cambió en la vida de ambos para no disgustar a Lorenzo, y Maylis continuó trabajando de camarera varias veces por semana y posando para él. Había declinado hacer una exposición en la galería de Gabriel en París, de modo que este vendía sus obras de una en una en cuanto los compradores las veían. Pero a veces Lorenzo no le enviaba nada. Eso siempre dependía de su estado de ánimo, y disfrutaba de su relación de amor/odio con el joven galerista de París, cuyo único interés era ayudarle a alcanzar el reconocimiento que merecía por su enorme talento.

Maylis hacía lo que podía para limar las asperezas entre

ellos, sin disgustar a Lorenzo de manera innecesaria. La mayoría de las veces le regalaba sus cuadros a ella, que a esas alturas poseía una enorme colección de su trabajo, pero se negaba a vender ninguno de esos cuadros por sentimentalismo. Entre el uno y la otra, Gabriel lo tenía difícil para vender gran parte del trabajo de Lorenzo, pero se mantuvo fiel a la causa, convencido de que algún día Lorenzo sería un artista de enorme prestigio, e iba a verlos a Saint Paul de Vence con frecuencia, sobre todo por el placer de admirar las nuevas obras de Lorenzo y de charlar con Maylis, a la que adoraba. Pensaba que era la mujer más extraordinaria que jamás había conocido.

Gabriel tenía esposa y una hija en París, pero perdió a su mujer a causa del cáncer a los cinco años de conocer a Lorenzo. Después de aquello, llevaba a su hija Marie-Claude a Saint Paul de Vence de vez en cuando y Maylis jugaba con ella mientras los dos hombres hablaban. Sentía lástima por aquella niña sin madre. Era dulce y alegre y resultaba evidente que Gabriel la quería con todo su corazón y parecía ser un buen padre. La llevaba con él a todas partes, a visitar artistas en sus estudios y cuando viajaba, y demostró ser una niña muy inteligente.

Por entonces, a Lorenzo ya no le interesaban los niños, ni siquiera los suyos, y seguía sin querer tener hijos con Maylis a pesar de su juventud y su belleza. La quería para él solo, así como la total y absoluta atención que ella le prodigaba. Y cuando después de llevar juntos doce años Maylis descubrió que estaba embarazada, fue una desagradable conmoción para ambos. Aquello nunca había formado parte de su plan. Ella tenía treinta y tres años; él setenta y dos, y estaba más inmerso en su trabajo que nunca. Lorenzo estuvo furioso con ella durante semanas, y al final, a regañadientes, accedió a que siguiera adelante, aunque la perspectiva de tener un hijo no le agradaba lo más mínimo. Maylis también estaba preocupada.

La idea comenzó a gustarle a medida que el bebé crecía en su interior y se percató de lo mucho que significaba para ella tener al hijo de Lorenzo. Casarse estaba del todo descartado, ya que él seguía casado con su esposa, que aún estaba viva. Los primos de la ciudad en la que él había nacido se lo confirmaban cada pocos años, aunque a él le daba igual.

Lorenzo la retrataba constantemente a medida que avanzaba el embarazo, de repente más enamorado que nunca de su cambiante cuerpo, ocupado por su hijo. Gabriel coincidía con él en que sus retratos de Maylis de entonces eran algunos de sus mejores trabajos. El marchante creía que jamás la había visto más hermosa. Maylis era una embarazada feliz y su hijo nació una noche mientras Lorenzo cenaba con sus amigos en el estudio. Había preparado la cena para ellos y los hombres bebieron mucho vino. No dijo nada, pero sospechaba que llevaba de parto desde antes de la cena, hasta que por fin se retiró arriba y llamó al médico mientras ellos seguían bebiendo.

Lorenzo y su cohorte apenas se percataron cuando el médico llegó y se reunión con Maylis en el dormitorio para ayudarla a alumbrar al bebé, que nació rápido y sin problemas. Dos horas después de dar a luz, Maylis apareció en lo alto de las escaleras, sonriendo victoriosa con su hijo en brazos, envuelto en una manta. Lorenzo subió con paso tambaleante para besarla y en cuanto sus ojos se posaron en el niño, se enamoró de él.

Le pusieron el nombre de Théophile en honor al abuelo de Maylis, aunque lo llamaban Theo para abreviar, y se convirtió en la alegría de la vida de su padre.

Algunas de las obras más hermosas de Lorenzo eran de Maylis con Theo en brazos, cuando lo mecía siendo un bebé. Y pintó espectaculares cuadros del niño mientras crecía. De todos sus hijos, Theo fue el único que heredó su talento. Comenzó a garabatear junto a su padre desde que fue lo bastante mayor para sujetar un lapicero con sus regordetas manos. Aquello dotó de mayor emoción el trabajo de Lorenzo, que intentó enseñar al chico todo lo que sabía. Lorenzo tenía ochenta y tres años cuando Theo cumplió diez, y para entonces ya era evidente que algún día el muchacho alcanzaría el talento de su padre, aunque su estilo era muy diferente incluso a tan temprana edad. Los dos pasaban horas dibujando y pintando codo con codo mientras Maylis los contemplaba con deleite. Theo era el amor de sus vidas.

Para entonces, Gabriel había convencido a Lorenzo para que comprase una casa decente en Saint Paul de Vence, aunque seguía pintando en el estudio y Theo se unía a él cada día después del colegio. Maylis casi tenía que llevarlos a casa a rastras por la noche y estaba preocupada por Lorenzo, que aunque gozaba de buena salud y trabajaba tan duro como siempre, se iba debilitando poco a poco. Tenía una tos que le duró todo el invierno y, si ella no estaba allí, olvidaba comer cuando Maylis le dejaba la comida en el estudio, pero conservaba la misma pasión de siempre por su trabajo y decidió enseñarle a Theo todo lo que sabía durante el tiempo que les quedara para estar juntos en la tierra.

Para sorpresa de Maylis, Lorenzo se enteró ese invierno de que su esposa había fallecido e insistió en casarse con ella en la iglesia de la colina, con Gabriel como testigo. Dijo que quería hacerlo por el bien de Theo. Así que se casaron cuando su hijo tenía diez años.

Fue Gabriel quien le urgió a que diera otro paso crucial en su trabajo después de aquello. Seguía sin tener ningún interés en exponer en la galería de París, pero Gabriel quería vender uno de sus cuadros en una importante subasta para establecer un precio real por su obra en el mercado libre. Una vez más, Lorenzo luchó con uñas y dientes y el marchante solamente fue capaz de convencerle diciéndole que tenía que hacerlo por Theo, que el dinero que ganara algún día podría ser importante para la seguridad de su hijo. Y como siempre, cuando Gabriel le presionó lo suficiente, Lorenzo accedió de mala gana. El cuadro se vendió en Christie's, en la subasta de mayo de arte importante, por una verdadera fortuna, más de lo que Lorenzo había ganado en toda su vida o de lo que jamás quiso ganar. E insistió en que ese ni siquiera era su mejor trabajo, razón por la que había accedido a desprenderse de él.

También Gabriel se quedó anonadado con el precio que alcanzó la obra. Tenía la esperanza de conseguir que el valor de la obra de Lorenzo ascendiera con el tiempo. No esperaba lograrlo de un plumazo. Y lo que ocurrió después de aquello escapaba a su control. En los ocho años siguientes, los cuadros de Lorenzo, cuando este accedía a venderlos, alcanzaban cifras astronómicas y eran muy demandados por coleccionistas y museos. De haber sido codicioso, podría haber amasado una fortuna. De hecho, la amasó muy a su pesar. Su reticencia a vender y la negativa de Maylis a desprenderse de ninguno de los que él le había regalado dispararon aún más los precios. Lorenzo era un hombre muy rico cuando falleció a los noventa y un años. Por entonces, Theo tenía dieciocho años y estaba en su segundo curso en la facultad de Bellas Artes de París, algo en lo que su padre había insistido.

La muerte de Lorenzo supuso un golpe devastador para todos, especialmente para Maylis y Theo, pero también para Gabriel, que durante más de veinte años había querido al hombre, se había ocupado de todos los aspectos del negocio por él y le había considerado un buen amigo, a pesar de los insultos que este le había prodigado sin cesar hasta el final. Era una broma afectuosa que habían mantenido desde el principio y con la que ambos disfrutaban. Gabriel había forjado su carrera y se ocupó de todo por Maylis y por su hijo tras el fallecimiento de Lorenzo. Teniendo en cuenta su edad, Lorenzo había gozado de buena salud hasta el final y había trabajado

34

más duro que nunca durante el último año, como si el instinto le dijera que se le estaba acabando el tiempo. Dejó una considerable fortuna a Maylis y a Theo, tanto en arte como en inversiones que Gabriel había realizado para él. Maylis no daba crédito cuando Gabriel le comunicó el valor de su patrimonio. Jamás imaginó cuánto tenía. Lo único que siempre le había importado era el hombre al que había amado con pasión durante treinta años.

A pesar de los ruegos de Gabriel, de los que Lorenzo hizo caso omiso, murió sin dejar testamento, y según las leyes francesas, dos terceras partes del patrimonio pasaron a Theo como su único hijo legítimo y la tercera parte restante a Maylis, como su esposa. De la noche a la mañana se convirtió en una mujer muy rica, sobre todo por los cuadros que él le había regalado y que componían una colección importante. El resto del grueso de su obra fue para Theo, así como dos tercios de todo lo que tenía en el banco y que Gabriel había invertido en su nombre.

De esta forma, los siete hijos que Lorenzo había tenido con sus otras amantes se quedaron sin un céntimo del patrimonio. Después de hablarlo a fondo con Gabriel, Maylis le dio instrucciones para que dividiese en dos su participación financiera de las inversiones y entregó la mitad de lo que tenía, a excepción de los cuadros, a sus siete hijos, que se sintieron agradecidos y asombrados. Incluso Gabriel se quedó anonadado con su generoso gesto, pero ella insistió en que tenía dinero suficiente y sabía que algunos de los hijos de Lorenzo lo necesitaban más que ella. Tanto Theo como ella tenían la vida resuelta y su hijo tenía el doble que su madre.

Theo continuó con sus estudios en la facultad de Bellas Artes dos años más después de la muerte de su padre y luego volvió a Saint Paul de Vence para vivir y trabajar allí. Compró una pequeña casa para él, con un soleado estudio. Maylis se había mudado de nuevo al viejo estudio de Lorenzo y estaba viviendo en la habitación de arriba, donde nació su hijo. Mientras, la casa que Lorenzo había comprado para ellos a instancias de Gabriel permanecía vacía y deshabitada. Maylis decía que no podía soportar vivir allí sin él, en la casa en la que había muerto, y que se sentía más cerca de su marido en el estudio, algo que a Gabriel le parecía malsano, aunque fue incapaz de convencerla de lo contrario.

Dos años después de la muerte de Lorenzo, Maylis seguía sin encontrar consuelo y era reacia a seguir con su vida. Gabriel iba a verla cada pocas semanas. Tenía solo cincuenta y cuatro años, pero lo único de lo que tenía ganas era de contemplar los cuadros de Lorenzo. Los admiraba con tristeza, recordando el momento en el que había pintado cada uno de ellos, sobre todo aquellos que la retrataban de joven y durante su embarazo. A Theo le dolía profundamente ver las condiciones en las que estaba su madre, un tema recurrente en sus conversaciones con Gabriel cuando cenaban en su casa. Como viejo amigo de la familia, Gabriel era casi como un padre para él.

Cinco años después de la muerte de Lorenzo, Maylis no había mejorado, pero entonces la herida comenzó por fin a sanar y ella empezó a vivir de nuevo. Tuvo una descabellada idea que resultó no ser tan disparatada. De joven le había gustado trabajar en el restaurante y La Colombe d'Or era un gran éxito. Decidió convertir la casa que Lorenzo había comprado en un restaurante y exhibir allí su obra. Había vendido un único cuadro desde su muerte y rechazado todas las demás peticiones para hacerlo, y no quería dejar que Gabriel los vendiera en subasta. No necesitaba el dinero y no quería renunciar a uno solo de los cuadros. Y, por el momento, Theo tampoco tenía motivos para vender los suyos, así que el mercado para la obra de Lorenzo Luca estaba paralizado, a pesar de que su valor se incrementaba cada año. La negativa a vender aumentaba su precio de forma exponencial, aunque no fuera ese su propósito. Pero a Maylis le gustaba la idea de exponerlos en su propio restaurante, en lo que antaño fuera su casa, convertido en un museo dedicado a su obra. Y, si le apetecía, había seis dormitorios que podía alquilar como habitaciones de hotel a gente especial del mundo del arte.

A Theo le pareció una idea descabellada cuando se lo comentó, pero Gabriel le convenció de que sería bueno para ella y le ayudaría a retomar una vida activa. Tenía cincuenta y siete años y no podía llorar a Lorenzo eternamente.

El restaurante tuvo en ella el efecto que Gabriel esperaba. Le dio a Maylis una razón para vivir. Llevó un año realizar los cambios necesarios en la casa, construir una cocina profesional y crear un hermoso jardín en el que los clientes pudieran cenar durante el verano. Contrató a uno de los mejores chefs de París, aunque detestaba ir a la ciudad tanto como Lorenzo, y todos los cocineros a los que entrevistó fueron a verla a Saint Paul de Vence. Hacía casi treinta años que no visitaba París y jamás había visto la galería de Gabriel. Era feliz en Saint Paul de Vence y dejaba que Gabriel se quedara en uno de los cuartos de la casa durante sus frecuentes viajes para verla y aconsejarle sobre el restaurante, que bautizó con el nombre de Da Lorenzo, en honor al único hombre al que jamás había amado.

El restaurante cosechó un éxito impresionante durante el primer año, con las reservas completas para los siguientes tres meses. Los sofisticados amantes del arte que llegaban de todas partes para ver el trabajo de Lorenzo y degustar un menú de tres estrellas, comparable solo con La Colombe d'Or, se quedaron tan sorprendidos como el resto con lo que Maylis había hecho. Contrató a un excelente maître para que supervisara el comedor y el jardín y a un sumiller de primera, con cuya ayuda abastecieron la bodega de magníficos vinos, y se convirtieron en uno de los mejores restaurantes del sur de Francia, frecuentado por amantes del arte y de la gastronomía.

Y Maylis lo presidía todo, hablando de Lorenzo y atendiendo a los clientes, tal y como tiempo atrás había hecho con los amigos artistas de su marido. Era la guardiana de la llama y una encantadora anfitriona en uno de los mejores restaurantes de la zona. Era un talento que nadie había intuido que poseyera y Gabriel solía decirle lo orgulloso que estaba de ella. Siempre habían sido buenos amigos, pero se habían unido todavía más en los años transcurridos desde la muerte de Lorenzo, mientras él continuaba aconsejándola y ayudándola, sobre todo después de que pusiera en marcha el restaurante.

Dos años después de que Maylis abriera el restaurante, Gabriel se armó de valor y le dijo lo que sentía por ella desde hacía años. Cada vez pasaba más tiempo en Saint Paul de Vence, alojándose en uno de los dormitorios situados encima del restaurante, a veces durante semanas, supuestamente para aconsejarla, cuando en realidad solo deseaba pasar tiempo con Maylis y estar cerca de ella.

Su hija Marie-Claude trabajaba en la galería por entonces y tenía la esperanza de convencerla para que la dirigiera, por lo que Gabriel podría dejar París. Estaba haciendo un trabajo excelente, aunque se quejaba de que él estuviera ausente mucho tiempo y que la cargara a ella con toda la responsabilidad, pero también lo estaba disfrutando y había presentado algunos artistas contemporáneos nuevos que se estaban vendiendo bien. Al igual que a su padre, le encantaba descubrir nuevos artistas y mostrar su trabajo. Y tenía buen ojo para lo que se vendería en el mercado del arte actual. Gabriel estaba orgulloso de ella, y con razón.

Una noche tranquila, después de cerrar el restaurante, sentados a una mesa del jardín, Gabriel le abrió su corazón a Maylis. Llevaba enamorado de ella casi desde que se conocieron, y solo su profundo respeto por su viejo amigo y su reconocimiento al amor que ellos compartían había impedido que le hablara antes sobre aquello. Pero con sus renovadas ganas de vivir y el éxito del restaurante que había creado, por fin sintió que era el momento adecuado. Era ahora o nunca, aunque le aterraba destruir la amistad que les unía desde hacía casi treinta años.

La confesión de Gabriel supuso una conmoción para Maylis, y lo comentó con su hijo al día siguiente. Theo sabía cuánto se habían amado sus padres y lo brillante que este había sido como artista, pero ni remotamente había sido el santo en que Maylis le había convertido desde su muerte. A menudo había sido duro con ella al hacerse viejo. Ella había dedicado su vida entera a él y le perdonaba todos sus defectos, pero Theo tenía una visión mucho más realista de quién había sido su padre; irascible, cascarrabias, conflictivo, egoísta, a veces incluso tirano, y posesivo con su madre, con un temperamento que no mejoró con la edad.

Gabriel era un hombre mucho más afable y generoso, que había demostrado un profundo interés por ella y que, a diferencia de su padre, siempre la ponía en primer lugar. Desde la muerte de Lorenzo, Theo había sospechado que estaba enamorado de su madre y había esperado que así fuera. Siempre había considerado a Gabriel una persona maravillosa y buena para ella y la animó a que reflexionara a fondo sobre los sentimientos de Gabriel. No se le ocurría un compañero mejor para su madre y no quería que esta acabara su vida sola.

—Pero ¿qué pensaría tu padre si me fuera con él? ¿No sería una traición? A fin de cuentas, eran buenos amigos. Aunque tu padre fuera grosero con él algunas veces.

—¿Grosero? —respondió Theo, riéndose de ella—. Le llamaba chorizo desde que me alcanza la memoria. «Mi marchante chorizo en París.» No conozco a otro ser humano que le aguantara salvo tú, mamá. Y si siempre ha estado enamorado de ti, dice mucho de él que jamás lo haya evidenciado mientras papá estaba vivo. Ha sido un auténtico amigo para los dos.

Si le aceptas ahora no será una traición, sino una bendición para ambos. Sois demasiado jóvenes para estar solos. Y Gabriel es un buen hombre. Me alegro por ti. Te lo mereces, y él también.

Theo sabía que Gabriel sería mucho más bueno con ella de lo que lo había sido su padre, y también mucho más amable. Era un caballero de la cabeza a los pies, se alegraba de que por fin se hubiera declarado y esperaba que ella lo considerase con detenimiento. Maylis así lo hizo.

Le dio su respuesta a Gabriel unos días más tarde y le dijo que jamás podría amar a ningún hombre del modo en que había amado a Lorenzo. Sentía un profundo afecto por Gabriel y reconoció que le quería como amigo y que, ahora que él le había expresado sus sentimientos, eso podría intensificarse con el tiempo. Pero le advirtió que, aunque mantuvieran una relación romántica, lo cual reconoció como una posibilidad, Lorenzo siempre sería su primer amor, el amor de su vida. Gabriel tendría que estar dispuesto a ser el segundo plato y a jugar un papel secundario en su vida, cosa que no le parecía justo para él.

Pero amándola como la amaba, estuvo dispuesto a aceptar eso, anhelando en su interior que algún día ella le abriera su corazón de par en par. Estaba seguro de que era posible y dispuesto a correr el riesgo. A partir de ahí fue despacio, cortejándola con ternura y enamorándola con pequeños gestos románticos. Por fin la invitó a pasar un fin de semana en Venecia con él, donde las cosas siguieron el curso natural, y eran amantes desde entonces.

Al principio fueron discretos y no le dieron demasiada importancia. Él conservó su habitación encima del restaurante y dejaba sus cosas allí, pero durante los últimos años dormía en el estudio con ella. Hacían viajes juntos, disfrutaban de la mutua compañía y ella por fin le dijo que le quería, que era cierto, pero aún idealizaba a Lorenzo y ensalzaba su genio y sus virtudes, casi todas imaginadas, y Gabriel le permitía que mantuviera sus ilusiones sin protestar.

Hacía casi cuatro años que eran amantes y Gabriel estaba satisfecho con la relación, aun con sus limitaciones, por amor a ella. Nunca sugería el matrimonio ni le pedía más de lo que estaba dispuesta a darle, y de vez en cuando Theo reñía a su madre y le decía que no debía hablar todo el rato de Lorenzo en presencia de Gabriel; le dolía por él.

—¿Por qué no? —preguntó, sorprendida—. Gabriel también quería a tu padre. Sabe que era un gran hombre y lo mucho que significaba para mí. No espera que le olvide ni que deje de hablar de él a los clientes cuando vienen al restaurante para ver su trabajo. Vienen aquí para eso.

—Pero Gabriel viene aquí porque te quiere a ti —repuso Theo con delicadeza.

Siempre le maravillaba que Gabriel tolerara ser el número dos en la vida de su madre, desempeñando un papel secundario por debajo de un hombre que llevaba muerto doce años y que había sido cualquier cosa menos el santo que ella describía. Pese a lo mucho que había querido y admirado a su padre, creía que Gabriel era un hombre mejor y mucho más bueno con su madre que su padre en sus últimos años. Fue un gran artista, pero un hombre muy complicado. Nunca fue fácil vivir con él, ni siquiera en su juventud, según la gente que le conoció por entonces. Y su talento, que ardía en su interior como una potente llama, a veces quemaba a aquellos más próximos a él y a quienes más le amaban.

Gabriel también mostraba un gran interés por el trabajo de Theo. Nunca se ofrecía a representarle porque pensaba que el joven debía tener su propia galería y no vivir a la sombra de su padre. Theo era un artista con mucho talento, con una percepción completamente diferente a la de Lorenzo, pero casi con el mismo talento. Solo tenía que desarrollarse un poco más.

A sus treinta años, Theo iba bien encaminado y se tomaba su trabajo con la máxima seriedad. Lo único que permitía que le distrajera eran las ocasionales peticiones de su madre para que la ayudara en el restaurante; si algo iba mal, aceptaban demasiadas reservas o andaban cortos de personal, algo que solo ocurría de vez en cuando. Por mucho que su madre disfrutara del restaurante, Theo no sentía lo mismo. Odiaba tener que recibir a los clientes y oír a su madre ensalzar las virtudes de su padre. Ya había tenido bastante mientras crecía y más aún desde su muerte. Le entraban ganas de ponerse a gritar al escuchar aquello. Y no le gustaba el bullicio del restaurante. Theo era una persona más callada y reservada que su madre.

Gabriel le había proporcionado los nombres de las galerías que creía más interesantes para él, pero el joven insistió con humildad en que aún no estaba preparado, que prefería trabajar uno o dos años más antes de dar el salto a París. Había expuesto su obra en varias ferias de arte, pero no se había decidido por una galería. Gabriel, que se había convertido en un gran apoyo en la vida de Theo, insistía en que debería hacerlo. A pesar de la singularidad de su desigual relación, agradecía que Gabriel también formara parte de la vida de su madre. Y al igual que este, esperaba que algún día se casaran, si Maylis se sentía preparada para pasar página, momento que sin duda aún no había llegado.

El matrimonio tampoco estaba en los primeros puestos de la lista de prioridades de Theo. Había tenido varias relaciones que habían durado varios meses o un año, y muchas bastante más cortas. Estaba demasiado dedicado a su trabajo como para emplear sus energías en las mujeres con las que salía, y estas siempre se quejaban de su falta de interés y acababan dejándole. También reconocía a las cazafortunas interesadas por quién fue su padre y trataba de evitarlas.

Llevaba seis meses saliendo con Chloe, su actual novia.

También era artista, pero realizaba trabajos comerciales que vendía a turistas a las puertas de una galería de Saint Tropez. Distaba mucho de lo que Theo hacía, con sus orígenes y su carrera de Bellas Artes, su legado genético y su talento heredado. Tenía grandes ambiciones a largo plazo. Ella solo quería ganar el dinero necesario para pagar el alquiler, y llevaba un tiempo quejándose mucho porque él no pasaba lo suficiente con ella y nunca iban a ninguna parte.

La mayoría de sus relaciones terminaban de ese modo, y la actual parecía ir directa hacia ese punto. Chloe había alcanzado la familiar fase en la que todo eran quejas constantes. Él se encontraba en un momento de trabajo particularmente intenso en esos momentos, desarrollando algunas técnicas nuevas que estaba impaciente por perfeccionar. No estaba enamorado de Chloe, pero se divertían en la cama y ella tenía un cuerpo magnífico. A sus treinta años, de pronto había empezado a hablar de matrimonio, lo que solía suponer una sentencia de muerte para él. No estaba preparado para sentar cabeza y tener hijos, y ella se quejaba cada vez más de su trabajo. En la guerra entre las mujeres y su arte, este ganaba por goleada.

Maylis estaba revisando las mesas del jardín, como hacía cada noche, cerciorándose de que hubiera flores y velas en cada una, de que los manteles estuvieran impecables y de que la cubertería brillara. Era perfeccionista en todo y muy exigente. En los últimos años había aprendido mucho acerca de dirigir un restaurante. Y nada se dejaba al azar en Da Lorenzo. El restaurante con terraza era tan hermoso como fabulosos eran la comida y los vinos. Uno de los camareros se le acercó mientras hacía la ronda. Estaban completos, como de costumbre, y abrirían para la cena en dos horas.

—Madame Luca, Jean-Pierre está al teléfono.

El camarero le entregó el teléfono.

Era su brillante y eficiente maître, y que llamara no era buena señal.

—¿Va todo bien? —preguntó, aún vestida con vaqueros y camisa blanca. Se arreglaría al cabo de una hora. Solía ponerse un vestido negro de seda, zapatos de tacón y un collar de perlas, con el largo cabello blanco recogido en un moño. A sus sesenta y tres años seguía siendo una mujer hermosa.

—Me temo que no —respondió Jean-Pierre, que parecía enfermo—. Hoy he comido en Antibes y me encuentro fatal. Creo que los mejillones estaban en mal estado.

—Mierda —masculló, mirando su reloj.

Aún tenía tiempo para llamar a Theo, aunque sabía lo mucho que este lo detestaba. Pero era un restaurante familiar, y cuando el maître o ella no podían trabajar, siempre llamaba a su hijo y él nunca desatendía sus súplicas de ayuda.

—Me encuentro demasiado mal para ir.

Esa era la impresión que daba por teléfono. Además, Jean-Pierre nunca llamaba para decir que estaba enfermo a menos que lo estuviera de verdad.

—No te preocupes, avisaré a Theo. Seguro que no tiene nada que hacer.

Su hijo siempre estaba trabajando en su estudio. Apenas tenía vida social y se pasaba casi todas las noches pintando.

Jean-Pierre se disculpó de nuevo y colgó; Maylis llamó a su hijo un minuto más tarde. El teléfono sonó durante un rato, y cuando Theo descolgó, parecía distraído. Iba a dejar que sonara, pero echó un vistazo a la pantalla y vio quién llamaba.

—Hola, mamá. ¿Qué sucede?

Mientras hablaba, contemplaba el lienzo con los ojos entrecerrados, sin estar seguro de si le gustaba lo que acababa de hacer. Era muy crítico con su trabajo, lo mismo que su padre lo había sido con el suyo.

—Jean-Pierre está enfermo. —Fue directa al grano—. ¿Puedes echarme un cable?

Theo gruñó.

—Estoy trabajando en algo y detesto parar. Y le he prometido a Chloe que esta noche la llevaría por ahí.

—Podemos darle de comer aquí, si no le importa cenar tarde.

Theo sabía que eso supondría cenar entre las once y las doce de la noche, después de que se hubieran marchado casi todos los clientes. Y no tendría tiempo para sentarse con ella hasta entonces. Tendría que supervisar a los camareros y pasar un rato con los clientes más importantes para cerciorarse de que la cena iba bien. Su madre estaría pendiente de los comensales más ilustres y atendería sus necesidades, pero él también tendría cosas de las que ocuparse. Lo único que jamás reconocía era que él era el hijo de Lorenzo Luca. Prefería permanecer en el anonimato cuando trabajaba para ella y su madre no se oponía, aunque pensaba que debería estar orgulloso. Pero, a petición de Theo, no les contaba a los clientes que él era su hijo. Y agradecía su ayuda. Era atento con ella, paciente y servicial cuando podía. Theo lo consideraba su deber, ya que era hijo único, y quería a su madre pese a sus excentricidades. Siempre se habían llevado bien, aunque a ella le preocupaba que estuviera solo y raras veces le agradaban las mujeres con las que salía.

—¿A qué hora necesitas que vaya? —No parecía contento.

Theo respetaba su éxito con el restaurante y la admiraba por ello, pero él detestaba estar allí y aún más llevar traje y corbata con el calor que hacía y tener que mostrarse encantador con desconocidos a los que no había visto en su vida. Su madre era mucho más extrovertida y le encantaba. El restaurante reemplazaba la vida social para ella y le proporcionaba contacto con una amplia variedad de gente interesante.

—Puedes venir a las siete y media. La primera reserva es para las ocho —respondió.

A veces tenían estadounidenses que querían cenar antes, pero esa noche no. Todos los clientes de la lista de reservas eran europeos, salvo Vladimir Stanislas, lo cual era algo excepcional, y era consciente de que no había estado allí con anterioridad. Quería que esa noche todo fuera como la seda, sobre todo por él. Conocía su colección de arte y tenía la esperanza de que se detuviera a admirar la obra de Lorenzo, razón por la que sin duda iba allí. Había reservado mesa para dos a través de un cliente habitual del restaurante.

—Chloe me va a matar —repuso, preguntándose qué iba a decirle. Lo único que podía hacer era contarle la verdad, que su madre necesitaba que la ayudase en el restaurante, lo que ella se tomaría como una excusa para evitar salir por ahí.

—Se lo puedes compensar mañana por la noche —adujo su madre con tono animado.

—Puede que no. Quiero trabajar. —Estaba en un momento complicado con el cuadro en el que estaba trabajando y no le gustaba salir dos noches seguidas antes de haber resuelto los problemas que le entorpecían. Su padre también era así. No existía nada en su universo salvo el lienzo en el que estuviera concentrado—. Vale, da igual. Ya me las apañaré. Iré.

Nunca la dejaba tirada.

—Gracias, cariño. Si vienes a las siete, puedes cenar con los camareros. Esta noche hay bullabesa con salsa *rouille*.

Sabía que era uno de sus platos preferidos, aunque podía pedir lo que quisiera, pero nunca se aprovechaba de ser el hijo de la jefa. Theo comía lo mismo que los demás y, a diferencia de su padre, no era una persona exigente.

Llamó a Chloe en cuanto su madre colgó y le dio la mala noticia. No le hizo ninguna gracia.

—De verdad que lo siento. —Había prometido llevarla a comer *socca*, una especie de pizza hecha con harina de garbanzos cocinada en un horno especial que les encantaba a los dos. Era una especialidad culinaria local y esa noche la servían en la plaza. A ella le gustaba jugar a la petanca con los ancianos después y a ellos les hacía ilusión que una joven guapa se uniera a la partida. Theo también disfrutaba cuando no estaba trabajando, pero ahora no podía hacer nada con ella salvo cenar a medianoche, si Chloe estaba dispuesta—. He prometido ayudar a mi madre. Acaba de llamarme para decirme que el maître está enfermo. Me ha dicho que puedes venir a cenar, si no te importa que sea tarde. Es posible que podamos tener mesa a las once, si los clientes empiezan a marcharse para entonces.

Pero ambos sabían que en Da Lorenzo la gente solía quedarse hasta mucho más tarde. Los alrededores eran muy románticos y el ambiente demasiado acogedor como para que nadie quisiera marcharse pronto, lo cual era parte del éxito del restaurante, junto con la fabulosa comida y las magníficas obras de arte.

—Esperaba estar ya en la cama a esa hora, y no sola —repuso Chloe con aspereza—. Hace una semana que no te veo.

Parecía enfadada otra vez, lo que se había convertido en algo habitual.

—He estado trabajando —se defendió, pensando que parecía una excusa barata. Siempre le daba la misma explicación.

—No sé por qué no puedes parar a una hora decente. Yo salgo de mi estudio todos los días a las seis.

Pero ella hacía arte comercial de segunda, aunque jamás se lo habría dicho a la cara. El suyo era de una categoría muy diferente, pero nunca era irrespetuoso con ella acerca de su trabajo.

—Mis horas de trabajo difieren de las tuyas. Pero, en cualquier caso, esta noche estoy liado. ¿Quieres venir al restaurante más tarde? —Era lo mejor que podía ofrecerle, y una cena fabulosa si aceptaba.

—No, no quiero. No me apetece emperifollarme. Pensaba ponerme unos pantalones cortos y una camiseta. El restaurante es demasiado elegante para mí. *Socca*, petanca y pronto a la cama me parecía un plan genial.

—A mí también me lo parecía, y mucho más divertido que llevar traje y corbata, pero tengo que echarle una mano a mi madre. —Eso también irritaba a Chloe. Había visto a su madre un par de veces y le había parecido demasiado seria en lo relativo al arte y muy posesiva con su único hijo. Y Chloe no estaba de humor para que le echaran un sermón acerca del gran Lorenzo Luca, algo que le aburría como una ostra. Al principio Theo le pareció un chico estupendo, guapo, sexy y muy bueno en la cama. Ahora le resultaba demasiado serio en lo que a su trabajo se refería—. Te llamo cuando termine —dijo—. A lo mejor me paso a verte.

Ella no respondió al principio, pero unos minutos después, con aire petulante, colgó el teléfono.

Theo fue a darse una ducha y una hora más tarde se había puesto un traje oscuro, con camisa blanca y corbata roja, e iba camino del restaurante en su viejo dos caballos. A Chloe tampoco le gustaba su coche y no entendía por qué no se compraba uno mejor. No era ni mucho menos un artista muerto de hambre, aunque le gustara parecerlo. Estaba guapo e imponente con el traje oscuro y el negro cabello bien peinado. Había heredado los ojos castaño oscuro de su padre y poseía el buen aspecto natural de los hombres italianos. Su madre parecía más francesa. Tenía un estilo innato que las mujeres adoraban.

Maylis estaba en la cocina, hablando con el chef, cuando él llegó al restaurante. Repasaba el menú de forma minuciosa cada día; había estado degustando algunos de los aperitivos y le estaba diciendo al chef que esa noche eran excepcionalmente buenos. Esbozó una sonrisa al ver a su hijo. Este entró en la cocina con paso tranquilo, muy atractivo, y ella le dio las gracias por acudir. Después se fue a toda prisa a comprobar algo en el jardín una vez más mientras Theo charlaba con los camareros. Todos pensaban que era un buen tío. Al instante, ocuparon sus puestos. Theo y su madre ya estaban listos y esperando cuando a las ocho llegaron los primeros clientes. Había comenzado otra inolvidable noche culinaria en Da Lorenzo.

Vladimir y Natasha salieron de su camarote, se dirigieron a la cubierta inferior de popa y pasaron de largo todas las lanchas motoras y juguetitos que tenían a bordo hasta llegar a la embarcación que los esperaba para llevarlos a tierra. Se trataba de una lancha rápida que Vladimir había mandado fabricar, por la que había pagado tres millones de dólares y que disfrutaba de manera especial. Estaba diseñada para superar en velocidad a cualquiera en el agua, de modo que llegaron en cuestión de minutos al embarcadero del hotel Du Cap, donde uno de los miembros de la tripulación del barco tenía preparado el Ferrari para Vladimir. A veces llevaba un guardaespaldas en un segundo coche, pero en esos momentos su mundo estaba en calma y no creía necesitarlo esa noche. Se puso al volante y se marcharon. Gracias al veloz vehículo, el trayecto hasta Saint Paul de Vence sería breve.

Natasha se abrochó el cinturón de seguridad mientras Vladimir encendía la radio y ponía un CD que sabía que a ella le encantaba. Estaba de buen humor e impaciente por cenar y ver las obras de arte del restaurante. Y Natasha estaba muy bella con un corto vestido rosa claro que estrenaba para la ocasión. Era un Chanel de alta costura, con un recatado cuello de encaje de estilo colegiala y la espalda descubierta que él había elegido, con sandalias a juego. Estaba exquisita, como de costumbre.

—Me gusta tu vestido nuevo. —Le brindó una sonrisa de

admiración mientras volaban por la carretera y ella asintió, contenta de que se hubiera fijado, aunque lo hubiera escogido él. Se había dejado el cabello suelto y parecía muy joven. Él se había puesto un traje blanco de lino, que destacaba el bronceado que había cogido en el barco. A excepción de algunas horas en su despacho esa mañana, habían pasado el día relajándose y tumbados al sol. Ambos se habían puesto bastante morenos—. Me encanta. Pareces una niña, hasta que te das la vuelta. —El vestido resaltaba el perfecto moreno de su espalda, sin la marca del biquini. En el barco siempre tomaba el sol sin la parte de arriba. Y la espalda del vestido llegaba hasta la cintura. La prenda era sexy e inocente al mismo tiempo—. Esta noche me interesa ver las obras de arte —añadió mientras proseguían su camino. Tenían reserva para las ocho y media y quería echar un vistazo antes de sentarse a cenar.

—A mí también —repuso con naturalidad mientras avanzaban con la capota bajada.

La noche era cálida y se había recogido el cabello para el breve trayecto hasta Saint Paul de Vence. En el Ferrari, y tal y como él conducía, tardaron la mitad de lo que sería normal. Un empleado se ocupó del vehículo cuando llegaron al restaurante, que desde la calle parecía un caserón normal y corriente. Entraron en un patio a través de una arcada mientras el empleado del aparcamiento se llevaba el Ferrari y una mujer ataviada con un vestido negro y el cabello blanco como la nieve recogido en un moño se encaminaba hacia ellos con una sonrisa. Maylis reconoció a Vladimir en el acto. Cuando se aproximó a ellos y se presentó como madame Luca, miró a Natasha con interés.

—Su mesa estará lista en cinco minutos. ¿Les apetecería antes dar una vuelta por la casa y ver las obras de Lorenzo? —preguntó, como si fueran amigos suyos.

Vladimir asintió, contento por disponer de tiempo para echar un vistazo rápido antes de la cena. Natasha le siguió al interior de la casa mientras se soltaba el pelo. Las paredes eran blancas para no distraer la atención de las obras, y al instante se vieron rodeados por el trabajo de Lorenzo. Todos los cuadros estaban colgados muy juntos, porque había muchos y la sutileza de su paleta y la maestría de sus pinceladas les asaltó en cuanto entraron. Cuando Vladimir se detuvo a admirar el cuadro de una hermosa joven, ambos reconocieron a la mujer que les había recibido. Debajo del cuadro había una pequeña placa de bronce en la que se leía: NO ESTÁ EN VENTA. Vladimir quedó cautivado por la pintura y a duras penas fue capaz de avanzar hacia la siguiente. Natasha estaba impresionada por todos los cuadros mientras pasaba de uno a otro. Se fijó en que debajo de cada uno de ellos había la misma placa de bronce.

—Bueno, no cabe duda de que no se trata de una galería —comentó un tanto irritado tras percatarse también de todas las placas que recordaban que esas obras no estaban en venta—. Ella lo trata como un museo —añadió.

—Hoy he leído algo al respecto en internet. Esta es su colección particular, y al parecer tiene muchísimos más guardados en un almacén y en su estudio —explicó Natasha. Le gustaba estar bien informada cuando iban a algún sitio y compartir la información con él.

—Es absurdo no vender ninguno —adujo Vladimir mientras regresaban a la primera habitación.

Natasha se percató de la presencia de un hombre joven vestido con un traje azul marino que los observaba. Tenía el pelo oscuro y penetrantes ojos castaños, pero no se dirigió a ellos. Podía sentir que la miraba con intensidad y a continuación volvió afuera. Le sorprendieron sus serios ojos castaños. Y volvió a fijarse en él cuando salieron al jardín, donde Maylis los esperaba para acompañarlos a su mesa. Brindó una sonrisa a la pareja cuando tomaron asiento y no pudo evitar pensar en lo hermosa que era Natasha y lo perfectos que eran sus rasgos. Después, Maylis dirigió de nuevo la atención hacia Vladimir.

—¿Les ha resultado interesante el paseo por la casa? —preguntó con amabilidad.

—Me he fijado en que no hay nada en venta. —Vladimir parecía serio al responder. Y nada contento.

Ella asintió.

—Así es. No vendemos su obra. Lo que hay aquí forma parte de la colección de la familia. Mi marido estaba representado por una galería de París. Bovigny Ferrand.

Al principio Gabriel tuvo un socio, al que hacía años que le compró su parte, pero mantuvo el nombre, pues para entonces ya era muy conocido, y además pagó generosamente a Georges Bovigny por ello.

—Ellos tampoco tienen ningún cuadro suyo en venta. —Se había interesado por ese punto—. Tengo entendido que su obra ya no está en el mercado —añadió Vladimir con expresión seria.

—No desde que falleció, hace doce años —repuso Maylis de manera educada.

—Es muy afortunada por tener tantas obras suyas —le dijo sin rodeos a la dueña del restaurante y de las obras de arte.

—Sí que lo soy —convino—. Espero que disfruten de la cena. —Les dedicó una cálida sonrisa a ambos y se retiró al lugar en el que solía estar cuando llegaban los clientes. Vio a Theo allí de pie, con la vista fija en la mesa de Vladimir—. Esta noche tenemos un cliente importante —le dijo por lo bajo.

Theo pareció no oírla. Estaba pendiente de cada movimiento de Natasha mientras Vladimir y ella comentaban la carta.

—Nunca he entendido por qué una mujer está con un hombre como ese. Es lo bastante viejo como para ser su padre —comentó Theo, que parecía indignado, aunque su propio padre era cuarenta años mayor que su madre.

—En este caso, se trata de dinero —repuso Maylis sin más.

El comentario de su madre le irritó al instante.

—No puede ser solo por eso. Ella no es una prostituta. Parece una obra de arte. A una mujer como esa no le mueve el dinero.

No podía apartar los ojos de ella mientras hablaba tranquilamente con Vladimir; parecía una dama de la cabeza a los pies. Incluso había reparado en lo elegantes que eran sus manos mientras sostenían la carta y vio una fina pulsera de diamantes brillar en su muñeca a la luz de las velas.

—Se trata de poder, de un estilo de vida y de todo lo que él puede hacer por ella. No pierdas el tiempo fantaseando. Las mujeres como esa son una raza especial. Y cuando su relación termine, buscará a otro tipo igual, aunque los hombres tan ricos y poderosos como Stanislas no son fáciles de encontrar. Él tiene una categoría propia; es el más importante de su clase.

Theo no le respondió, sino que se limitó a seguir mirando a Natasha y, a continuación, como si saliera de su ensimismamiento, fue a comprobar varias de las mesas y pasó junto a ellos. Natasha le miró a los ojos durante una sola fracción de segundo. Le había visto observándolos antes.

—¿Va todo bien? —le preguntó de forma educada.

Vladimir respondió por ella:

—Estamos listos para pedir —dijo en el tono que empleaba para dar órdenes, aunque Theo no pareció impresionado.

Nada hacía indicar que fuera uno de los propietarios, ni tampoco que lo fuera su madre. No era más que el maître haciendo la ronda.

—Les enviaré a su camarero enseguida.

Theo se marchó, envió al camarero a la mesa y continuó mirando a Natasha desde lejos. Después de ver a una mujer como esa costaba imaginar volver junto a Chloe. Todo en ella era delicado y elegante. Se movía como si lo hiciera al son de una música que solo ella podía oír, en una especie de obra de ballet privada, y estaba completamente pendiente de aquel hombre.

Theo oyó decir al sumiller que Vladimir había pedido la botella de vino más cara que tenían. Y a mitad de la cena lo vio sacar su teléfono móvil del bolsillo y responder; debía de tenerlo en vibración. Se levantó de la mesa con celeridad después de decirle algo a Natasha y salió por la arcada a la calle para continuar con la conversación. Theo le oyó hablar en ruso al pasar por su lado.

Natasha terminó su cena y se sintió incómoda sentada sola a la mesa. Unos minutos más tarde, se levantó y entró en la casa para volver a visitar las obras de arte. Se detuvo delante de la misma pintura que había admirado Vladimir y se quedó contemplándola largo rato. Theo se sintió atraído de forma inexorable al interior y le brindó una sonrisa desde el otro lado de la habitación.

—Hermosa, ¿verdad? —comentó.

—¿Era su esposa? —le preguntó Natasha.

Su acento ruso le resultó muy atractivo, y su voz suave y sexy hizo que un escalofrío le recorriera la espalda.

—Sí, aunque no lo era por entonces —respondió Theo, observándola—. Se casaron mucho más tarde. Antes de casarse ya llevaban juntos más de veinte años y habían tenido un hijo.

Theo le contó parte de la historia familiar, sin reconocer que era también la suya.

—¿El niño de los cuadros era su hijo? —Theo asintió, pero seguía sin tener intención de decirle quién era. Prefería mantener el anonimato, lo cual hacía que se sintiera casi invisible. No necesitaba que le «vieran», solo quería el placer de mirarla del mismo modo que ella disfrutaba del arte. Era tan hermosa como los cuadros de su madre—. Hace bien en no venderlos —repuso en voz queda—. Sería demasiado duro renunciar a cualquiera de ellos.

Theo adoraba el sonido de su voz. Casi ronroneaba y parecía inocente y tímida, como si no hablara a menudo con desconocidos.

—Por eso no los vende, aunque tiene muchísimos. Y él regaló muchos más cuando era joven a amigos o coleccionistas de arte. Nunca le interesó el dinero, solo la naturaleza de su trabajo. Ninguno de los cuadros que hay aquí están en venta —explicó en voz baja—. Su viuda no va a venderlos.

—Todo tiene un precio. —Ambos se sobresaltaron cuando oyeron la voz de Vladimir; al volverse lo vieron en la entrada, con la misma expresión de irritación en su rostro. No le gustaba no poder comprar las cosas—. ¿Volvemos a la mesa? —le preguntó a Natasha, aunque era más una orden que una pregunta.

Ella le brindó una sonrisa amable a Theo y salió de nuevo mientras este la seguía con la mirada. Los vio degustar una tabla de quesos y pedir postre, y después de eso Vladimir encendió uno de sus puros mientras ella le sonreía. Él acababa de decirle que era aún más hermosa que las obras de arte.

Maylis frunció el ceño al ver que Theo no perdía de vista a Natasha. Se acercó a él en silencio. La mayoría de los clientes se había marchado ya y solo unas cuantas mesas continuaban ocupadas por personas que disfrutaban del final de la velada tras una espléndida cena.

—No te hagas esto —le susurró su madre con cara de preocupación—. Esa mujer es como un cuadro en un museo. No puedes tenerla. —Recordó que Vladimir había dicho que todo tenía un precio—. Además, no te la puedes permitir.

—No, no puedo —repuso Theo mientras sonreía a su madre—. Pero es un placer contemplarla.

—Desde la distancia —le recordó ella—. Las mujeres como

esa son peligrosas. Te rompen el corazón. No es como las que conoces. Para ella, esto es un trabajo.

—¿Crees que es prostituta? —Parecía sorprendido.

Maylis negó con la cabeza.

—Nada más lejos. Es su amante. Lo lleva escrito. Su vestido cuesta más que uno de tus cuadros. Su pulsera y sus pendientes valen lo que uno de los de tu padre. Pertenecer a un hombre tan rico y poderoso como él es una profesión.

—Supongo que sí. He visto su barco. Cuesta imaginar que alguien tenga tanto dinero... y a una mujer como ella.

La voz de Theo desprendía anhelo, y no por el barco.

—Tienes que ser tan rico como él para tener una chica como ella, aunque he de reconocer que parece mejor que la mayoría. Debe de ser una vida solitaria. Él es su dueño. Así funciona esto.

Pensarlo le ponía enfermo. Su madre hablaba de ella como si fuera una esclava o un objeto que él había comprado. Todo tenía un precio, o así lo veía Vladimir. Hasta la chica que estaba con él.

La pareja se marchó un rato después. Vladimir pagó en efectivo y le dio una enorme propina al camarero, igual a la mitad de la cuenta, como si el dinero no significara nada para él. Y Maylis les dio las gracias con una sonrisa afectuosa. Theo estaba en la cocina, hablando con el chef y procurando no pensar en la chica que se había marchado con Vladimir. Se preguntó si su madre estaba en lo cierto y Vladimir sentía que era de su propiedad. Resultaba escalofriante decir tal cosa sobre otro ser humano. Mientras pensaba en ella supo que tenía que pintarla. Ese era el único modo en que podía acercarse a ella o ver su alma y hacerla suya.

Seguía pensando en ella cuando se marchó del restaurante, arrojó la chaqueta del traje al asiento de atrás de su coche, se quitó la corbata y llamó a Chloe. De repente tenía ganas de verla, pero ella no parecía muy contenta cuando respondió.

Era casi la una de la madrugada y debía de estar durmiendo.

—¿Aún quieres compañía? —preguntó con la voz teñida de descarado deseo.

Ella se enfureció al instante.

—¿Para echar un polvo? No, no quiero. ¿Has terminado de currar para tu madre y quieres un polvo de camino a casa?

—No seas boba, Chloe. Dijiste que querías verme. Acabo de terminar de trabajar.

—Llámame mañana y hablaremos de ello.

Dicho eso, colgó el teléfono y él se marchó a casa. Su madre tenía razón; estaba loco por sentirse fascinado por la chica que había visto en el restaurante esa noche. Era la amante de otro hombre y nada tenía que ver con él. No habría sabido qué hacer con una mujer como esa, aunque charlar con ella, con su voz tan suave, había sido muy fácil cuando la siguió adentro en el momento en que fue a admirar de nuevo las obras de arte.

Entró en su casa y dejó las llaves del coche en la mesa de la cocina; lamentaba que Chloe no le hubiera permitido pasar por su casa. No tenía ni idea de por qué, pero nunca se había sentido tan solo en toda su vida. Fue a su estudio y sacó uno de los lienzos en blanco que estaban apoyados contra una pared. Lo único que pudo ver al contemplarlo fue el rostro de Natasha, suplicando que lo pintase.

Natasha y Vladimir llegaron al muelle de Antibes, donde la lancha neumática los aguardaba para llevarlos de regreso al barco.

—Esta noche tengo visita —dijo Vladimir en voz queda mientras la lancha surcaba el agua a gran velocidad. El mar estaba en clama y la luna reinaba en el cielo, proyectando su luz sobre el agua. Ella no preguntó quién era la visita, pero sabía que, si acudía a altas horas de la noche, se trataba de alguien importante—. He de leerme algunos documentos antes de nuestra reunión y no quiero tenerte despierta. Me quedaré en mi despacho hasta que llegue.

Por sus palabras, Natasha supo que era alguien con quien no quería que le vieran. Solían ser hombres muy importantes, que hacían negocios con él. Estaba acostumbrada. Los oía llegar en su helicóptero y luego marcharse antes de que amaneciera.

Vladimir la acompañó al dormitorio, la rodeó con los brazos y la besó con una pausada sonrisa.

—Gracias por tan encantadora velada —susurró Natasha. Le había gustado el restaurante, las obras de arte y el tiempo que había pasado con él antes de que volviera al trabajo.

—Es un lugar absurdo, sin un solo cuadro en venta.

Natasha se dio cuenta de que aquello le había molestado, pero de todas formas lo habían pasado bien. Él la besó de nuevo y la dejó en el camarote. Tenía trabajo. Justo cuando se estaba quedando dormida oyó aterrizar el helicóptero y supo que la visita de Vladimir había llegado. Ya estaba profundamente dormida cuando el presidente ruso bajó del helicóptero, se aproximó a Vladimir, que lo estaba esperando, y le estrechó la mano, con la cubierta llena de guardaespaldas. Vladimir y su invitado bajaron un tramo de escaleras hasta el despacho insonorizado y blindado. Esa noche tenían trabajo y un acuerdo que firmar por la mañana.

3

Cuando Natasha despertó por la mañana, el espacio a su lado en la cama estaba vacío y al abrir los ojos descubrió a Vladimir sonriéndole, vestido para trabajar y con el maletín preparado. Parecía cansado, pero satisfecho, y supo que había sido una larga noche con la visita que había llegado en helicóptero. Tenía la misma expresión feroz en los ojos de cuando un negocio salía bien, como un animal que acababa de devorar a su presa. Parecía saciado y victorioso.

—¿Vas a alguna parte? —preguntó mientras estiraba su largo y exquisito cuerpo y él se sentaba a su lado.

—Unos días a Moscú —fue cuanto dijo. La noche pasada habían firmado los acuerdos preliminares para un importante negocio minero que le reportaría millones. Ahora tenían que firmar los documentos finales para sellar el acuerdo. El viaje a Moscú merecía la pena. Había competido con otras dos importantes empresas rusas y sus manipulaciones y contactos le habían granjeado el premio. Casi siempre era así. Sabía dónde presionar, hasta qué límite y a quién. Conocía todos los puntos débiles de sus enemigos y rivales y jamás dudaba en aprovecharse de ellos—. Te llamaré más tarde —le prometió y se acercó para besarla, deseando tener tiempo para hacerle el amor, pero debía ponerse a trabajar y su avión le estaba esperando en el aeropuerto de Niza para volar a Moscú—. Vete de compras en mi ausencia. Ve a Hermès, en Cannes.

Allí había también una tienda de Dior que le gustaba. Había estado en Chanel unos pocos días antes, pero en el paseo de la Croisette había muchas tiendas en las que mantenerse ocupada. En momentos como ese a veces deseaba tener una amiga que la acompañara, pero las mujeres en su situación no tenían tiempo para amigas. Siempre estaba disponible para Vladimir y sus planes podían cambiar en un instante. Su horario era tan variable e impredecible como él. Estar a su disposición en todo momento formaba parte de su acuerdo tácito.

—No te preocupes. Encontraré algo que hacer.

Le rodeó con los brazos y él sintió que sus pechos se frotaban contra su torso y se apartó para tomarlos en sus manos.

—Debería llevarte conmigo, pero estaré ocupado y te aburrirías en Moscú. Quédate en el barco. No vayas a la casa sin mí. —Ella era consciente del peligro de sufrir ataques y robos fortuitos y nunca iba a la casa de Saint Jean Cap-Ferrat sin él—. Haremos algo divertido cuando regrese. Puede que vayamos a Saint Tropez, o a Sardinia.

A Natasha pareció gustarle la idea y le siguió hasta la puerta del dormitorio para darle un último beso. Vladimir introdujo las manos dentro de su bata de satén y la dejó caer al suelo a sus pies, descubriendo su magnífico cuerpo en todo su esplendor. Aún le excitaba saber que era suya, como una deslumbrante obra de arte que poseía, y sabía que todo el que la veía le envidiaba. Se besaron una última vez y luego salió del dormitorio y cerró la puerta con suavidad mientras Natasha se dirigía al cuarto de baño, pensando en él con una sonrisa, y abría el grifo de la ducha. Cuando un momento después se metió bajo el agua, oyó que el helicóptero despegaba de la cubierta superior. Ni siquiera pensó en por qué iba a Moscú y no necesitaba saberlo. Había asuntos sobre los que nunca se hacía preguntas. Todo cuanto necesitaba saber era que le pertenecía y que a su manera, hasta donde era capaz, él la amaba. Era suficiente con eso. Y ella también le amaba; él era su salvador.

Maylis estaba revisando los libros del restaurante esa mañana cuando Gabriel la llamó desde París. Estaba muy pendiente de todo y siempre se cercioraba de que nadie estuviera robando. El gasto en alimentos era elevado, los costes de los productos eran exorbitantes, traídos de toda Europa, y el presupuesto de los vinos era astronómico, pero también lo eran los precios que cobraban y todo parecía estar en orden. Su voz sonaba seria cuando atendió la llamada de Gabriel.

—¿Ocurre algo?

Gabriel era sensible a sus diversos estados de ánimo y trataba de resolver todos sus problemas. La había protegido casi como a una niña desde que empezó a representar a Lorenzo, y todavía más ahora que Maylis y él eran amantes. La trataba con todo el respeto debido a una esposa y la preocupación de un padre afectuoso, aunque solo fuera cuatro años mayor que ella. Aunque con sesenta y siete años, Gabriel parecía bastante mayor que ella. Ambos tenían el cabello blanco y el de ella ya no eran canas prematuras, aunque su rostro seguía joven y terso y su cuerpo conservaba aún su sensualidad y atractivo, igual que cuando posaba como modelo para Lorenzo.

—No, solo estaba revisando los libros. Todo parece estar bien. ¿Cuándo vuelves de París?

Su pregunta hizo que sonriera.

—Solo hace tres días que me fui. Tengo que quedarme un poco más aquí o Marie-Claude me regañará.

Pasaba tanto tiempo como le era posible en Saint Paul de Vence, aunque todavía era dueño de la galería de París. Durante los tres años que hacía que Maylis y él eran pareja, por atípica que fuera su relación, había procurado estar con ella todo lo posible. Pero en su mente, Maylis seguía casada con un difunto y a él le trataba como a un amante ilícito. Raras veces admitía delante de nadie que eran amantes, pero él aceptaba todas sus rarezas y excentricidades para estar con ella. Y hacía años que su hija Marie-Claude dirigía la galería. Ella acababa de cumplir cuarenta años, estaba casada con un abogado de éxito y tenía dos hijos adolescentes; respecto a ellos, decía que Gabriel los veía muy poco porque siempre estaba en Saint Paul de Vence con Maylis y porque estaba más unido a ella y a Theo que a su propia familia. Aquello disgustaba a su hija, que hacía años que estaba molesta y no tenía problema en hacérselo saber a su padre.

—Marie-Claude puede arreglárselas sin ti. Yo no —dijo Maylis con sinceridad y él sonrió.

Gabriel sabía que eso era cierto. Maylis había demostrado ser muy capaz con el restaurante, pero ocuparse de sus asuntos financieros o de los de Lorenzo, que eran considerablemente más complejos, la intimidaba. Gabriel tenía muy buena cabeza para las finanzas y adoraba cuidar de ella de todas las formas posibles y hacerle la vida más fácil. Lo había hecho durante años. Su hija también era una empresaria excelente, pero no le gustaba competir de forma constante con los Luca por su atención. Consideraba que su inquebrantable afecto hacia ellos era insano y que no valoraban sus esfuerzos. Pensaba que Maylis era una mujer muy egoísta que no dudaba en monopolizar el tiempo de su padre, en detrimento de este, y que lo utilizaba.

—Volveré pronto. Había pensado quedarme aquí una semana y ver qué tiene entre manos Marie-Claude. Ha firmado con un grupo de artistas nuevos.

En los últimos años se había convertido en poco más que un socio sin voz ni voto en la galería que él había fundado. Los asuntos de Lorenzo todavía acaparaban todo su tiempo; su patrimonio era enorme y más complicado de manejar que nunca. Quería asegurarse de que Maylis gozara siempre de una situación económica desahogada por si acaso a él le ocurría algo, y también aconsejaba a Theo y se ocupaba de sus finanzas. Theo era más astuto que su madre en lo relativo a sus finanzas, pero prefería centrarse en la pintura.

—Esta mañana he recibido una llamada que quiero comentar contigo, Maylis —añadió Gabriel.

—Oh, por favor, no me hables de que van a volver a subir los impuestos y cómo quieres manejarlo. Siempre acabo con jaqueca. —Pareció ponerse nerviosa al instante—. ¿No puedes ocuparte tú de eso?

—Esta vez no. No se trata de impuestos. Tienes que tomar una decisión. Me ha llamado un abogado de Londres en representación de un cliente. Este desea mantener el anonimato, pero se trata de un importante coleccionista de arte. Quiere comprar un cuadro que vio en el restaurante.

—No te molestes en seguir —le cortó Maylis con brusquedad—. Sabes que no vendo. Todos los cuadros de la casa tienen un cartel que deja bien claro que no están en venta.

—Ofrece una cantidad importante. Y al menos tenía que transmitirte la oferta. No quería rechazarla sin tu consentimiento.

—Tienes mi consentimiento. Dile que la obra de Lorenzo no está en venta.

Ni siquiera quería oír la oferta.

—Han hecho los deberes. Y ofrecen el mismo precio que alcanzó el último cuadro de Lorenzo que se vendió en Christie´s. Es mucho dinero, y solo es la oferta inicial.

Aunque la oferta era elevada, Gabriel había deducido por el tono del abogado que estaban dispuestos a subir.

—Eso fue hace siete años y ahora valdría más. Si pensara vender, cosa que no es así. Diles que no. ¿Sabes quién es?

—No, no lo sé. El posible comprador no desea que lo sepamos.

—Bueno, eso da igual. Dile que no hay nada en venta.

Gabriel vaciló durante un momento. Habían ofrecido un precio enorme, aunque ella tenía razón, y si sacara a subasta un cuadro de Lorenzo en la actualidad alcanzaría un precio aún mayor. Pero el anónimo cliente también sabía eso. Era una oferta inicial inteligente.

—Creo que deberías hablarlo con Theo —repuso Gabriel con voz serena.

Pensaba que su hijo debería al menos saberlo, aunque había querido llamarla a ella primero, y si el cuadro en cuestión se exhibía en la casa, le pertenecía a ella. Pero Theo la aconsejaría bien y Gabriel estaba intentando animarla a que lo vendiera y establecer así un nuevo valor para la obra de Lorenzo, que inevitablemente sería más alto que el que se había establecido con anterioridad. Estaba preparado para pedir más en las negociaciones si ella accedía a vender y le dijo por cuál de los cuadros era la oferta.

—Ese no le pertenece a Theo. Y él tampoco quiere vender nada. No necesitamos el dinero y no voy a renunciar a ninguno de los cuadros de Lorenzo.

Llevaba una vida humilde y ganaba bastante con el restaurante, aparte de lo que Lorenzo le había dejado.

—Cuéntaselo a Theo. Me interesaría conocer su opinión —insistió Gabriel con delicadeza. Nunca la presionaba ni la forzaba a hacer nada. Solo la aconsejaba.

—De acuerdo, se lo contaré —accedió de mala gana, y pasó a discutir otras cosas más importantes para ella, como su margen en los grandes vinos en el restaurante. Quería saber si Gabriel pensaba que debían subir los precios. Él le aconsejaba sobre todo y ella confiaba en que él estuviera a su lado para prestarle su apoyo. Seguía todas sus sugerencias, siempre que no se tratara de vender la obra de su difunto marido, al menos de vez en cuando, pero antes de colgar le prometió de nuevo que hablaría con Theo. Terminó lo que estaba haciendo con el libro de cuentas del restaurante y luego llamó a su hijo.

Como de costumbre, este tardó una eternidad en responder, lo que significaba que estaba pintando. Parecía completamente distraído cuando cogió el teléfono.

—¿Sí? —Vio que la llamada era de su madre y esperaba que no le pidiese que esa noche volviera a trabajar en el restaurante y que Jean-Pierre estuviera recuperado y de nuevo en su puesto como maître—. Estoy pintando.

—Por supuesto. ¿Cuándo no? Gabriel me acaba de pedir que te llame. Siento interrumpirte.

—¿Ocurre algo?

—No, todo va bien. Le ha llamado un abogado de Londres que representa a un coleccionista privado que quiere comprar uno de mis cuadros.

—¿Le has dicho que no está en venta? —Theo no veía el sentido a la llamada y detestaba perder el hilo de sus pensamientos mientras trabajaba. Para él, pintar era un asunto intenso.

—Ya lo sabe. Por lo visto ofrecen el mismo precio que por el último que se vendió en Christie's, que ahora ya es demasiado bajo. Gabriel pensaba que debías saberlo. Y me ha dicho que podría negociar un precio mayor si queremos vender, cosa que no es así.

Theo vaciló un instante antes de responder y frunció el ceño.

—El precio era exagerado en su momento debido a una rivalidad entre dos compradores. Pagaron mucho más de lo debido. —Pese a todo, Maylis y Theo quedaron satisfechos con el resultado—. ¿Y este comprador anónimo está dispuesto a igualarlo en su oferta inicial?

Parecía sorprendido.

—Eso ha dicho Gabriel. Yo le he pedido que lo rechace, pero él quería que antes lo hablara contigo.

Theo entendía por qué. Era un precio muy alto por el trabajo de su padre y acreditaría su precio de mercado, más aún si el comprador seguía subiendo.

—Quizá deberíamos considerarlo —comentó Theo de manera pausada—. Y ver cuánto puede conseguir Gabriel y hasta qué punto lo desea el comprador.

—No voy a venderlo —replicó con tono férreo—. Es una de las primeras obras que tu padre pintó de mí cuando aún era solo su modelo.

Y de repente, al pensar en lo que su madre acababa de decir, Theo supo de qué cuadro se trataba. Era la pintura que había fascinado a Vladimir Stanislas en el restaurante la noche anterior.

—Creo saber quién puede ser el comprador. Stanislas se quedó hipnotizado por él anoche. —Y se acordó de su irritación al enterarse de que no estaba en venta y el comentario sobre que todo tenía un precio—. Si es él, tal vez podrías negociar y pedir más. No creo que esté familiarizado con la palabra «no», y si lo quiere lo suficiente, pagará lo que sea.

—No está en venta —repitió Maylis, tajante—. Me importa un bledo lo que ofrezca.

—Podría establecer un nuevo punto de referencia para los precios de las obras de papá y poner el listón aún más alto.

—¿Qué más da eso si no queremos vender nada?

—Puede que algún día quieras hacerlo, y siempre es bueno tantear el mercado del arte actual. Gabriel siempre dice que es aconsejable vender uno cada cierto tiempo. Y papá pintó cuadros mejores de ti, como los que hizo cuando estabais juntos. —Su amor por Maylis y por su hijo había brillado en cada cuadro después de eso—. Este podría ser uno de los buenos para vender —añadió con aire pensativo.

—La respuesta es no.

66

A veces era increíblemente obstinada, sobre todo en lo referente al trabajo de su difunto marido.

—La decisión es tuya, mamá. Pero yo negociaría con ellos y vería qué se puede sacar.

Era un buen consejo, el mismo que le había dado Gabriel.

—Le he dicho que rechace la oferta.

Le confirmó eso mismo a Gabriel cinco minutos más tarde, después de que Theo y ella colgaran. Le decepcionó un poco que no estuviera dispuesta a escucharle, ni a él ni a su hijo.

—Se lo comunicaré —repuso, sin embargo, con voz serena.

Gabriel no era tan tonto como para discutir con ella sobre el trabajo de Lorenzo, así que llamó al abogado de Londres poco después y declinó la oferta.

Estaba revisando fotos de algunas de las nuevas obras que Marie-Claude había adquirido, cuando el abogado londinense llamó de nuevo y le ofreció un precio considerablemente más alto. Gabriel consiguió no mostrarse sorprendido, aunque lo estaba. No cabía duda de que el comprador anónimo estaba dispuesto a pagar cualquier precio con tal de adquirir la obra. Ofrecía un cincuenta por ciento más del valor establecido en la subasta de Christie's. La oferta era en verdad impresionante. Se comprometió a trasladársela a la viuda del artista, pero cuando lo hizo, Maylis se mostró obstinada. En esa ocasión ni siquiera accedió a llamar a Theo.

—Es mucho dinero —adujo, tratando de razonar con ella—. No creo que debas rechazarlo, Maylis. Establece un punto de referencia astronómico para el trabajo de Lorenzo en el mercado del arte actual.

—Me da lo mismo. No está en venta.

Gabriel exhaló un suspiro y llamó de nuevo al abogado, sintiéndose como un tonto. Sabía que era un precio fabuloso por la obra y tuvo que explicar que la señora Luca no estaba interesada por el momento en vender el trabajo de su marido. Quería dejar la puerta abierta para más adelante, pero no estaba seguro de que llegara a vender ninguna de las obras en toda su vida, y Theo tampoco necesitaba el dinero. Llevaba una vida muy sencilla. Ambos la llevaban.

—Mi cliente me ha autorizado a hacer una última oferta —dijo el abogado con su acento británico. Y dobló la oferta inicial, convirtiendo el cuadro en uno de los más caros jamás vendidos, siempre que Maylis estuviera dispuesta a aceptar el precio.

Gabriel guardó silencio, anonadado por la cifra.

—Se lo trasladaré a mi cliente —respondió con respeto, pero esa vez llamó a Theo y le comunicó la cantidad. Theo profirió un silbido al oírla.

—¡Por Dios! Debe de ser Stanislas. Nadie más pagaría eso.

—No sé qué decirle a tu madre. Creo que debería venderlo —repuso Gabriel con sinceridad, sin saber cómo convencer Maylis. Ella le hacía caso en casi todas las cosas, pero no en lo relativo a deshacerse del trabajo de Lorenzo. Estaba muy ligada a nivel emocional. Y nadie podría acusar a Gabriel de tener un interés económico en esa transacción, ya que desde la última venta había dejado de cobrarle comisión. No le parecía bien hacerlo, así que sus consejos eran sinceros y del todo desinteresados.

—Yo también lo creo —convino Theo—. No me gustó nada el tipo cuando lo vi anoche, si es que se trata de Stanislas, y estoy casi seguro. —Había tenido una reacción visceral hacia él—. Pero es un precio cojonudo. No puede rechazarlo.

—Creo que lo hará, sin importar lo que le digamos. —Gabriel parecía desanimado.

—La única buena noticia es que pintó ese cuadro cuando ella era tan solo su modelo. Dudo que acceda a vender ninguna de las obras posteriores, cuando era su amante o después de casarse. Desde luego, no debería rechazar esta oferta. Creo que es un hito importante para la obra de mi padre. Dobla lo que obtuvimos por la última que se subastó en Christie's. Es un salto enorme —zanjó con tono práctico.

—Yo también le recordaría eso —admitió Gabriel—. A ver qué puedes hacer.

Theo la llamó en cuando Gabriel y él se despidieron y le repitió lo que le había dicho a este, que era un magnífico precio por la obra de su padre, que le dispararía a la estratosfera en el mundo del arte y que no podía privarle de eso. Dijo que estaba seguro de que su padre querría que vendiera la pintura; esperaba que eso la persuadiera, aunque a veces no servía de nada invocar el nombre de Lorenzo y sus deseos imaginarios.

—Lo pensaré —respondió.

Parecía angustiada. Desprenderse de uno de sus cuadros era para ella como renunciar a un hijo y perder otro pedazo más de Lorenzo.

Para su asombro, Maylis volvió a llamar a Theo al cabo de una hora. Sus palabras le habían llegado al corazón y quería hacer lo que el propio Lorenzo hubiera querido.

—Si de verdad piensas que es un hito importante para él y que él así lo querría, lo haré. —Parecía casi al borde de las lágrimas.

Theo sabía lo duro que era para ella, lo mismo que Gabriel, razón por la cual no la había presionado, sino que había tratado de animarla con tacto. Y su hijo había pronunciado las palabras mágicas: «Se lo debes a papá. Es lo que él habría querido. Es un tributo a su obra».

—Creo que has tomado la decisión correcta, mamá. Esto es lo que papá querría.

Y habría sido un crimen rechazar semejante oferta. Habían doblado los precios de Lorenzo con una única venta, aun sin una guerra de pujas en una subasta. Theo la felicitó por su sabia decisión y la apremió a que llamara a Gabriel de inmediato, antes de que el comprador o compradora cambiara de parecer.

Gabriel se sorprendió e impresionó tanto como el joven. Después de que Theo y su madre colgaran, este recordó el comentario que Vladimir Stanislas había hecho la noche anterior acerca de que todo tenía un precio. Y se preguntó si Vladimir creía lo mismo acerca de las personas; sospechaba que sí, lo cual era incluso peor. Si era el comprador, esa vez había ganado, pero también ellos. Era una situación en la que todos eran vencedores.

Gabriel comunicó al abogado de Londres que aceptaban su oferta y este les dijo que el comprador se alegraría. Llamó de nuevo al marchante al cabo de diez minutos para comunicarle que transferirían el dinero a la cuenta bancaria de la galería de París en una hora. El comprador quería que entregaran el cuadro en un yate llamado *Princess Marina* y que esa misma tarde una embarcación los estaría esperando en el muelle del Eden Roc del hotel Du Cap de Antibes a las cinco en punto. Aquello confirmó la sospecha inicial de Theo de que el comprador era Vladimir. Ahora que las negociaciones habían concluido con éxito estaba dispuesto a revelar su identidad. Gabriel le llamó en cuanto colgó y le comunicó quién era el coleccionista.

—Lo sabía —respondió—. Anoche dio la impresión de que tenía ganas de arrancarlo de la pared y marcharse con él debajo del brazo. No me gusta que lo tenga, pero a ese precio ¿cómo rehusar?

—Me alegro de que no lo hayáis hecho, y lo que le has dicho a tu madre es verdad. Este es un hito importantísimo para la obra de tu padre. Establecerá el mínimo, no el techo, para la próxima venta. Es un precio muy, muy importante para la próxima vez que ella o tú decidáis vender uno de sus cuadros, dobla el valor de su patrimonio. No es moco de pavo. —Theo comprendió entonces la repercusión de sus actos. El valor de toda su fortuna y de la de su madre se había doblado con una sola venta. No le caía bien el hombre que lo había adquirido y le daba muy mala espina, pero les había hecho un favor a todos—. Quiere que el cuadro se entregue en su barco esta tarde a las cinco en punto. Siento molestarte, pero ¿podrías llevarlo tú? Me parece que sería demasiado emotivo para tu madre hacerlo ella.

Además, era una pieza grande con un marco pesado y demasiado voluminoso como para que lo transportara Maylis.

—Por supuesto —se apresuró a decir Theo, preguntándose si vería a Natasha o solo a Vladimir.

No cabía duda de que tratándose de semejante cantidad de dinero querría recibir el cuadro él mismo.

—Habrá una embarcación esperándote en el muelle del Eden Roc del hotel Du Cap. Tú solo tienes que subirlo a bordo del yate y entregárselo a Stanislas. Y ya está. Han dicho que el dinero estará en la cuenta de la galería en una hora. Lo transferiré a la de tu madre. Pero en cuanto tengamos el dinero, puedes hacer la entrega.

Los movimientos bancarios solían ser más lentos, pero no tratándose de Vladimir.

—Estaré en el muelle del hotel a las cinco. Le ayudaré a mi madre a descolgarlo de la pared esta tarde.

Todos los cuadros contaban con fuertes medidas de seguridad para impedir que los robaran y para satisfacer a su compañía aseguradora, ya que el restaurante convertía la casa en un lugar público. Los cuadros que estaban en el estudio de su padre no contaban con las mismas medidas, pero nadie entraba en él salvo su madre, que vivía allí, y habían instalado una alarma hacía años. Jamás eran descuidados con la obra de su padre.

—Te confirmaré la recepción de los fondos en cuanto los tengamos, pero no creo que haya ningún problema. Parece que a Stanislas le corre el dinero por las venas —comentó Gabriel, aún asombrado por el precio que había pagado por la pieza de Lorenzo. Pero no cabía duda de que cuando Vladimir quería algo estaba dispuesto a hacer lo que fuera para conseguirlo.

—Eso parece —repuso Theo, con tono serio.

Ni siquiera tan increíble venta hizo que el hombre le cayera mejor. Todo en él le desagradaba. Solo le importaba poseer lo que deseaba; personas, empresas y objetos. Theo se preguntó qué sentía la hermosa joven al ser una de sus posesiones. Detestaba la idea. Tenía unos ojos amables en su bello rostro y le había encantado hablar con ella. Le gustaría verla en el barco, cuando entregara el cuadro, pero dudaba que lo hiciera. Le tratarían como a un repartidor y le largarían en cuanto el cuadro abandonara sus manos. Estaba seguro de que sería así. No tenían forma de saber que era el hijo de Lorenzo y no quería que lo supieran. Aquello no les incumbía, y no era típico de él presentarse como tal. Nunca lo hacía.

A las cinco, puntual, Theo estaba en el muelle justo debajo del Eden Roc del hotel Du Cap. Habían envuelto el cuadro de forma minuciosa en papel de seda, después en fina tela y por último en plástico de burbujas y un grueso envoltorio de plástico para protegerlo durante el viaje hasta el barco. Theo lo sujetaba cuando la lancha neumática se aproximó. Los marineros del *Princess Marina* lo vieron de inmediato, cogieron el cuadro con sumo cuidado, le ayudaron a subir a bordo, cubrieron el cuadro envuelto con una lona y luego surcaron el agua a gran velocidad hacia el yate. Le pidieron que aguardara con el cuadro en una zona de espera. Luego fue a recibirle el sobrecargo con un guardia de seguridad y lo acompañaron a un ascensor. Lo trataron con respeto, pero su misión era simple y clara: entregar el cuadro a una persona designada, cuya identidad desconocía. Y con ese precio, no podía ser otro que el propio Stanislas, que quería gozar del placer de recibir lo que ahora poseía y por lo que había pagado una fortuna.

Theo salió a una cubierta superior del barco, donde vio un enorme bar y a una mujer sentada en un sillón, ataviada con pantalón corto y camiseta. Llevaba el largo cabello rubio recogido en lo alto de la cabeza de manera informal. No había ni rastro de Vladimir cuando Natasha se levantó y se encaminó descalza hacia él.

—Gracias por traer el cuadro. —Le brindó una sonrisa desenfadada y, aun sin el traje, le reconoció del restaurante la noche anterior. Él también vestía pantalón corto y camiseta, y había dejado los zapatos abajo, en una cesta, al subir a bordo—. Vladimir me dijo que alguien lo entregaría. Has sido muy amable al venir. —Theo se fijó de nuevo en su acento ruso, aunque su francés era excelente. Ella no tenía ni idea de cuánto había pagado Vladimir y de lo normal que era que alguien lo llevara al barco. Daba por hecho que Theo era el maître del restaurante, que ahora hacía las veces de mensajero y repartidor. Aceptó el cuadro de manera oficial, se lo entregó al guardia de seguridad y le ordenó que lo dejara en el despacho del señor Stanislas, siguiendo las instrucciones de Vladimir, que les había enviado un correo electrónico para informarles de las disposiciones para la entrega. Se volvió hacia Theo con su cálida sonrisa—. Imagino que Vladimir no se equivocaba al decir que todo tenía un precio —comentó con una mirada tímida, pero educada—. No suele hacerlo.

—No todo. Pero en este caso, venderlo era lo correcto para todos los interesados —repuso Theo con seriedad.

Vladimir no les había derrotado ni se había aprovechado de ellos, sino que les había ofrecido un precio fantástico y un muy buen negocio y Theo era consciente de ello, le gustara o no aquel hombre.

—Está muy contento —añadió ella en voz queda—. Y el cuadro es muy bello.

Lo recordaba a la perfección de la noche anterior y no había tenido dudas en cuanto a cuál era el que Vladimir quería.

—¿Dónde lo colgarás? —quiso saber Theo, preguntándose si se lo llevarían a Rusia, a Londres o a alguna otra parte. En las escasas ocasiones en que vendían, le gustaba saber adónde iban a parar los cuadros de su padre. El que subastaron en Christie's hacía siete años estaba en manos de un importante coleccionista de Brasil.

—Seguramente en el barco —respondió—. Nuestras obras de arte preferidas están todas aquí. El apartamento de Moscú es muy moderno y austero. Tenemos algunos cuadros de Jackson Pollock allí, y también de Calder. Y de los antiguos maestros en Londres. Aún no tenemos mucho en la casa de Saint Jean Cap-Ferrat porque apenas la usamos. Las obras de arte que más amamos están en el barco para poder contemplarlas a menudo. —Y era más seguro tenerlas allí, bajo vigilancia constante. Entonces le vino algo a la cabeza y supuso que a él le gustaría—. ¿Quieres ver el barco?

No quería si eso suponía dejar de verla y deambular por el enorme yate con un marinero de cubierta o incluso un oficial. Prefería hablar con ella unos minutos más, sobre todo porque era evidente que Vladimir no estaba, ya que de lo contrario le habría recibido él en persona. Estaba a punto de declinar la oferta cuando se ofreció a enseñárselo ella misma. Esa mujer era mucho más fascinante que el barco e ignoraba por completo lo cautivado que le tenía.

No podía apartar los ojos de ella mientras le guiaba por la enorme sala de máquinas, la cocina, los congeladores, el spa, el enorme gimnasio, equipado con todo tipo de máquinas, y el estudio de ballet, con una barra de ejercicios. Había un salón de peluquería, una cancha de ráquetbol, piscinas cubiertas y exteriores, un enorme jacuzzi, un bar diferente en cada piso, un comedor con capacidad para cuarenta personas y otro al aire libre del mismo tamaño, que utilizaban a diario. Había suelos y paredes de piel, instalados por Hermès, increíbles paneles de madera, preciosos muebles e impresionantes obras de arte. Contó seis Picassos durante la visita. La obra de su padre formaría ahora parte de su colección permanente, algo de lo que Theo estaba orgulloso.

Reparó en al menos una docena de camarotes de lujo, aparte de las habitaciones para los setenta y cinco miembros de la tripulación, que ella dijo que vivían y trabajaban a bordo. Cuatro chefs y veinte ayudantes a jornada completa. Distinguió también una cámara refrigerada en la que una florista trabajaba a tiempo completo, preparando arreglos para cada habitación del barco. Contaba con su propio cuerpo de bomberos, una enorme estancia para todos los guardias de seguridad, una lavandería gigantesca y una tintorería, una sala de equipajes para todas sus maletas y otra donde se guardaban y repartían los uniformes de la tripulación, con tres ayudantes. Cada ocupación y rango tenía un uniforme diferente.

Le enseñó una sala de cine para cincuenta personas, con unos enormes y cómodos sillones reclinables, y varias habitaciones cerradas con llave, cuya utilidad no le explicó. Se preguntó si había una armería, ya que una de esas puertas estaba junto al puesto de guardias de seguridad. Le resultaba obvio que un hombre tan rico y poderoso como Vladimir tendría armas en el barco para protegerse.

Terminaron subiendo a la timonera, donde el capitán y varios oficiales charlaban de forma distendida delante de las pantallas de radar, ordenadores y equipos electrónicos de última generación. El capitán era británico, al igual que la mayoría de oficiales, pero Theo se había dado cuenta de que también había muchos miembros de la tripulación rusos y que todos los guardias de seguridad eran soviéticos. Había marineros rusos, filipinos, australianos y neozelandeses. El personal de cocina al completo era italiano. Y al pasar oyó una auténtica cacofonía de idiomas, del francés al chino, aunque sobre todo ruso.

Natasha los saludó a todos como si los conociera y ellos

respondieron con educación y respeto. Era evidente que ostentaba una posición importante. No era una tía buena con cabeza de chorlito ni una cara bonita que habían llevado allí para entretener a Vladimir. Él era el amo y señor, pero ella era la señora de la casa y era obvio que, por su amabilidad, les caía bien. No alardeó mientras le enseñaba todo aquello ni se daba aires de grandeza. Era sencilla y desenfadada y actuaba como una persona normal y corriente.

Le ofreció champán cuando volvieron al bar al aire libre donde habían empezado la visita. Él aceptó, pero no sabía qué decir. Jamás había visto nada parecido; habían tardado casi una hora en ver el gigantesco barco. Era tan laberíntico y completo como un crucero, pero mucho más hermoso. Todo lo que había en él era de la mejor calidad, desde las obras de arte hasta las telas, pasando por el mobiliario y los objetos de incalculable valor repartidos por las estancias como parte de la decoración. Vladimir tenía buen ojo para lo bello. Natasha era una prueba de eso. Theo no pudo evitar preguntarse cómo sería vivir en aquel mundo de esplendor y formar parte de tan deslumbrante máquina.

—Es realmente impresionante, y más grande de lo que parece desde tierra —dijo Theo con admiración mientras aceptaba la copa de champán que ella le ofrecía.

—Sí que lo es —convino—. ¿Te gustan los barcos? —preguntó con sincera curiosidad.

Theo rio mientras respondía.

—Pues sí, pero nunca había estado en uno tan grande.

Era un mundo autosuficiente, casi como una ciudad. Ella no le había llevado a su camarote ni al despacho de Vladimir, que jamás formaba parte de las visitas, pero sí le había enseñado todo lo demás. Y reparó en que los guardias de seguridad habían desaparecido en cuanto se llevó a cabo la entrega del cuadro. Tampoco habían llevado ningún guardia al restaurante, lo cual le sorprendió. Imaginaba que tratándose de un hombre tan rico como Vladimir, el tema de la seguridad debía ser un problema constante, pero no comentó nada al respecto.

—Gracias por la visita —añadió Theo cuando se sentaron en el sillón. Contemplaron la costa en silencio durante unos minutos. Le gustaba estar allí con ella. Parecía una persona dulce, y cuando la miraba a los ojos, estos eran grandes y cristalinos; ella también parecía sentirse fascinada por él.

Ninguno habló durante largo rato. Él se sentía irremediablemente atraído por ella, y durante un momento de locura se preguntó qué ocurriría si la besaba. Lo más seguro era que lo agarraran una docena de guardaespaldas y lo arrojaran por la borda, o quizá lo mataran, pensó para sus adentros, y luego se rio de tan descabellada fantasía. Ella le brindó una sonrisa, como si pudiera leerle la mente. Lo que más le atraía de ella era que, pese a ser sensual y hermosa, no tenía nada de vulgar ni coqueteaba de forma descarada. Era la mujer más delicada que había conocido y parecía en cierto modo inocente, como si en realidad no formara parte de aquello, y sin embargo lo era y vivía con el hombre que lo había creado y que podía permitirse pagar aquel barco, otros cuatro más y varias casas que eran igual de legendarias.

Tenía ganas de preguntarle cómo era vivir así, pero no se atrevió. Bebieron el champán en silencio y luego ella se puso de pie. Parecía más relajada que la noche anterior y sin duda se sentía como en casa en el enorme barco, rodeada por un ejército de miembros de la tripulación que atendían todas y cada una de sus necesidades.

Le acompañó a la cubierta inferior y le sonrió cuando subió a la lancha neumática. Los marineros a bordo ya estaban arrancando los motores, listos para partir, mientras él se preguntaba si volvería a verla de nuevo. Dudaba que fuera así. Aunque ella acudiera al restaurante, él no estaría allí, sino en casa, pintando en su estudio. Y entonces a ella se le ocurrió algo justo antes de que él se marchara.

—He olvidado preguntarte cómo te llamas. —Parecía una niña cuando le sonreía. Habían pasado casi dos horas juntos sin haberse presentado.

—Theo.

—Yo soy Natasha —dijo, con un marcado acento ruso—. Adiós, Theo. Gracias.

Él no lo sabía, pero le estaba dando las gracias por dos horas durante las que había sido una persona normal, hablando de cosas corrientes, incluso mientras recorrían el barco de Vladimir. Nunca podía pasar tiempo con personas como él y había renunciado a la posibilidad de hacerlo al convertirse en la amante de Vladimir. Ahora vivía en el altivo aislamiento del universo de Vladimir y había abandonado sus gustos mundanos, como tomar un café o una copa, o incluso comer con una amiga o reírse de tonterías sin importancia. Vivía a la sombra de la vida de Vladimir, lejos de la pesadilla de su juventud, pero también de una vida normal y corriente. Era como una piedra preciosa guardada en una caja fuerte, que raras veces salía en público.

Agitó la mano cuando la lancha neumática se alejó y regresó arriba a paso ligero. Se detuvo frente a la borda y vio la lancha alejarse a toda velocidad hacia el muelle del hotel. Theo se dio la vuelta para mirarla y la distinguió como un punto en la borda, con el cabello agitado por la brisa, mientras la distancia hasta el barco aumentaba y se aproximaban a la costa. Y entonces, por fin, ella se apartó de la borda y Theo dejo de verla. Lo único que le quedaba era el recuerdo de las dos horas en su compañía; un recuerdo que atesoraría para siempre.

Durante el trayecto de vuelta a su estudio, tras asegurarles a Gabriel y a su madre que el cuadro había sido entregado, decidió hacerle una visita a Chloe. Una parte de él no quería ver a nadie después de pasar dos horas con Natasha. No quería que nada lo estropeara ni se entrometiera en su imagen mental de la mujer. Pero otra parte le pedía volver a la realidad y plantar los pies en tierra firme otra vez. En cierto modo, su madre no se había equivocado: las mujeres como Natasha poseían un atractivo letal y eran del todo inalcanzables. Ahora necesitaba tocar a una mujer de verdad. Una que no estuviera fuera de su alcance. Y Chloe parecía una solución fácil.

Aparcó delante de su casa y entró en su estudio. Estaba bebiendo una copa de vino y acababa de terminar de trabajar. Estaba ultimando unos lienzos comerciales que había prometido a una tienda de artículos de baño de Saint Tropez. Se giró sorprendida cuando él entró.

—¿Qué haces aquí? —preguntó. No parecía demasiado contenta de darle la bienvenida. Seguía enfadada por su llamada de la noche anterior.

—Acabo de entregar un cuadro de mi padre en uno de esos grandes yates rusos.

—Creía que tu madre no quería venderlos —repuso, indicándole con un gesto que se sentara, pero no hizo amago de acercarse para darle un beso.

—No suele hacerlo, pero ha hecho una excepción con este.

A Chloe no le costó imaginar que el ruso debía de haber pagado una fortuna por el cuadro o su madre no se habría desprendido de él. Le molestaba el poco interés que a veces mostraba por las comodidades materiales. Pero no tenía ninguna necesidad, pues su padre le había dejado una fortuna enorme. Ella había luchado durante años, tratando de llegar a fin de mes, y estaba harta. Estaba lista para sentar cabeza, dejar de trabajar y que otro pagara sus facturas. Y la falta de interés de Theo por comprometerse la sacaba de quicio y hacía que se cabreara con él. Hacía meses que no estaba satisfecha con la relación que mantenían.

—No dejan de impresionarme las mujeres que salen con esos rusos. Tienen que ser unas auténticas putas en la cama para que los tíos se gasten tanta pasta en ellas. Ropa de diseño, joyas increíbles, pieles, obras de arte. Veo un montón de ese material salir a subasta cuando voy a Drouot, en París. Esas chicas saben trabajarse a un tío y sacar provecho a sus cuerpos.

A Theo se le revolvió el estómago al escucharla y pensó en Natasha, que no se parecía en nada a lo que ella estaba describiendo. No podía verla de esa manera, no quería.

—Me parece que hay mucha diferencia entre las prostitutas que contratan y las mujeres con las que viven, sus amantes —repuso Theo, defendiéndolas sin alterarse.

—En realidad no —adujo Chloe con seguridad—. Puede que las amantes se lo monten mejor. Son la élite. Pero no cabe duda de que saben hacer que un tío cumpla con sus obligaciones.

Sus opiniones sobre las relaciones hicieron que se le pusieran los pelos de punta mientras la miraba; se sintió como si estuviera viendo a una desconocida, a alguien a quien no quería conocer.

—¿De eso se trata? ¿De hacer que un tío cumpla con sus obligaciones? Perdóname, puede que sea un idealista, pero ¿el amor pinta algo en esta película?

Sus padres se habían adorado y su historia de amor empezó cuando su padre no tenía ni donde caerse muerto. Prefería ese modelo antes que el que ella describía y obviamente buscaba. Se había mostrado muy franca al respecto en los últimos meses.

—Es muy probable que no para esas chicas. Y, afrontémoslo, seguramente el matrimonio es una versión mejor de la misma idea. Renuncias a tu vida por un tío, por servirle para siempre, hasta que ya no podéis soportaros, y a cambio él cuida de ti. ¿Qué tiene eso de malo? Al menos yo soy sincera.

Y también las rusas, y los hombres con los que están, saben lo que compran. Si juegas, pagas, y si una chica sabe utilizar bien su cuerpo, consigue mucho más. Fíjate bien en esas muchachas soviéticas. Saben lo que se hacen.

Theo tuvo la sensación de que estaba insultando a Natasha al decir aquello, cuando lo cierto era que había algo muy puro en ella. Tal vez Vladimir la mantuviera, y desde luego así era, pero parecía una mujer con corazón y alma. Chloe hacía que todas las relaciones entre hombres y mujeres parecieran prostitución. Se levantó después de haberla escuchado tanto tiempo como pudo soportar. Había ido a verla para llevarla a cenar y, con suerte, acostarse con ella, pero de repente era lo último que le apetecía y solo tenía ganas de salir corriendo por la puerta.

—Tienes una opinión muy materialista del matrimonio —dijo, bajando la mirada hacia ella, que estaba sentada en el sillón con una copa de vino en la mano. Tenía un cuerpo bonito y sabía usarlo; ahora entendía por qué. Lo utilizaba como una herramienta de negociación, con la esperanza de casarse y que la mantuvieran. Nunca hasta entonces lo había dejado tan claro.

—Mi padre no me dejó un montón de dinero como a ti el tuyo —replicó sin tapujos—. No puedo esconderme en mi torre de marfil a perfeccionar la forma en que me cepillo el pelo. Tengo que ser más pragmática que tú. Y si utilizar mi cuerpo como un instrumento hace que quieras casarte conmigo y mantenerme, ¿qué tiene de malo?

No tenía ni idea de cómo sonaba aquello y le daba igual.

—Utilizar tu cuerpo a la perfección no es suficiente —respondió con sinceridad.

—Pues a ti te lo parecía anoche, cuando intentaste pasarte por aquí para que nos acostáramos al salir del restaurante de tu madre.

No recordaba que ella hubiera sido tan abiertamente sobornable, pero los meses que habían pasado juntos no habían sido demasiado provechosos para ella. No estaba enamorado de Chloe, no quería casarse con ella y jamás querría. Y eso la enfurecía, porque las cosas no habían salido como había esperado desde el principio, cuando descubrió quién era su padre. Creyó que había dado con una mina de oro al conocerle y sin embargo él prefería vivir como si fuera un artista muerto de hambre y convertirse en un pintor importante como su padre mientras ella no se hacía más joven. Al final había topado con la clase de mujer que quería evitar a toda costa.

—Sigo teniendo la descabellada idea de enamorarme de alguien antes de pasar el resto de mi vida con esa persona o de pagar sus facturas, como dices tú. No sabía que el tema del dinero fuera una parte tan importante de todo eso. Quisiera pensar que una mujer se puede enamorar de mí antes que de mi cartera.

—Todo forma parte de lo mismo —arguyó Chloe con cinismo.

—Entonces ¿por qué no vas a por uno de los rusos? Hay muchos de esos por aquí. —Estaba furioso.

—Solo quieren a sus compatriotas. ¿Alguna vez has visto a un ruso con una amante francesa? ¿O saliendo con una francesa? Solo salen con chicas rusas. Se quedan con lo que conocen. —Theo no había pensado antes en ello, pero tenía razón. Los rusos que había visto en el restaurante de su madre siempre iban con chicas de su misma nacionalidad. Y Natasha confirmaba la regla—. Esas chicas deben saber algo que nosotras ignoramos.

—A lo mejor podrían darte clases —sugirió, decepcionado.

No se había enamorado de ella, pero durante un tiempo le había gustado. Ahora no podía soportar lo que estaba escuchando. Nunca había sido tan sincera con él.

—Puede que necesite un poco de práctica —respondió con

una sonrisa. Él también la había decepcionado, apenas había pasado tiempo con ella y no se había comprometido, pero Chloe estaba dispuesta a pasarlo por alto, al menos por una noche—. ¿Quieres que nos acostemos?

Una proposición como esa le quitaba todo el romanticismo y la seducción al acto. Había ido a verla con esa intención, pero de repente era lo último que deseaba.

—En realidad, no. Creo que acabas de resumirlo muy bien. Estás buscando a un tío que te mantenga a cambio de sexo y de tus otros talentos. Y yo no estoy interesado en el matrimonio, pero sigo teniendo la infantil ilusión de estar enamorado de la mujer con la que esté si voy a tener una relación a largo plazo. Me parece que hemos agotado las posibilidades y que ambos tenemos que pasar página. —Ella se sorprendió al oírle. Entonces Theo se detuvo en la puerta y se volvió para mirarla—. Buena suerte, Chloe, estoy seguro de que encontrarás al hombre que buscas.

—Durante un tiempo pensé que podrías ser tú —repuso sin alterarse, y se encogió de hombros.

—No lo soy.

Theo parecía aliviado cuando salió por la puerta.

—Lo sé. Eso ya lo había descubierto yo solita —añadió con frialdad.

—¿Clases de ruso, tal vez? —sugirió con cierto sarcasmo. Tenía madera de cazafortunas y por fin había destapado sus cartas. No lo había visto antes. Al principio había jugado mejor.

Ella no respondió y él se fue. Lo único que vio al verle marchar fue la mina de oro que representaba escapándosele entre los dedos otra vez. No sabía por qué, pero siempre salía mal. Arrojó la copa de vino vacía contra la pared y empezó a llorar cuando se hizo añicos.

Lo único que Theo quería era irse a casa. Chloe había hecho que se sintiera sucio, como si todo se redujera a cambiar sexo por dinero. Tenía que haber algo más profundo. Entonces pensó en Natasha. Ella era justo lo que Chloe había descrito y aspiraba a ser, pero aquella mujer no era insensible ni vulgar, ni parecía una cazafortunas, aunque fuera una mantenida. Parecía una buena chica y hablar con ella había sido fácil y divertido.

Entró en su estudio en cuanto llegó a casa y se quedó allí de pie, perdido durante un instante. Sabía qué tenía que hacer y se sentía impulsado a hacerlo, pero también sabía que no debía. No pudo evitarlo; era una fuerza más poderosa que él. Cogió el lienzo en blanco que había sacado la noche anterior y lo colocó en el caballete. Ni siquiera realizó un esbozo preliminar antes de comenzar a pintarla al óleo. No lo necesitaba. La tenía grabada a fuego en su memoria y podía ver su rostro como si estuviera delante de él. Podía verla reír con alguno de sus comentarios, y su sonrisa nostálgica cuando la lancha neumática se alejó del barco, apartándolo de ella. Podía oír la forma en que pronunció su nombre cuando lo dijo. Natasha... Natasha... El vaivén de sus caderas cuando la siguió escaleras abajo, el modo en que su cabello se agitaba al viento mientras lo contemplaba desde la borda...

Ella llenaba cada resquicio de su mente y provocaba que una descarga eléctrica recorriera su cuerpo mientras empezaba a pintarla. Poco después la vio surgir entre la niebla del lienzo... Natasha... Lo había embrujado en cuerpo y alma, se sentía poseído mientras continuaba pintándola de forma frenética hasta el amanecer. Ni sabía ni le importaba qué hora era, solo que podía estar cerca de ella. Para entonces, sus ojos se clavaban profundamente en los de él.

4

Vladimir aterrizó de nuevo en el barco tres días después de que Theo hubiera entregado el cuadro. Pidió verlo nada más llegar a bordo y envió a uno de los guardias de seguridad a buscarlo a su despacho. Lo desenvolvió con cuidado y lo descubrió despacio mientras Natasha observaba. No le había preguntado quién lo había entregado, era algo irrelevante y ni siquiera se le pasó por la cabeza, así que no tuvo que explicarle nada. Ella nunca tenía invitados a bordo, de modo que el rato que había pasado con Theo era algo atípico, pero no había tenido nada de malo. Tan solo fue un pequeño resquicio de una vida «normal» que nunca había tenido ni tendría y a la que había renunciado por propia voluntad para estar con Vladimir. Fue divertido saborearla durante un instante, charlar con alguien de una edad similar a la suya, que no quería nada de ella. Apenas tenía contacto con nadie que no perteneciera al mundo de Vladimir. En lugar de amigos, tenía a Vladimir. Y no se arrepentía de nada. Pero había sido agradable hablar con Theo sobre arte y sobre la vida y enseñarle el barco, como dos críos que exploran la casa del otro, aunque tenía la sensación de que a Vladimir no le gustaría. Él no creía necesario que hablase con nadie más que con él.

Se preguntó dónde y cómo vivía Theo. Seguramente en un pequeño apartamento en algún lugar, o en un cuarto, con su trabajo en el restaurante. En realidad, Theo era el primer hombre con el que había hablado en años, aparte de Vladimir, o sin que él estuviera presente y vigilándola con atención. Y solo podía conversar con Vladimir cuando estaba de humor y sobre los temas que él elegía. Su conversación con Theo le había resultado sincera y libre, aunque no sabía nada de él.

El cuadro era todavía más hermoso de lo que Vladimir y Natasha recordaban y él estaba encantado con la adquisición, sobre todo porque el trabajo de Lorenzo Luca era muy escaso. Adquirirlo había sido un gran logro y, conociéndolo, a Natasha no le sorprendía que lo hubiera hecho. En cuanto decidía que quería algo, era capaz de convencer a cualquiera de cualquier cosa. No paraba hasta que tenía en sus manos el objeto deseado, y en ese caso ya lo tenía. No se diferenciaba mucho de la forma en la que la había perseguido a ella y había acabado conquistándola. Era su forma de ser.

Esa noche cenaron en cubierta y Natasha se dio cuenta de lo satisfecho que estaba con el tiempo que había estado ausente. Estaba de buen humor; eligieron un lugar para el nuevo cuadro en su dormitorio y trasladaron el Picasso al salón. Después volvieron a cubierta. Él le comentó que iban a mover el barco esa noche, que le había ordenado al capitán que pusiera rumbo a Saint Tropez.

—Puedes ir de compras durante un día. Creo que después de eso iremos a Sardinia. Hace tiempo que no vamos. Se acerca el mistral para finales de semana. Podemos dejarlo atrás antes de que llegue y quedarnos allí.

Había un lugar en Porto Cervo, justo antes de entrar en el puerto, en el que le gustaba fondear. El barco era demasiado grande para entrar, algo que sucedía siempre allá adonde iban. Y sabía que a ella le gustaba pasar por Portofino de camino. Todos eran lugares familiares para ambos. A veces también iban a Croacia y a Turquía, en ocasiones se acercaban a Grecia y otras, a Capri. Venecia era uno de sus lugares favoritos, y lo bastante grande para que atracaran con comodidad, con una vista perfecta de las iglesias y la plaza. Natasha estaba entusiasmada por ir a Saint Tropez y a Sardinia y le daba igual que la travesía hasta allí fuera turbulenta. Era buena marinera y ya antes había vivido tormentas con él. Nunca se mareaba y a veces su equilibrio era mejor que el de la tripulación.

Zarparon alrededor de las dos de la madrugada, una vez Vladimir y ella estuvieron acostados y dormidos después de hacer el amor. Cuando despertaron a la mañana siguiente, estaban anclados fuera del puerto de Saint Tropez. Ella fue de compras esa mañana, acompañada por dos marineros que cargaron con sus adquisiciones, y se reunió con Vladimir para comer en Le Club 55, donde siempre lo pasaba bien. Había comprado algunos trajes de baño en Eres y un bolso blanco de verano en Hermès, y se había divertido echando un vistazo en las tiendas.

Las calles estaban abarrotadas. Era fin de semana, y aunque estaban a primeros de junio, la temporada había comenzado. En julio y agosto la multitud haría que fuera insoportable, pero por el momento podían moverse con comodidad. Vladimir paseó por la ciudad con Natasha después de comer y luego volvieron al barco y se alejaron para que ella pudiera nadar. Pusieron rumbo a Sardinia al anochecer. Se detendrían en Portofino por la mañana para ir de compras y luego se dirigirían al sur, a Córcega, y de ahí, a Sardinia. Era una ruta que ambos conocían bien.

Natasha estaba tumbada en la cubierta después de nadar, contemplando la estela tras ellos mientras cogían velocidad, y miró a Vladimir, dormido al sol. Daba gracias por la vida que compartía con él. Era igual que vivir en una burbuja, sola con él, según sus condiciones. Se sentía a salvo allí, a su lado. Sabía que su trabajo conllevaba riesgos, razón por la que tenía guardaespaldas, pero mantenía todo aquello bien lejos de ella. Era como una niña inocente, a la sombra de él. Theo había tenido esa misma impresión de ella. No era nada intrigante ni manipuladora. Natasha existía simplemente como una flor brillante para animar a Vladimir cuando este quería hablar con ella o llevarla a alguna parte para presumir de acompañante.

Lo único que de verdad echaba de menos era la oportunidad de aprender más. Le habría encantado ir a la facultad o asistir a clase en un museo para estudiar arte. Pero, teniendo en cuenta cómo vivía Vladimir, no había tiempo para que ella hiciera nada de eso. Él viajaba mucho y se la llevaba consigo a las primeras de cambio. Le decía que hiciera el equipaje y se marchaban a una de sus casas o al barco. Y siempre ponía objeciones cuando ella mencionaba lo de ir a clase; le decía que, para él, ya sabía todo lo que necesitaba saber. No veía razón para que aprendiera más cosas, aparte de leyendo libros o navegando por internet, algo que ya hacía.

Él no tenía estudios universitarios y apenas había ido al colegio, así que pensaba que tener una educación era algo innecesario, sobre todo en el caso de ella. Su trabajo era entretenerle de todas las formas que tan bien conocía ya. Era una especie de geisha, sin las restrictivas y anticuadas tradiciones, pero el concepto era el mismo. Y en ciertos aspectos estaba orgullosa de haberle hecho feliz durante tanto tiempo, de seguir interesándole y satisfaciéndolo. Por lo que respectaba a Vladimir, ella solo tenía que complacerle. Y para eso no era necesario estudiar.

Vladimir le hizo un comentario durante la cena, una vez estuvieron de camino a Sardinia. El barco era tan grande que se mantenía estable pese a avanzar a toda máquina, y además contaba con estabilizadores. Era agradable cenar al aire libre bajo la suave brisa mientras dos camareras y el sobrecargo les servían la cena.

—¿Por qué le enseñaste el barco al repartidor cuando trajo la pintura?

La miró sin pestañear, con la mirada clavada en la de ella.

A Natasha le dio un vuelco el corazón. De repente se sentía culpable, pese a que no había hecho nada malo. Pero había disfrutado de la compañía de Theo y este había pasado dos horas a bordo charlando con ella. Se preguntó si Vladimir sabía eso también, o que le había ofrecido champán. No había secretos con Vladimir. Pero su hermosa cara era la viva imagen de la inocencia cuando respondió:

—No era el repartidor. Lo trajo el maître del restaurante. Estaba fascinado con el barco, así que se lo enseñé antes de que se marchara.

—¿Te daba miedo contármelo?

Sus ojos se tornaron aún más penetrantes, pero ella no reaccionó, aunque el corazón le latía más deprisa. Vladimir había dejado claras las cosas. Él sabía todo lo que ella hacía y todo lo que ocurría. Tenía el control.

—Desde luego que no. No me pareció importante. Solo estaba siendo amable. Me pareció que él esperaba verte.

Natasha siempre sabía qué decir para tranquilizarle y aparentó desinterés por el tema, y aunque había disfrutado de las dos horas que había pasado con Theo, esa sensación no se traslucía en su rostro en ese momento.

—Deberías haberle mandado con el sobrecargo si quería una visita al barco —la reprendió Vladimir con suavidad.

—Me parece que estaba en tierra. Yo no tenía nada que hacer y estaba entusiasmada con el cuadro. —Natasha le brindó una sonrisa y él se arrimó para besarla con pasión en la boca.

No añadió nada más al respecto. Ya había dicho todo lo que tenía que decir y el beso le recordó a Natasha que era su dueño. Recibió el mensaje alto y claro. Siempre lo hacía y vivía como correspondía. Sus dos horas con Theo habían sido un desliz momentáneo que no volvería a repetirse. No era tan tonta como para disgustar a Vladimir.

Theo había trabajado en el retrato de Natasha durante días, sin tomarse apenas tiempo para comer o dormir. Estaba inspirado y se sentía obligado a seguir con él hasta haberla capturado, lo que resultó más difícil de lo que había pensado. Tenía algo esquivo, que continuaba eludiéndole, y por fin se dio cuenta de que era algo en su expresión, en sus ojos. Era mucho lo que no sabía de ella, y sin embargo le había llegado al alma. Y no tenía a nadie a quien se atreviera a confesárselo por temor a que creyeran que estaba loco por obsesionarse con la amante de otro hombre y, peor todavía, con la de Vladimir. No había forma de que pudiera competir con eso, y estaba seguro de que Natasha tampoco querría que lo hiciera. Parecía contenta con su situación.

Estaba sentado en su cocina, sumido en sus pensamientos y comiendo un sándwich rancio. Era la primera comida de verdad que tomaba en dos días. Tenía el mismo aspecto que un demente, con las mejillas cubiertas por una barba incipiente, despeinado y con la mirada perdida mientras pensaba en el cuadro. Ni siquiera oyó entrar a su amigo Marc. Habían estudiado Bellas Artes juntos y se conocían desde críos. Marc era escultor y hacía poco que se había mudado a vivir allí de nuevo desde Italia. Le gustaba el mármol y había ido a trabajar en una cantera para comprender mejor la piedra. Era un artista con talento pero apenas ganaba para vivir. Cuando necesitaba dinero para pagar el alquiler o para comer, trabajaba para una empresa que hacía lápidas.

—Ay, Dios mío, pero ¿qué te ha pasado? Pareces un náufrago. ¿Estás enfermo?

Marc era pelirrojo y tenía el rostro cubierto de pecas. Era alto y delgado y aún aparentaba dieciséis años en lugar de treinta y uno, uno más que Theo. Sentía debilidad por las mujeres necesitadas y les daba el poco dinero que tenía, así que siempre estaba sin blanca, aunque no daba la impresión de que le importara demasiado.

—Creo que estoy enfermo —respondió Theo—. O puede que solo haya perdido la cabeza.

Marc se sentó frente a él en la mesa de la cocina, dio un mordisco a la otra mitad del sándwich y arrugó la cara.

—¿De dónde has sacado esto? ¿De una excavación arqueológica? Debe datar de la época del faraón Tutankamón. ¿No tienes nada decente para comer?

Theo meneó la cabeza con una amplia sonrisa.

—No he parado para comer.

—No me extraña que estés como una regadera. ¿Estás sin blanca? ¿Necesitas un préstamo? —Aunque lo necesitaba más que la mayoría, Marc era el único de sus amigos que jamás le pedía dinero prestado. Ganaba lo justo para ir tirando y su amistad se basaba en los lazos de la infancia, no en quién era Theo, lo que hacía de él un amigo leal—. ¿En qué andas trabajando que tienes esas pintas?

—En el retrato de una mujer. No consigo sacármela de la cabeza.

—¿Un nuevo ligue? —El pelirrojo estaba intrigado—. ¿Qué ha pasado con Chloe?

—Hemos roto. Ella quería un tío que le pagara las facturas, que es su interpretación de una historia de amor. A mí me parece muy deprimente. Quiere intercambiar su cuerpo por un tío que le pague el alquiler.

Marc pareció pensativo durante un instante mientras asimilaba lo que Theo había dicho.

—Tiene un cuerpazo de infarto. ¿Es muy alto el alquiler?

—Da igual. Tú necesitas una mujer con corazón, no una calculadora humana con la que tener sexo. No es nada divertida y no para de quejarse.

No la había echado de menos ni un solo minuto desde que se marchó de su casa. Y había estado trabajando en el retrato de Natasha desde entonces.

—Bueno, ¿quién es tu nuevo ligue? —Parecía más intrigado.

—No tengo ninguno. Ella es la fantasía de mi vida arrastrándome por el infierno.

—No me extraña que parezca que te ha atropellado un tren. ¿Un producto de tu imaginación?

—Más o menos. Existe, pero pertenece a otro. Es la amante de un ruso que conocí en el restaurante de mi madre. Una chica preciosa. Es esclava del hombre con el que vive, que le dobla la edad y la tiene encerrada en su yate.

—¿Un ruso rico? —preguntó Marck con interés. Él conocía a todos sus ligues en los bares locales. La mujer soñada de Theo sonaba mucho más exótica y fuera de su alcance.

—Un ruso muy rico. Posiblemente el más rico, o uno de ellos. Es el dueño de Rusia, o algo parecido. Tiene una tripulación de setenta y cinco personas en su barco.

Marc soltó un silbido ante la imagen que Theo había creado.

—¿Te acuestas con ella? Un tío que es dueño de Rusia podría matarte por algo así.

La idea hizo reír a Theo.

—No me cabe duda de que lo haría. La he visto dos veces en mi vida y puede que no vuelva a verla más. Solo conozco su nombre.

—¿Estás enamorado de ella?

—No sé lo que siento. Estoy obsesionado. Intento pintarla y no consigo hacerlo bien.

—¿Por qué tienes que hacerlo? Invéntatelo.

—Lo más seguro es que no vuelva a verla nunca, salvo en este retrato. Me siento obligado a pintarla. No consigo sacármela de la cabeza.

—Esto suena fatal. ¿Ella también está obsesionada contigo?

—Por supuesto que no. Es feliz con su ruso. ¿Por qué no iba a serlo? Por cierto, ella también es rusa.

—Estás jodido. Parece que no tienes ninguna posibilidad. Siempre puedes raptarla o colarte de polizón en el barco. —Ambos se echaron a reír—. ¿Qué es lo que tiene que tanto te altera?

—Qué sé yo. Puede que sea el hecho de que es completamente inalcanzable. Es muy amable y parece una prisionera cuando está con él. Ese hombre es su dueño, ella es como un objeto del que presume.

—¿Parece infeliz?

—No —respondió con sinceridad—. Supongo que estoy loco por pensar en ella. Es del todo inaccesible.

—No parece una buena situación. ¿Puedo echar un vistazo al cuadro?

—Es un caos y sus ojos no están bien. Llevo dos días trabajando en él. —Marc entró sin prisa en el estudio y miró el cuadro sobre el caballete. A continuación se detuvo y lo contempló largo rato—. ¿Ves a qué me refiero?

Theo le había seguido y Marc se volvió a mirarle.

—Es tu mejor obra hasta la fecha. Hay algo que me cala hondo y hace que se me encoja el corazón. Es la mujer más hermosa que he visto en toda mi vida. —El retrato estaba inacabado, pero los elementos más importantes estaban ya ahí. La mujer del cuadro tenía alma y Marc también podía verla—. ¿Estás seguro de que no hay forma de llegar hasta ella? A lo mejor ella también está obsesionada contigo.

—¿Por qué iba a estarlo? No sabe quién soy, ni siquiera que soy artista. No sabe nada de mí. Cree que soy maître en el restaurante de mi madre o una especie de repartidor. Yo le entregué el cuadro. Estuvimos dos horas charlando y me marché.

—¿Uno de tus cuadros? —preguntó Marc con interés.

—No, de mi padre. Mi madre se lo vendió a su novio. Yo lo entregué. Él no estaba, así que tuvimos ocasión de hablar un rato y de ver el barco.

—No puedo ni imaginar el precio que os han pagado por él. No me creo que tu madre vendiera uno. Debe de haber pagado una fortuna.

—Así es —confirmó Theo.

—Bueno, me da igual si la ves de nuevo o no. Tienes que acabar el retrato; es una obra magistral. De verdad pienso que es tu mejor trabajo. Sigue sufriendo, merece la pena.

—Gracias. —Theo miró a su amigo con afecto.

—¿Quieres que vayamos a comer algo?

Meneó la cabeza.

—Me parece que volveré a trabajar. Me has animado a que no me rinda.

Marc se marchó al cabo de un rato y volvió media hora después con un poco de pan y queso y un par de melocotones y una manzana para que tuviera algo que comer. Marc era esa clase de amigo, siempre eran críticos con el trabajo del otro y sinceros a más no poder, de modo que para Theo significaba mucho que le dijera que era su mejor obra hasta la fecha.

Se concentró de nuevo en el retrato y pintó durante toda la noche. Se quedó dormido al amanecer, tendido en el suelo de su estudio, contemplando lo que había pintado. Sonreía. Por fin había conseguido plasmar los ojos y ella le sonreía desde el retrato. Era el rostro que recordaba tan bien, sonriéndole mientras la lancha neumática se alejaba.

El mistral, un poderoso viento del norte del Mediterráneo que suele soplar durante tres días, azotó el *Princess Marina* mientras recorrían la costa de Córcega y cruzaban el estrecho de Bonifacio. El enorme barco cabeceaba y se balanceaba con la mar gruesa. Natasha siempre decía que le gustaba cuando el mar estaba picado y se sentía como un bebé al que mecen en la cuna cuando despertó con el bamboleo, y eso que muchos miembros de la tripulación estaban indispuestos. El mar se tranquilizó cuando se aproximaron a Porto Cervo y echaron el ancla tan cerca del puerto como se atrevieron, si bien sabía por experiencia que soplaría durante varios días, lo cual no le molestó. Seguía queriendo ir hasta el puerto en la lancha neumática y echar un vistazo. Le gustaba ir de compras allí, había varias galerías de arte, algunas joyerías, todas de importantes marcas de diseño italianas, y una peletería en la que otras veces había encontrado abrigos que le gustaban.

—¿Estás segura de que quieres ir a tierra? —le preguntó Vladimir cuando se estaba preparando.

El mar estaba revuelto, la lancha se bambolearía durante la breve travesía hasta el puerto y ella se empaparía. Los marineros de cubierta la admiraban por lo buena marinera que era.

—Estaré bien —le aseguró a Vladimir.

Había tres marineros en la lancha cuando ella montó. Vladimir no la acompañó. Tenía trabajo. E ir de compras no le gustaba tanto como a ella, salvo si se trataba de adquisiciones importantes, como joyas o alta costura, pero Natasha podía apañárselas sola en las tiendas normales. No era necesario que fuera con ella a por un nuevo par de sandalias o un bolso de Prada, y disponía de una tarjeta de crédito a su nombre en una de sus cuentas. No le preocupaba cuánto gastaba y se mostraba razonable cuando iba de compras sola. Vladimir se gastaba mucho más dinero en ella que ella misma.

La lancha cabeceaba como un corcho en el agua cuando Natasha se bajó de un salto al muelle y un miembro de la tripulación la siguió por si necesitaba ayuda para llevar las bolsas a la vuelta. Visitó varias tiendas, y se estaba probando un abrigo de piel de color rosa chillón en la peletería en la que ya había estado, cuando el primer oficial del barco apareció con tres guardias de seguridad.

—Al señor Stanislas le gustaría que volviera al barco —dijo el primer oficial, muy serio.

Natasha pareció sorprendida.

—¿Ahora? ¿Sucede algo? ¿Está enfermo? Aún no he terminado.

No quería volver. Lo estaba pasando bien. En el barco no tenía nada que hacer y no podía salir a nadar con el viento que arreciaba y la mar tan picada.

—Parece estar bien —se apresuró a responder el primer oficial.

Había recibido órdenes directas de Vladimir y no quería tener que explicarle que Natasha se había negado a regresar y que no veía por qué tenía que apresurarse. Con el mistral no iban a ir a ninguna parte.

—Dígale que volveré dentro de una hora —repuso con una sonrisa. Todavía tenía puesto el abrigo de piel rosa y quería echarle otro vistazo con detenimiento.

—Creo que el señor Stanislas quiere que regrese ya —repitió con insistencia y preocupación en los ojos.

—No tardaré mucho.

Natasha le sonrió y se miró de nuevo con el abrigo. Le inquietaba que fuera demasiado chillón y que a Vladimir no le gustase, pero era divertido y se imaginaba llevándolo con vaqueros o con un vestido negro. Se lo quitó y se probó otro más tradicional mientras él hablaba con los tres guardaespaldas apostados en la calle. El oficial entró al cabo de un momento, con su teléfono móvil en la mano, y le comunicó que el señor Stanislas estaba al aparato. Ella lo cogió con una sonrisa y bromeó con Vladimir cuando le oyó al otro lado de la línea.

—Te prometo que no me gastaré todo tu dinero. Solo quiero un poco más de tiempo para echar un vistazo. Las tiendas de aquí son estupendas, mejores que las de Saint Tropez.

—Vuelve aquí ya. Cuando te doy una orden, tienes que obedecerla.

Jamás le había hablado de esa manera y Natasha se quedó estupefacta.

—¿Qué sucede? ¿Estás molesto?

—No te debo ninguna explicación. Vuelve a la lancha de inmediato o haré que te saquen de la tienda.

Con expresión de sorpresa, Natasha le dio las gracias a la mujer por enseñarle los abrigos de pieles y abandonó el establecimiento. Se fijó en que los guardias caminaban inusualmente cerca de ella y que el primer oficial estaba justo delante. No cabía duda de que algo pasaba, pero no tenía ni idea de qué se trataba.

Subió a la lancha en el muelle unos minutos más tarde; había cuatro guardias de seguridad esperándola. La lancha llevaba más peso y se hundía más en el agua. Cuando subió por la escalerilla para llegar a la cubierta estaba empapada. Había guardias de seguridad a lo largo de la borda y cinco de ellos la siguieron adentro. Al parecer, estaban todos fuera y había otros cuatro con Vladimir cuando se encontró con él en su despacho. Estaba al teléfono y colgó en cuanto ella entró, chorreando agua sobre la carísima alfombra persa. Él hizo un gesto con la cabeza y los guardias de seguridad salieron de la habitación.

—¿Qué ocurre? —preguntó cuando intentó besarle y él la apartó. Parecía distraído y molesto.

Vladimir vaciló un instante y luego la miró. Sus ojos tenían una expresión dura como la piedra y había en ellos una furia que había visto solo una o dos veces, pero nunca dirigida a ella. En ese momento pudo ver que no estaba furioso con ella, sino con otra persona.

—No voy a contarte demasiado, pero la semana pasada

hice un negocio muy importante en Moscú. Tiene que ver con un sector de la industria minera y con un territorio muy importante que me otorgó el presidente de Rusia. Había tres competidores por la tierra que me permitieron adquirir. Otros dos y yo. Me concedieron la tierra y los derechos de explotación de forma justa y pagué una gran suma de dinero por ello. Esta mañana han asesinado a los dos hombres que competían conmigo, junto con sus acompañantes femeninas, y a uno de ellos con su hijo mayor, que trabajaba con él. También ha habido un intento de asesinato contra el presidente hace media hora. Quien está descontento con este acuerdo va en serio. Creemos saber de quién se trata. Parecen actos terroristas al azar, pero creo que es más específico. Estás en peligro por mi culpa, Natasha —reconoció con franqueza y sin andarse por las ramas. Jamás le había explicado tanto sobre sus negocios—. Aquí, en el barco, tenemos un sistema de protección y todas las armas y guardias que necesitamos para estar a salvo, pero no quiero que salgas en estos momentos, ni a la cubierta ni a tierra. En cuanto amaine el viento, levaremos anclas y nos marcharemos. Pero ahora mismo quiero que hagas lo que yo te diga. No quiero que te maten. —A Natasha no le gustaba cómo pintaba la situación y parecía asustada mientras le escuchaba. Jamás le había visto tan serio—. ¿Has entendido?

—Sí —contestó en voz queda.

Nunca se había sentido en peligro. Nada tenían que ver con ella los negocios que él hacía. Esta vez sí. Si habían asesinado a las acompañantes de los otros dos hombres, también irían a por ella. Por primera vez supo que su vida corría peligro por culpa de Vladimir.

—No quiero que te dejes ver durante los próximos días. Nos trasladamos a un camarote interior sin ojos de buey por los que puedan verte. Pero los dispositivos electrónicos que utilizan nuestros enemigos son tan sofisticados que pueden encontrarte casi en cualquier parte. Con suerte, los servicios de inteligencia rusos darán pronto con ellos.

Sus ojos eran más gélidos que nunca y se daba cuenta de que iba en serio. Se preguntó si él también estaba asustado, aunque parecía más furioso que atemorizado.

Durante los días siguientes permanecieron confinados en un camarote interior y se movieron muy poco por el barco. Había dos guardaespaldas con ellos dentro de la habitación, varios a lo largo de los pasillos y un equipo comando en cubierta. Estaban protegiendo los helicópteros y Natasha oyó por casualidad que habían armado los sistemas de misiles de los que disponían. Todos los guardias llevaban ametralladoras. Tenía la sensación de haber sido transportada a una zona de guerra y resultaba aterrador saber que ella era también un objetivo.

Natasha estaba muy callada, sentada en el camarote leyendo, y de vez en cuando desviaba la mirada hacia Vladimir. Él estaba en contacto permanente con los servicios de inteligencia y antiterroristas rusos y por fin, tres días después, recibió una llamada a las cuatro de la madrugada. Habló muy poco, escuchó y después respondió en ruso. Sus preguntas y respuestas eran concisas, pero Natasha entendió lo que significaban.

—¿Cuántos...? ¿Crees que están todos...? La respuesta a eso es sencilla: mátalos. Ahora. No esperes. —Escuchó de nuevo durante unos minutos, estuvo de acuerdo con quien estaba hablando y colgó.

Natasha no se atrevió a hacerle preguntas; Vladimir tenía una expresión feroz a la tenue luz de la lámpara de noche, mientras estaba tumbado en la cama, pensando en ello. Luego se quedó dormida. Por la mañana, el viento había amainado por fin y notó que estaban en movimiento.

—¿Adónde vamos? —le preguntó a Vladimir cuando él volvió a la habitación.

Se había levantado mientras ella dormía y llevaba horas despierto. Parecía más tranquilo que la noche anterior. Pero Natasha era incapaz de sacarse de la cabeza la conversación que había escuchado. Él había dado la orden de que mataran a alguien, seguramente a las personas que iban a por él, pero aun así era algo terrible. Jamás había visto ese lado suyo.

—A Córcega otra vez para quitarnos de en medio durante un tiempo, hasta que todo se calme. El problema se resolvió hace cosa de una hora, pero siempre es bueno asegurarse —dijo con voz serena—. Después podríamos ir a Croacia, a Turquía o a Grecia. También podemos no hacerlo. —Le brindó una sonrisa; se parecía más al hombre que conocía, no al aterrador desconocido que había visto en los últimos días—. Nada de ir de compras durante una temporada. Quiero que te quedes en el barco.

Ella asintió y fue a ponerse unos vaqueros blancos, una camiseta y uno de los anoraks del uniforme que utilizaban los miembros femeninos de la tripulación del barco, con la insignia del *Princess Marina*. Habían sido unos días espantosos, en los que Natasha había rezado para que no los asesinaran. Habían hecho que se diera cuenta de lo mucho que había en juego con su nuevo negocio y se preguntó si era probable que volviera a surgir una amenaza semejante, pero no se atrevió a preguntárselo a Vladimir. No quería disgustarle más.

Todo se calmó durante los cinco días que pasaron en Córcega. Varios de los miembros de la tripulación la llevaron a pescar y fue a nadar varias veces al día. Vladimir permitió que tomara el sol mientras él estaba en su despacho, en contacto permanente con los servicios de inteligencia y con el presidente ruso, pero una semana después de que hubiera empezado, el problema estaba finiquitado.

Vladimir la llevó a Portofino, donde fueron de compras, y cenaron en tierra, en un sencillo restaurante de pasta en el puerto que ella adoraba. Les acompañaron seis guardaespaldas por si acaso, todos ellos armados. Luego regresaron al barco. Habían vuelto a su camarote y todo parecía normal, salvo porque los guardias de seguridad aún llevaban metralletas en el barco, solo para estar seguros, según le explicó Vladimir. «Ya no estamos en peligro.» Por lo que había oído, Natasha ya sabía que habían muerto cinco personas en Rusia como represalia.

Navegaron alrededor de Portofino durante unos días y todos los informes que Vladimir recibió eran buenos. Después regresaron al sur de Francia. Habían sido unos días aterradores. En total habían asesinado a diez personas; las cinco víctimas y sus cinco agresores. Natasha daba gracias porque Vladimir y ella no estuvieran entre ellos. Pero al llegar a Antibes sabía que jamás volvería a sentirse completamente a salvo.

5

Cuando Gabriel regresó al sur de Francia, tenía una sorpresa para Maylis. Había planeado un pequeño viaje para los dos a una de sus ciudades preferidas. Quería llevarla a Florencia una semana, antes de que el restaurante estuviera en plena ebullición durante el verano e hiciera demasiado calor en Italia. Junio parecía el mes perfecto para viajar. El único problema para ella era que necesitaba que Theo accediera a ocupar su lugar en Da Lorenzo, y este parecía estar trabajando duro últimamente. Apenas le veía.

Llamó a Theo en cuanto Gabriel le habló del viaje y dejó la decisión en sus manos.

—Siento hacerte esto porque sé que detestas sustituirme. Pero me sentiría mal si le dijera a Gabriel que no puedo hacer el viaje. Significa mucho para él.

—También debería significar mucho para ti —la reprendió Theo.

Por una vez no se quejó por tener que trabajar en el restaurante durante una semana. En su interior esperaba que Vladimir y Natasha volvieran. No le dijo nada al respecto a su madre, pero accedió de buena gana. Le advirtió, sin embargo, de que iba a exponer dos de sus pinturas con una galería de Nueva York en la feria de arte Masterpiece de Londres a finales de junio. Querían incluir su obra en su exposición, aunque no le representaban, pero tal vez desearan hacerlo en el futuro. Él quería estar allí para ver cómo colgaban su obra y el resto de la feria y cerciorarse de que sus pinturas se exhibían como era debido. Era una nueva galería para él. No había firmado con ellos, pero estaba encantado de mostrar su obra con esa casa.

—Prometo que volveremos a tiempo —respondió Maylis cuando él le comunicó las fechas.

Le agradecía que estuviera dispuesto a sustituirla. Y también Gabriel cuando ella le dio la buena noticia. Le había comprado un precioso reloj de oro en Cartier para darle las gracias por haber negociado la venta del cuadro, puesto que ya no cobraba ninguna comisión, y a Gabriel le encantó. Le encantaba todo lo que Maylis le regalaba, y pese a lo insensible que a veces era al ensalzar las virtudes de Lorenzo, era muy generosa con él. Y Gabriel no se quejaba nunca cuando ella hablaba de su difunto esposo, ya que él también le había querido.

Gabriel fue a visitar a Theo a su estudio y de inmediato vio el retrato de Natasha en el caballete. Estaba casi acabado, aunque el joven insistía en que aún tenía que darle lo últimos retoques. Era una pieza extraordinaria y Gabriel coincidió con Marc en que era una de sus mejores obras.

—Creo que estás listo para exponer en París —afirmó Gabriel con seriedad—. En septiembre quiero que vayas y veas las galerías que te recomendé. No hay razón para esperar.

—Theo no estaba seguro, pero le aseguró que se lo pensaría. Antes quería ver cómo acogían su obra en la feria de arte de Londres—. Deberías exponer en la Bienal de Venecia el año que viene —le animó Gabriel, tal y como había hecho con su padre hacía años—. No puedes ocultar tu talento. El mundo necesita más artistas como tú, Theo. No le prives de tu obra.

Aquello era muy bonito. Gabriel era un buen hombre,

con un conocimiento impresionante del mundo del arte, y una persona mucho más amable de lo que lo había sido su padre. A menudo le recordaba a su madre lo afortunados que eran por tenerle en sus vidas y ella estaba de acuerdo. Aunque eso no impedía que ensalzara las virtudes de su difunto marido, muchas de las cuales jamás había tenido o su memoria había exagerado de manera irracional. Lorenzo fue un gran artista, pero nunca un gran hombre. Theo se acordaba con más claridad que ella, aunque de la boca de Gabriel jamás salía una sola crítica. Permitía que Maylis mantuviera sus fantasías sobre Lorenzo. Era feliz con ella, y dejando a un lado que siempre hacía que se sintiera como un segundón, Maylis también era buena con él.

Se marcharon de viaje a Florencia muy animados y Theo sustituyó a su madre en el restaurante, recibiendo a los invitados cuando llegaban y acompañándolos a sus mesas antes de dejarlos con el jefe de comedor. Cada noche revisaba el libro de reservas, con la esperanza de ver el nombre de Vladimir, pero la semana pasó volando y Natasha y él no acudieron. Se preguntaba si estaban en el barco o en otro lugar, pero no tenía forma de saberlo. Temía no haberse equivocado cuando la última vez que la vio pensó que no volvería a verla.

El retrato estaba casi terminado; los ojos ya eran perfectos y poseían la expresión amable que tan bien recordaba. Su boca era tal y como debía ser, como si estuviera a punto de hablar. Marc decía que solo por el retrato se estaba enamorando también de ella. Theo no había admitido ese amor, pero reconocía que estaba obsesionado, lo cual insistía en que era diferente e incluso más incómodo de lo que habría sido estar enamorado. Pero no hablaba con nadie de su obsesión, aparte de con su viejo amigo. No se habría atrevido a reconocerlo ante su madre o ella le habría dicho que estaba loco y le habría vuelto a advertir que no se enamorara de las amantes de los hombres rusos de incalculable fortuna.

Theo se alegró de que le relevaran del deber en el restaurante cuando su madre y Gabriel regresaron. Trabajó en el retrato unos días más antes de marcharse a Londres. Se celebraban varias ferias de arte al mismo tiempo y se alojó en un pequeño hotel boutique lleno de artistas y marchantes de arte, donde cada conversación que oía a su alrededor, en el hotel, en la calle o en la feria, versaba en torno a algún aspecto del arte. Se sintió muy satisfecho cuando conoció a los dueños de la galería de Nueva York, con los que solo había mantenido correspondencia a través del correo electrónico. Habían colgado sus dos cuadros en un lugar destacado en su stand, y aunque no le gustaba, en su biografía mencionaban que era hijo de Lorenzo Luca. Odiaba aprovecharse del éxito de su padre, pero ellos estaban en el negocio de la venta de arte y era un punto positivo para él, del que querían sacar el máximo rendimiento posible. Pero fuera hijo de quien fuese, su obra hablaba por sí misma.

Estaba delante del pabellón la noche de la inauguración cuando vio pasar a un hombre que le resultaba familiar. Pronto lo reconoció. Se trataba de Vladimir. Natasha iba justo detrás de él, con una minúscula minifalda negra de cuero, un jersey gris que parecía que lo hubieran rasgado y unos zapatos negros de tacón que resaltaban sus piernas. Estaba espectacular con el cabello recogido en un moño y unos mechones rubios enmarcando su rostro. Ella reconoció a Theo de inmediato y se sorprendió al verlo allí. Vladimir ya había pasado de largo sin darse cuenta de quién era.

—¿Qué haces tú aquí? —preguntó, confusa de repente, cuando Vladimir se dio la vuelta para buscarla. No tenía ni idea de con quién estaba hablando—. ¿Eres artista o solo disfrutas de la feria?

Mientras respondía, Theo notó que se le atascaban las palabras.

—Expongo unas obras.

No le señaló los dos cuadros que estaban a plena vista detrás de él.

—Qué interesante —repuso Natasha, que parecía entusiasmada, mientras Vladimir le hacía señas. Había un cuadro que quería que viera un poco más allá—. Me alegro de verte —dijo, alejándose deprisa.

El corazón de Theo comenzó a latir con fuerza mientras la observaba. No podía creerlo, pero cada vez que la veía, su mundo se ponía patas arriba. Era incapaz de no reaccionar a ella. Era como si estuvieran unidos por una corriente eléctrica que le recorría cada vez que se encontraban.

La divisó más tarde en la misma fila de stands, un poco más abajo. Ella, que ya se estaba marchando, no reparó en él; Vladimir llevaba el cuadro que había comprado. Theo se sintió aliviado porque no se hubieran interesado por él; habrían cogido su biografía y descubierto quién era su padre, lo cual habría resultado embarazoso, pues más o menos se había hecho pasar por el maître en el restaurante, sin reconocer en ningún momento que era hijo de Lorenzo. Ni siquiera se lo dijo cuando habló con ella durante dos horas en el barco. Pero al menos ahora ella sabía que era artista.

La otra cosa que no sabía era que había estado trabajando en un retrato suyo día y noche desde que se conocieron; eso habría sido mortificante. Pensarían que era un lunático, un pervertido o un acosador. No había forma de explicar su fascinación por ella, el tiempo que pasaba pensando en ella y deseando conocerla ni cómo se sentía en ese momento, como si alguien le hubiera arrancado el corazón del pecho. Sabía que tenía que olvidarla, pero no tenía ni idea de cómo hacerlo. Tal vez con el tiempo. O podía hacer carrera pintando retratos de esa mujer. La sola idea resultaba ridícula. Pero esa noche, cuando regresó al hotel, aún seguía pensando en ella, con su falda de cuero.

Atravesaba el vestíbulo con la cabeza gacha cuando se tropezó con una joven y estuvo a punto de tirarla al suelo. Ella salía del ascensor, ataviada con botas militares y minifalda roja, el pelo teñido de rosa y una sonrisa de un millón de dólares. Era una chica guapa, aunque con lo que llevaba puesto tenía una pinta un poco estrafalaria. Reparó en que tenía un piercing de diamante en la nariz.

—¡Vaya, hola! Es un gustazo verte. ¿Vas a alguna parte..., como por ejemplo a mi habitación? —dijo, mirándole con una amplia sonrisa. Él se rio ante su descaro. Resultaba desconcertante, pero divertida, y la gente que los rodeaba sonrió—. ¿Te gustaría venir conmigo a una fiesta? —preguntó sin vacilar; no tenía nada de tímida—. Italianos, españoles, un puñado de gente de Berlín. ¿De dónde eres?

Tenía un aristocrático acento británico, pero vivía en Nueva York para no tener que aguantar a su insufrible familia.

—De Saint Paul de Vence, en el sur de Francia —respondió, bastante sorprendido por la actitud ella.

—Por Dios, ya sé dónde está. ¿De qué planeta crees que vengo? —Era una buena pregunta, dado las pintas que llevaba—. Por cierto, soy Emma.

Y de repente se dio cuenta de quién era. Lady Emma Beauchamp Montague. Su padre era vizconde. Poseía una de las galerías más vanguardistas de Chelsea, Nueva York. Había leído sobre ella, pero no se conocían.

—Yo soy Theo.

Le estrechó la mano, ella le obligó a dar media vuelta y lo siguiente que supo fue que estaba en la acera, subiéndose a un taxi mientras ella le daba al conductor una elegante dirección y se volvía para charlar de nuevo con él. Hablaba a mil por hora y era muy divertida, y cuando se apearon del taxi había conseguido que Theo riera de manera incontrolable. No tenía ni idea de qué hacía allí; se encontraba en una casa palaciega, con objetos de taxidermia por doquier, incluyendo un león disecado que prácticamente había que saltar en el baño de señoras. Había varios cientos de personas, muchas de las cuales hablaban alemán. Había representación de todas las nacionalidades europeas, junto con un numeroso contingente de estadounidenses; ella los conocía a todos. Se pasó la velada presentando a Theo a todo el mundo y no le soltó de la mano, hasta que al cabo de dos horas le preguntó entre susurros si quería regresar al hotel a fumarse un porro con ella. Bueno, ya estaba listo para marcharse y la invitación para volver a su habitación con esa chica era sin duda tentadora.

Compartieron taxi de nuevo y ella parloteó de forma animada mientras cruzaban el vestíbulo y la seguía hasta su habitación. La mujer abrió la puerta, y antes de que pudiera sacar el porro para ofrecérselo, se apoderó de su boca al tiempo que le desabrochaba el cinturón con destreza, le bajaba la cremallera de los pantalones y se ponía de rodillas para atender sus necesidades con entusiasmo y excelentes resultados. Lo siguiente que Theo supo fue que estaban en la cama, practicando sexo apasionado, y se olvidó de todo salvo de Emma. Se las arregló para sacar un condón antes de hacerle el amor y durante la siguiente hora ensayaron todas las posturas imaginables, hasta que ambos quedaron exhaustos, enredados entre sus ropas, y ella le sonrió, como un elfo travieso, entre sus brazos. Era la chica más alucinante que jamás había conocido.

—Dos reglas —dijo antes de que Theo pudiera recobrar el aliento, tumbado a su lado—. Yo nunca me enamoro y no tenemos por qué volvernos a ver si no queremos. Nada de obligaciones, nada de aventuras sórdidas, sin corazones rotos. Solo nos divertiremos cada vez que nos veamos. Y eres muy bueno en la cama —añadió cuando él se rio.

—¿Siempre eliges a desconocidos en vestíbulos de hotel?

Nunca había conocido a nadie como ella, ni tan desinhibida a nivel sexual.

—¿Eres un rarito? ¡Qué divertido! En realidad parecías bastante normal hace un rato —bromeó.

—Lo soy —le aseguró, aunque no estaba seguro de que lo mismo pudiera aplicarse en el caso de ella.

—Solo escojo hombres cuando son tan increíblemente guapos como tú. ¿Por qué no te he conocido antes? ¿Vienes de Nueva York?

—Hace mucho que no he estado allí y esta es mi primera feria. —Theo nombró la galería con la que exponía, que era de Nueva York.

—Vaya, la cosa es seria. Debes de ser muy bueno. Tengo un stand un poco más allá del tuyo. Tienes que pasar a verlo. Y yo también quiero ver tu obra. —Parecía interesada en él.

—Es muy clásica. Puede que no te guste —adujo con modestia.

Ella puso los ojos en blanco.

—Haz el favor de no ser inseguro; es muy aburrido.

Pasó la noche con ella y fue a ver su espacio al día siguiente. Ella le enseñó obras muy provocativas de famosos artistas conceptuales a precios elevados, y aunque admitió que la obra de Theo no era lo suyo, quedó muy impresionada y reconoció que poseía un talento enorme.

—Algún día serás muy famoso —predijo con seriedad, ojeando su biografía—. Ah... esto lo explica todo —añadió cuando descubrió su apellido—. Pero eres mejor que él, ¿sabes? Tu técnica es muy potente. —Y rio mientras le susurraba—: También en otros aspectos. Un estilo excelente.

Esa noche fueron juntos a otra fiesta y más tarde hicieron el amor en la habitación de ella, que regresó a Nueva York al día siguiente. No parecía muy probable que volviera a verla, pero no había habido fingimientos, promesas ni compromisos. Solo había sido pura diversión y lo mejor que había podido pasarle para apartar de sus pensamientos a Natasha, a la que no había vuelto a ver en la feria, lo que no le había importado durante aquellos pocos días con Emma. Ella le envió un mensaje de texto desde el taxi cuando abandonaba el hotel. «Gracias por el estupendo sexo. Emma.» Rio al verlo.

La feria de arte había sido interesante y excitante; sus cuadros se habían vendido a precios respetables. Tenía muchas razones para estar satisfecho cuando regresó a casa. Al llegar se dirigió a su estudio y ahí estaba ella de nuevo, con sus ojos amables, aquellos labios que parecían estar a punto de hablarle y la suave melena rubia. Estaba igual que en Londres, y giró el caballete para no tener que verla. Necesitaba una tregua de su intensa obsesión y Emma había sido justo lo que el médico le habría recetado. Lo había pasado de maravilla con ella.

Les habló a Gabriel y a su madre sobre la feria al día siguiente, cuando comió con ellos, y sacó a colación la escapada con Emma Beauchamp Montague. Les contó que sus dos cuadros se habían vendido y ellos se alegraron por él. Al día siguiente Gabriel le invitó a que le acompañara a ver una galería en Cannes. Era una de las poquísimas galerías serias del sur de Francia. Y había prometido echar un vistazo a un artista para la suya, que su hija estaba interesada en representar.

—Debería trabajar —alegó Theo, sintiéndose culpable por tomarse una tarde libre para ir con él, pero tampoco quería ponerse de nuevo a trabajar en el retrato de Natasha. Era demasiado perturbador tener que verla otra vez.

—Te vendrá bien tomar un poco el aire —insistió Gabriel.

Theo disfrutaba de su compañía, así que fueron en el viejo Morgan que Gabriel tenía en Saint Paul de Vence para desplazarse cuando estaba allí. Era un hombre mucho más elegante de lo que jamás fue Lorenzo. Hablaron de nuevo sobre la feria durante el camino y a ambos les decepcionó la obra del artista que Marie-Claude les había pedido que vieran. Su trabajo era demasiado comercial y más apropiado para los turistas que para una galería seria de París. Pero la chica que dirigía la galería era una guapa rubia. Theo se fijó en ella y le brindó una sonrisa. Luego se acercaron a su mesa para charlar un minuto. Él aceptó su tarjeta y pensó en llamarla algún día, pero de pronto decidió imitar a Emma y hablar con ella de manera informal.

—Imagino que no querrás cenar conmigo alguna vez, ¿verdad? —preguntó con mucha más cautela de lo que lo habría hecho Emma.

La chica sonrió al oír la pregunta.

—¿Eres galerista o artista?

—Ese caballero es galerista —respondió, señalando a Gabriel—. Yo soy artista.

—Entonces va a ser que no —repuso con amabilidad.

Theo la miró divertido. No esperaba esa respuesta.

—¿Tienes algo en contra de los artistas?

—Sí, siento una atracción fatal por ellos. Hasta estuve casada con uno. Y según mi experiencia, están todos locos y son adictos al drama. He renunciado al drama. Estoy divorciada, tengo una hija de cinco años y quiero disfrutar de una vida tranquila. Eso significa que nada de artistas.

—¿De qué nacionalidad era tu marido?

—Italiano —contestó, sonriéndole.

Le caía bien Theo y parecía un buen chico, pero no pensaba enamorarse de otro artista, y mucho menos de uno guapo.

—En fin, eso lo explica todo —adujo Theo, aliviado—. Los artistas italianos están todos locos y les encanta el drama. —Pensó en su padre mientras hablaba; entendía la actitud de la chica—. Los artistas franceses somos completamente normales y unos tíos muy majos.

—No, según lo que he oído —replicó de forma despreocupada. No pensaba dejarse influir por su argumento ni por su encanto, algo que parecía poseer a raudales—. Nada de artistas. Tal vez podamos ser amigos, pero nada de cenas. Prefiero meterme a monja.

—Qué deprimente —se lamentó, fingiendo sentirse ofendido mientras Gabriel se reía de él—. Te llamaré —añadió al tiempo que seguía a Gabriel afuera y se dirigían al coche.

—Buen intento —bromeó Gabriel—. Parecía que hablaba en serio.

—Tiene un tipazo y unas piernas de infarto —adujo Theo, que tenía ganas de bromear. Emma le había puesto de buen humor después de dos días de sexo fantástico y risas a raudales.

—Debería decirle a tu madre que deje de preocuparse. Le inquieta que estés solo.

—No estuve solo en Londres. Conocí a una inglesa chiflada que tiene una galería en Nueva York. Es una mujer salvaje.

Gabriel se rio de buena gana mientras se montaban en el coche y se dirigieron de nuevo a Saint Paul de Vence. Dejó a Theo en su casa y este se despidió con la mano mientras entraba. A continuación se tumbó en el sillón durante unos minutos, pensando en Emma, en la chica a la que acababa de conocer en la galería —el nombre que ponía en la tarjeta era Inez— y en Natasha. Eran tres mujeres muy diferentes y, por extraño que resultara, no podía tener a ninguna de ellas. Emma se negaba a comprometerse y no quería ataduras; Inez tenía alergia a los artistas, y Natasha era de otro hombre. Empezaba a preguntarse qué tenía él de malo y si se sentía atraído solo por mujeres inalcanzables. Pero la más escurridiza de todas era Natasha, que le había robado el corazón sin ni siquiera saberlo y a la que otro hombre mantenía en una torre de marfil. La vida era demasiado rara. Y cuando llegó a esa conclusión, se quedó dormido.

6

El verano en Saint Paul de Vence era relajado y tranquilo. Gabriel se quedó dos meses allí en vez de uno y disfrutó pasando las noches en el restaurante. Allí se conocían personas muy interesantes. Y le encantaba estar con ella. Se sentaba en una mesa en un rincón y ella se reunía con él cuando tenía tiempo. A pesar de su devoción por Lorenzo, Gabriel sabía que Maylis le amaba. Y se llevaban mejor de lo que se había llevado con Lorenzo. No era necesario que ella lo reconociera. Gabriel lo había visto y adoraba lo que compartían, a pesar de que Lorenzo era un fantasma entre ellos.

A Gabriel le gustaba visitar a Theo en su estudio de vez en cuando, solo para ver qué hacía. Sentía un orgullo paternal por su obra, aunque tan solo fuera un amigo, pero siempre se había considerado como una figura paterna para él. En julio, Theo terminó el retrato de Natasha y paró en el punto justo. Si hubiera añadido algo más, lo habría estropeado; menos, y habría parecido inacabado. Poseía ese sentido instintivo de los grandes artistas para saber cuándo una obra estaba terminada y pasar página. Continuó pintando en su estudio, y de vez en cuando lo contemplaba y sonreía. Era como tenerla con él.

Tuvieron un verano movidito en el restaurante. Vladimir y Natasha no volvieron. Theo le había preguntado a su madre y ella le confirmó que no habían vuelto por allí.

—¿Aún sigues pensando en esa chica? —preguntó, mirándole con el ceño fruncido.

—En realidad, no.

No mentía. La estaba olvidado despacio. Por extraño que pareciera, pintar el retrato le había ayudado a exorcizar sus demonios. Estaba trabajando en otro tema y Gabriel le había convencido para que contactase con al menos una de las galerías que él le había recomendado.

—Necesitas exponer en París para que te tomen en serio —le dijo con seriedad.

Theo le creía. Se sentía casi preparado. Pensaba ir a París y reunirse con una o varias galerías para ver qué le ofrecían. Sus dos ventas en la feria de Londres le habían proporcionado más confianza en su obra.

Había intentado llamar de nuevo a Inez, de la galería de Cannes. Ella siempre se mostraba encantadora por teléfono, pero se negaba a cenar con él. Al final fue a la galería un día, justo antes de la hora de comer, y la invitó a almorzar. Se sorprendió tanto que aceptó.

Mantuvieron una conversación genial durante la comida, acerca de su trabajo en la galería, de su hija y de los años que había vivido en Roma con su marido. Le contó que este era escultor y que rara vez visitaba a su hija. Ella era el único apoyo de la niña, lo cual significaba una gran responsabilidad para Inez. Y su ex acababa de tener gemelos con su nueva novia, dos chicos, así que su hija del sur de Francia ya no le interesaba.

—No necesitamos otro artista chiflado que nos rompa el corazón. Nos va bien así —añadió muy seria.

—¿Te parece que estoy chiflado? —preguntó Theo con sinceridad, tratando de parecer cuerdo e íntegro, algo que en realidad era, excluyendo su breve momento de locura con Natasha, aunque eso se había acabado. Estaba listo para salir con mujeres reales y quería salir con Inez, si ella estaba de acuerdo.

—Al principio nunca parecen estar chiflados. Y luego, en cuanto sientas cabeza y piensas que tienes a uno de los buenos, empiezan con los dramas, con otras mujeres, amores pasados que regresan de la tumba y necesitan su ayuda y vienen a quedarse contigo, mujeres con las que han tenido hijos y que se olvidaron mencionar.

—Yo no tengo hijos, que yo sepa, ni amores pasados que vuelvan para atormentarme, ni exnovias que tenga que dejar que se queden conmigo porque están pasando apuros. Tengo algunas viejas novias con las que mantengo la amistad —excepto Chloe, que le había enviado varios mensajes mezquinos y llenos de resentimiento, que no mencionó—. Mi vida ha sido bastante cuerda. Mi padre, por otro lado, estaba muy loco y tenía mucho talento. Era italiano y ya había cumplido los setenta cuando yo nací. Se casó con mi madre diez años después, cuando falleció su esposa.

—A eso me refiero —dijo Inez, sonriéndole mientras pedían café después de comer. Era una mujer muy guapa.

—Tenía un talento impresionante y mi madre le adoraba. Era un viejo bastante cascarrabias cuando yo nací, pero sé que me quería y me enseñó a ser artista. Murió con noventa y un años, así que fui afortunado de tenerle conmigo hasta los dieciocho.

—¿Era muy conocido? —preguntó de manera inocente.

Theo vaciló antes de responder, pero parecía que podía confiar en ella. Sabía que era una buena mujer y no una cazafortunas en busca de dinero.

—Lorenzo Luca.

Inez abrió los ojos como platos.

—Santo Dios, es uno de los artistas más importantes del siglo pasado.

—Eso dicen algunos. Yo adoro su trabajo, pero mi estilo es muy diferente. No creo que jamás alcance las cotas que él alcanzó, aunque trabajo duro para conseguirlo. Él era un auténtico genio, y esa sin duda era la razón de que convivir con él fuera tan difícil. —Theo no le contó que su padre tenía otros siete hijos, pues estaba seguro de que eso la pondría nerviosa—. Mi madre tenía cuarenta años menos que él. Ahora dirige un restaurante en Saint Paul de Vence y es la guardiana de la llama sagrada. Posee un vasto número de sus cuadros y casi nunca vende ninguno. —Salvo a rusos muy, muy ricos, lo cual tampoco añadió.

—¿Volvió a casarse? Debía de ser muy joven cuando él murió.

—Tenía cincuenta y dos; estuvieron juntos más de treinta años. Supongo que cuesta superar eso. Y él era todo un personaje. Mi madre no se ha vuelto a casar, aunque mantiene una relación con su marchante de arte, el hombre con el que vine el día que te conocí.

Ella asintió, recordando.

—Parece un buen hombre.

—Lo es. Ha sido como un padre para mí. ¿Algo de esto me hace merecedor de una cena? —Le brindó una sonrisa mientras pagaba la cuenta y ella le daba las gracias.

—En realidad no. Sigues siendo artista. Pero me alegro de conocerte. —Le obsequió con una amplia sonrisa y él rio con cordialidad.

—Eres dura de pelar. Te prometo que no soy un artista chiflado.

—Seguro que no, pero ya no estoy abierta a posibilidades remotas. Es demasiado arriesgado y tengo que pensar en mi hija.

Él asintió. Inez tenía razón. Y a él no le interesaba el matrimonio en ese momento ni criar a los hijos de otro hombre. Parecía complicado y una responsabilidad demasiado grande para él, y no quería cagarla con el hijo de otro. Así que tal vez ella tuviera razón. No volvió a sugerir lo de la cena antes de dejarla en la galería y regresar a Saint Paul de Vence. Le gustaba, pero su vida no dependía de si cenaba o no con ella. De todas formas, había disfrutado durante la comida.

El resto del verano pasó demasiado rápido. Antes de que Gabriel regresara a París a primeros de septiembre, volvió a darle a Theo la lista de galerías. Dos días más tarde, Theo se obligó a sentarse y llamar. Varias no habían abierto aún después del verano, pero había una que le interesaba especialmente y Gabriel le había prometido recomendarle. El propietario era Jean Pasquier, que atendió la llamada de Theo de inmediato. La galería estaba en la calle Bonaparte, en el distrito VI de la orilla izquierda, y le aseguró que siempre estaban interesados en artistas nuevos.

Theo le envió imágenes digitales de su trabajo y Pasquier le llamó al día siguiente para decirle que le gustaría reunirse con él si iba a París, y que llevara una o dos de sus pinturas para que pudiera ver su técnica con el pincel, lo que le pareció una petición razonable. Era algo que no podía verse por ordenador. Theo accedió a visitarle a la semana siguiente y a llevar muestras de su trabajo. Le había caído tan bien por teléfono que Theo decidió no llamar a las demás galerías hasta haberle conocido, algo que Gabriel apoyó al considerar que era una buena decisión, y prometió llevarle a cenar cuando estuviera en París.

Pocos días después de que se fuera, Maylis ya se estaba quejando porque Gabriel estaba en París, pero nunca iba con él. Esperaba a que volviera al sur para verla. Le prometió que regresaría al cabo de unas semanas.

Theo acudió a la cita con Jean Pasquier; le agradó el hombre y la galería, casi tanto como a Pasquier le gustó el trabajo que Theo había llevado. La técnica le pareció magistral y los temas, muy atractivos. Y para asombro del joven, le ofreció una exposición individual en enero. Tenía un hueco en su agenda porque un artista acababa de informarle de que no estaría listo para su nueva exposición, y Jean estaba encantado de cubrir la vacante con Theo.

Telefoneó a Gabriel en cuanto salió de la galería para contárselo y darle las gracias por la presentación y quedaron para cenar esa noche para celebrarlo. Vender dos cuadros en la feria de arte había sido bueno para Theo, pero que lo representase una galería de París y tener una exposición allí era un paso importante en su carrera. Y había mantenido el contacto con la galería de Nueva York y podría exponer con ellos más adelante. Aún no estaba preparado para ir tras eso.

—Por fin vas a exponer en París. —Gabriel le brindó una amplia sonrisa. Estaban en un pequeño restaurante de su barrio, en la orilla izquierda. Sentado en la terraza con vistas a las luces de la espectacular ciudad, Theo pensó en que su madre era tonta por no ir nunca allí. Aún estaba anclada a las viejas costumbres que había tenido con Lorenzo. Gabriel ampliaría sus horizontes muchísimo si ella le dejara—. Ya sabes cómo es —repuso Gabriel con afecto cuando se lo comentó—. Me alegro de que viaje conmigo. Irá a otras ciudades de Italia, pero nunca a París.

—Es una mujer tozuda —replicó Theo con menos amabilidad—. ¿Crees que estoy preparado para una exposición?

Ahora que se había comprometido, estaba preocupado.

—Por supuesto. En tu estudio tienes suficientes obras como para dos exposiciones. —Le dedicó una sonrisa. Y el trabajo era bueno.

—¿Me ayudarás a elegir las adecuadas para enviárselas a Jean? —le pidió.

—Puedo aconsejarte si lo deseas. Pero Jean querrá elegirlas contigo.

No quería usurpar el papel del nuevo marchante de Theo y se alegraba mucho por él.

Al día siguiente voló de nuevo al sur de Francia, y en cuanto llegó a casa, revisó su estudio y empezó a apartar los cuadros que quería para la exposición de enero. Contempló con atención el retrato de Natasha durante largo rato mientras realizaba la selección inicial. No sabía si quería mostrarlo. El retrato era muy privado y no deseaba venderlo. Quería conservarlo y recordarla para siempre, como un tributo a su breve obsesión. Ya no se sentía atormentado por ella; dos meses y medio después de haberla visto por última vez volvía a sentirse cuerdo. Soñar con una mujer inalcanzable ya no resultaba atrayente, ni siquiera con la chica que se había negado a cenar con él en Cannes. La expulsó también de su cabeza. Lo único en lo que quería pensar era en su próxima exposición.

Vladimir y Natasha habían abandonado el barco y regresado a Londres a finales de agosto, después de vagar de puerto en puerto todo el verano. Las preocupaciones por su seguridad se habían relajado por fin y él ya no rodeaba a Natasha de un círculo de guardaespaldas cada vez que salía. La gente que había generado el problema había muerto y él no volvió a hablar de aquello con ella. Y Natasha dejó de preocuparse al ver que él también dejaba de hacerlo. Había sido un extraño interludio, pero había acabado.

Cenaron en el Harry's Bar una noche y Vladimir le dijo que tenía una sorpresa para ella.

—Voy a construir otro barco aún más grande que el *Marina*. Y voy a ponerle tu nombre —comentó con tono alegre. Parecía orgulloso y ella se sintió conmovida. Sabía lo importante que para él eran sus barcos y cuánto los apreciaba. Era un enorme cumplido que quisiera ponerle a uno su nombre.

—¿Cuánto tiempo llevará? —preguntó con interés.

Vladimir parecía embargado por el entusiasmo.

—Si todo va como la seda, tres o cuatro años. Puede que

más. Voy a tener que ir mucho a Italia para reunirme con los armadores, trabajar en los planos, estar pendiente de la construcción y realizar cambios mientras avanzan las obras. Y también hay que diseñar todo el interior. Y elegir todos los materiales. Acuérdate de cómo fue cuando construí el *Marina*.

Acababan de terminarlo cuando Natasha llegó a su vida y su botadura fue todo un acontecimiento en el que la esposa del presidente actuó como madrina. Resultaba emocionante pensar que fuera a hacerlo de nuevo. Habían pasado cinco años desde que el *Princess Marina* se hizo a la mar por primera vez.

Brindaron con champán por el nuevo barco y luego él clavó la mirada en Natasha.

—Eso es solo la mitad de la sorpresa. No quiero que te aburras cuando me vaya a Italia a supervisar el barco, así que deseo que tengas tu propio proyecto. Quiero que busques un apartamento en París, un lugar de unos cuatrocientos o quinientos metros cuadrados. Puedes decorarlo como te plazca. Así tendremos un lugar donde quedarnos cuando vayamos a París.

Sabía que a ella le gustaba aquello, que asistía a los desfiles de alta costura y prêt-à-porter cuatro veces al año y siempre se quedaban en el hotel George V. Ahora tendría una casa propia. A Natasha se le iluminaron los ojos y Vladimir se sintió satisfecho.

—¿Lo dices en serio? ¿Vas a dejar que haga eso? —Parecía una niña en Navidad.

—Por supuesto. El apartamento de París será tu barco y estará terminado mucho antes. Puedes empezar a buscar enseguida. La semana que viene viajaré a Italia para asistir a la primera reunión. —Ambos estaban entusiasmados; de hecho, Natasha estaba deseando llamar a una inmobiliaria y empezar a ver apartamentos. Quinientos metros cuadrados era un apartamento grande e iba a tener mucho que hacer—. Puedes buscar una casa si lo prefieres, pero creo que un piso será más fácil y cómodo.

Ella estaba de acuerdo. Las casas suponían mucho más trabajo. Tenían un personal muy numeroso en Londres del que debían ocuparse y la casa necesitaba constantes reparaciones. No quería tener que supervisarlas. Estaba más interesada en la decoración y él le estaba dando carta blanca para hacer lo que quisiera.

—¿Cuándo te vas a Italia? —preguntó mientras le rodeaba con los brazos y lo besaba.

Vladimir se alegraba de que estuviera contenta.

—El próximo martes. Estaré allí hasta finales de semana.

—Mañana empezaré a llamar a inmobiliarias.

Contactó una agencia que conocía en Londres para conseguir nombres de agentes en París y a la tarde siguiente ya estaba en marcha. Dos días después tenía seis apartamentos para ver y varias citas para la semana siguiente. Dos de los apartamentos estaban en el distrito XVI y uno en el VIII, que no parecía tan interesante. Había otro en la orilla izquierda, en el paseo junto al río, con vistas al Sena, y dos en la avenida Montaigne, lo cual parecía perfecto.

—¿Quieres verlos conmigo? —le preguntó esa noche durante la cena.

Él menó la cabeza con una amplia sonrisa.

—Este es tu proyecto. Tu barco. Veré el que quieras que compre. Antes de eso tú tienes que ocuparte del trabajo preliminar.

—Lo estoy deseando —dijo, eufórica.

Insistió en enseñarle las fotografías por internet. Él coincidió con ella; los dos de la avenida Montaigne le parecían los más interesantes y lujosos.

—No te precipites —le aconsejó—. Busca uno que de verdad te encante. Será divertido pasar tiempo en París.

Vladimir hizo que el avión la llevara el lunes a la capital

francesa para tenerlo de nuevo en Londres y poder volar a Italia el martes. Su secretaria había reservado su suite de costumbre para ella en el George V. Natasha pidió la cena al servicio de habitaciones, como hacía siempre que estaba allí sin él. Estaba deseando empezar con la inmobiliaria al día siguiente. Primero pensaban ver un apartamento en la avenida Foch, en el lado bueno de la calle, del que le había hablado la agente. Y había otro un poco más arriba, pero dijo que podría ser oscuro.

Cuando a las diez en punto de la mañana siguiente Natasha se reunió con ella en la primera dirección, el apartamento resultó ser decepcionante. Era soleado, pero estaba en unas condiciones lamentables, era grande y laberíntico y necesitaba mucho trabajo, aunque tal y como señaló la agente, los techos eran altos y las amplias ventanas eran preciosas. Pero estaba demasiado anticuado y a Natasha no le entusiasmó; el siguiente le gustó todavía menos. Y el apartamento en la orilla izquierda con vistas al Sena era demasiado reducido, aunque encantador. Pero estaban acostumbrados a disponer de más espacio, y a pesar de las vistas y de la terraza, parecía pequeño.

Se reunió con otra agente inmobiliaria después de comer, pero el apartamento del distrito VIII no era en absoluto adecuado para ellos y Vladimir lo habría detestado. También le habían hablado de uno junto al Palacio Real, que se consideraba muy deseable, pero era minúsculo y contaba con un dormitorio muy pequeño, un cuarto de baño reducido y no tenía armarios. Le quedaban por ver los dos apartamentos de la avenida Montaigne, con otra agente. Era una avenida amplia en la que se encontraban las mejores tiendas —Dior, Chanel, Prada y otra docena más— y se suponía que ambos apartamentos habían sido reformados hacía poco. Uno era un moderno ático y el otro un dúplex en un edificio antiguo. Empezó a desanimarse antes de su última cita. Nada de lo que había visto se acercaba siquiera a lo que quería o a lo que creía que le gustaría a Vladimir, pues aunque este le había dicho que eligiera a su gusto, quería que a él también le encantase, ya que iba a pagarlo.

Con la última agente inmobiliaria visitó un ático bonito, pero muy frío. Todo era de granito negro o mármol blanco y era incapaz de imaginarse sintiéndose cómoda allí. Era más un lugar que enseñar que un hogar. Y quería algo que transmitiera calidez.

Cuando llegaron al último apartamento, supo que estaba en casa en cuanto abrieron la puerta. Había sido reformado y renovado, pero nada modificaba su belleza original. Habían instalado sistemas modernos pero invisibles por doquier, para la música y los ordenadores, incluso el aire acondicionado, que era algo poco habitual en París, y tenía hermosas boiseries y molduras, techos altos, encantadoras ventanas francesas y espectaculares suelos de madera antiguos. Parecía una versión reducida de Versalles y lo único que tendría que hacer sería buscar muebles y encargar cortinas a medida para cada habitación. Contaba con cuatro dormitorios en el piso de arriba, un vestidor para cada uno, un estudio para Vladimir y una pequeña sala de estar anexa al dormitorio. Y en el piso inferior había un enorme salón doble, un espacioso comedor, una cocina moderna y un acogedor cuarto de estar. Había una chimenea en cada habitación, incluso en los cuartos de baño, que también habían sido reformados. Tenía el tamaño justo que querían. Con quinientos metros cuadrados, parecía más una casa que un apartamento. Y era precioso. Contaba con cuatro cuartos para el servicio en el piso superior del edificio, donde podrían instalar a los guardaespaldas cuando los llevaran con ellos, lo cual no siempre hacían. Y podía tener una asistenta interna. Tenía todo cuanto deseaba. Era el piso de sus sueños y casi se desmayó cuando se enteró del precio. Había estado desocupado durante un año mientras lo reformaban y era muy caro. Se preguntó qué diría Vladimir cuando se lo contara. Nunca había comprado un apartamento, aunque sabía que él pensaba gastarse quinientos millones de dólares en su nuevo barco, lo que a ella le parecía inimaginable, ya que era más incluso de lo que había costado el *Princess Marina*.

Le dijo a la agente que la llamaría y volvió al hotel a toda prisa. No sabía qué decirle a Vladimir, si debía siquiera contarle lo que pedían por el apartamento o buscar otra cosa. Se sentía culpable por hacer que se gastara tanto dinero en un «proyecto» para ella, aunque él también iba a vivir allí. Pero sin duda sería más económico si continuaban hospedándose en el hotel. A Vladimir no solía importarle mucho cuánto gastaba, pero ella se sentía responsable ante él, ya que no era su dinero.

Esperaba tener noticias suyas después de sus reuniones y estaba pidiendo la cena al servicio de habitaciones cuando llamó. Jamás iba a ningún restaurante sin él. No le gustaba comer sola, y aunque él nunca lo había dicho, tenía la sensación de que no le gustaría que lo hiciera. Vivía en una burbuja creada por él, en la que se sentía al salvo.

—Bueno, ¿qué tal el día? —le preguntó después de asegurarle que sus reuniones habían ido bien.

—Ha sido interesante. Los cinco primeros apartamentos han sido una desilusión. Algunos eran viejos y necesitaban mucho trabajo. El ático de la avenida Montaigne era frío como el hielo, todo era de mármol. —Entonces vaciló un instante.

Vladimir la conocía bien.

—¿Y el sexto?

—Es increíblemente caro. No sé si deberíamos gastar tanto en un apartamento. —Se sentía incómoda hablándole de ello.

—¿Te ha enamorado? —preguntó, casi con tono paternal.

—Sí —reconoció, casi sin aliento—. Era precioso.

Le dijo el precio con el estómago encogido.

Él se echó a reír.

—Cariño, eso no cubre ni el mobiliario del comedor que van a fabricar para el barco. —Tenía planeado no escatimar en gastos para su nueva embarcación, que iba a ser más un barco que un yate y la más lujosa sobre el agua. De hecho, le había dicho al diseñador de interiores que había contratado que quería una colcha de marta cibelina para su dormitorio—. ¿Te ha enamorado ese apartamento? —preguntó de nuevo.

—La verdad es que sí. Lo que ocurre es que temía que fuera demasiado caro. No quiero que pienses que me estoy aprovechando. Podría contentarme con algo mucho más pequeño.

—Vale, pero yo no. —Natasha se lo contó todo, incluidas las numerosas prestaciones de alta tecnología con las que contaba, lo que le gustó mucho. Y no tenían que hacer obras. Todo estaba ya reformado—. Cómpralo. Parece perfecto y confío en tu criterio y en tu gusto. Los llamaré mañana. —Quería una venta rápida y pensaba pagar en efectivo, como siempre. Podía hacer que ingresaran el dinero en la cuenta del propietario de manera inmediata. No le gustaba esperar meses por una venta lenta—. ¿Tienen algún informe técnico al respecto que demuestre que se ha realizado todo el trabajo?

—La agente dice que sí.

No podía creer lo simple que Vladimir hacía que pareciese todo, pese al coste.

—Ya me ocupo yo de los detalles. Tú puedes empezar a planear cómo quieres decorarlo. A menos que prefieras contratar un decorador.

Él había utilizado los servicios de uno para la casa de Londres, pero Natasha consideraba que sería más divertido hacerlo ella, ya que aquel era su proyecto y Vladimir estaba dispuesto a dejar que lo hiciera.

—No sé qué decirte. Es tan bonito, Vladimir; lo adoro. ¿Cuándo vienes a verlo?

—Me reuniré contigo en París el viernes. Al día siguiente tengo que ir a Moscú durante una o dos semanas. Puedes quedarte en París si te apetece y empezar con la decoración.

A Natasha le entusiasmaba lo divertido que iba a ser. Vladimir ya tenía todas sus casas antes de que se uniera a él. Aquella era la primera que iba a decorar para los dos.

Esa noche permaneció despierta pensando en ello y en todo lo que tenía que hacer. No se durmió hasta las cuatro de la madrugada, pero de una cosa estaba segura: era la mujer más afortunada del mundo y Vladimir, el hombre más generoso. A pesar de todos los riesgos que corría al estar con él, como el susto de Sardinia en junio, y de la solitaria vida que llevaba, parecían pequeños sacrificios en comparación con su generosidad y la vida de ensueño que compartía con ella. No tenía nada de qué quejarse; por todas las comodidades y la seguridad que él le daba, sabía que había sido bendecida el día en que le conoció. Su vida le parecía perfecta. Comparado con el orfanato y las fábricas, con las espantosas personas con que se había relacionado y que la habían tratado mal y con la madre que la había abandonado, estar con Vladimir era un regalo increíble. Cada día daba gracias por ello. Y ahora tenían un precioso apartamento en París. Era una chica muy, muy afortunada. De eso estaba completamente segura.

7

Tal y como había prometido que haría, Vladimir voló de Italia a París el viernes por la tarde y llegó justo a tiempo para ver el apartamento antes de que anocheciera y que la agente inmobiliaria se marchara para el fin de semana. Ya había transferido el dinero a una cuenta en Suiza esa misma semana. El propietario no quería que le pagaran en Francia y se había mudado al país helvético el año anterior. Renunciaban al apartamento para no tener una residencia en Francia y se habían convertido en exiliados fiscales. Estaban deseando vender y no daban crédito a su buena suerte cuando Vladimir se ofreció a pagar en metálico de forma inmediata. Y consiguió un precio mejor por ello.

La agente inmobiliaria también estaba satisfecha. El acuerdo estaba cerrado y al día siguiente Vladimir le dijo a Natasha que el apartamento era suyo. Fue la transacción más rápida de su vida, aunque ya había hecho negocios antes con rusos y sabía lo deprisa que podían ir las cosas con las personas adecuadas. Disponían de dinero en efectivo a raudales y era fácil hacer negocios con ellos. Tomaban una decisión, sabían lo que querían y eran muy directos.

Se reunió con ellos en el edificio y Natasha contuvo el aliento cuando Vladimir entró. De repente sintió pánico; ¿y si lo odiaba, si no le gustaban los paneles de madera, las ventanas o los suelos antiguos? Tenía una expresión seria mientras lo examinaba todo y deambulaba por el lugar. Luego, después de ver la última habitación, la rodeó con los brazos y le dedicó una amplia sonrisa.

—Es perfecto, Natasha. Has encontrado un apartamento espectacular para los dos. Va a ser un placer pasar tiempo aquí.

Natasha estuvo a punto de echarse a llorar de la emoción al ver que él estaba satisfecho. Le enseñó todos los pequeños detalles y transcurrieron dos horas hasta que regresaron al hotel. Iba a pasar mucho tiempo allí mientras compraba cosas para el apartamento y hasta el George V empezaba a parecerle un hogar.

Vladimir le hizo el amor en cuanto entraron en la suite, luego se bañaron juntos y se vistieron para cenar. Iba a llevarla a La Tour d'Argent, uno de los restaurantes más elegantes de París, para celebrar su nueva casa. No dejó de darle las gracias durante toda la cena.

—Ojalá no tuviera que dejarte mañana —reconoció. Había pedido caviar y champán para los dos y un chupito de vodka para él—. Pero al menos estarás ocupada aquí.

Natasha sabía que así era, pero le echaba de menos cuando se ausentaba tanto tiempo. Vladimir tenía muchos asuntos que atender en Rusia ahora, con su nueva participación en la industria minera. Le había oído de pasada hablando de comprar más yacimientos petrolíferos y estaban perforando en el mar Báltico. Su imperio se expandía a pasos agigantados. Costaba imaginar que pudiera crecer más, pero lo había hecho en los últimos seis meses y él aún luchaba por conseguir más. Mientras otras economías se hundían, Vladimir hacía negocios cada vez más importantes. Era insaciable con respecto a lo que deseaba dirigir y poseer.

Regresaron al hotel después de cenar y ella se entregó de nuevo a sus brazos mientras él comenzaba a hacerle el amor muy despacio. La había echado de menos toda la semana y detestaba no tenerla cerca, pero raras veces la llevaba a Moscú con él. Tenía mucho que hacer allí; Natasha sería solo una distracción y sabía que aquel lugar no le traía buenos recuerdos. Prefería esperar en Londres o en el barco, y ahora tendría el apartamento de París como otro hogar. Era perfecto para ella, y Natasha procuraba cumplir todas sus fantasías y atender sus necesidades cuando le hacía el amor, demostrarle lo agradecida que estaba por todo cuanto hacía por ella. Su relación era una especie de intercambio; ella le daba todo cuanto tenía a cambio de toda la generosidad material que él le procuraba.

Su vida con él hacía que a veces pensara en su madre y se preguntaba si se parecía en algo a ella. Como prostituta, su madre había comerciado con su cuerpo y con el sexo a cambio de dinero. Y Natasha no podía evitar preguntarse si era eso lo que ella hacía, darle a Vladimir su cuerpo y su libertad, su vida y su dedicación, a cambio de la dorada existencia que disfrutaba a su lado y de los regalos que le prodigaba. ¿O era más parecido a un matrimonio, en el que una mujer se preocupaba por un hombre, le entregaba su cuerpo y engendraba a sus hijos mientras que él cubría todas sus necesidades? ¿Era respetable o vergonzoso? A veces no se decidía y no estaba segura. Él siempre era bueno y generoso con ella. No había ningún bebé de por medio y Vladimir tampoco los quería, pero ella le entregaba el resto de su persona y todo lo que podía dar.

Vladimir yacía exhausto y saciado entre sus brazos después de que hicieran el amor. Habría rugido como siempre y a veces se mostraba brusco con ella, pero Natasha sabía que en ocasiones era lo que necesitaba para liberarse de la presión a la que estaba sometido cada día. Ella era la vía de escape que utilizaba para soltar la tensión con la que bregaba, parte de la cual ella desconocía por completo. Pero le acogía en su cuerpo siempre que él quería. Y no le parecía que estuviera mal, teniendo en cuenta todo lo que hacía por ella.

Se levantó a las seis a la mañana siguiente y Natasha pidió el desayuno para ambos. Se marchó del hotel a las siete, después de mirarla con anhelo durante un momento. Su belleza nunca dejaba de asombrarle y su hermosura y delicadeza no habían hecho más que aumentar en los últimos siete años.

—Empieza a comprar las cosas para el apartamento —la animó con una sonrisa mientras la besaba.

Estaba de pie, desnuda entre sus brazos, impregnada por el aroma de su acto de amor, y deseó poder quedarse. Pero tenía que estar en el aire de camino a Moscú a las ocho y tardaría media hora en llegar a Le Bourget.

—Te echaré de menos —le dijo en voz queda, besándole.

—Yo también te echaré de menos. Te llamo cuando aterricemos.

Acto seguido se marchó. No solía decirle que la quería, pero ella sabía que era así, igual que ella le quería a él o creía que lo quería. Era amor, tal y como ella lo conocía.

Esa mañana empezó a buscar cosas para el apartamento en tiendas de antigüedades por las que había pasado a menudo; ahora tenía una misión y un trabajo por hacer. Jamás se había divertido tanto en su vida. Uno de los comerciantes de antigüedades le dio el nombre de una mujer que confeccionaba fabulosas cortinas. No paró durante las dos semanas siguientes. Compró cuadros, muebles, telas, dos preciosas alfombras para el salón y una para su dormitorio. Adquirió una antigua cama con dosel que habían agrandado. Compró todo lo que necesitaba para la cocina y contrató a una asistenta rusa. Y cuando regresaran a Londres, también quería ir de compras allí.

Vladimir la llamó todos los días para que le contara los progresos, y antes de que se reencontraran en Londres, él volvió a Italia para supervisar los avances en los planos para el barco.

Fue un otoño muy ajetreado para ambos, y en diciembre

Natasha supervisó la instalación de todo lo que había comprado mientras Vladimir estaba de nuevo en Moscú, con el presidente. Cuando se reunió con ella en París la semana antes de Navidad, parecía que llevaban años viviendo en el apartamento. Cuando fue a verlo, a Vladimir le encantó todo lo que ella había elegido y quedó impresionado con el trabajo tan bueno que había hecho. Decidieron pasar allí la Navidad y volar al Caribe al día siguiente, donde los aguardaba el *Princess Marina*. El yate había realizado la travesía en noviembre y Vladimir tenía planeado mantenerlo allí hasta abril o mayo, para navegar hasta el sur de Francia a finales de mayo o principios de junio. Sentaba bien estar en el barco y relajarse en aquel entorno familiar. Volvería a París a finales de enero para los desfiles de alta costura, porque le encantaba elegir ropa para ella dos veces al año, en enero y en julio. Hasta entonces tenían un mes para descansar y pasarlo en el barco mientras Vladimir trabajaba desde su despacho del yate, repleto de tecnología punta.

Voló de nuevo a París con ella dos días antes de los desfiles de moda y fue maravilloso tener el apartamento para alojarse en él. Empezaba a parecer un hogar.

Solo quedaban dos casas de alta costura de las antiguas e ilustres, Dior y Channel, y una tercera más reciente, Elie Saab, que confeccionaban vestidos de noche a medida, además de un pequeño grupo de nuevos diseñadores jóvenes cuyo trabajo jamás se había considerado alta costura por los entendidos en moda. Pero era divertido asistir a los dos grandes desfiles, y las prendas y la puesta en escena eran espectaculares.

El primer desfile al que iban a asistir era el de Dior Alta Costura, que tendría lugar en una carpa instalada detrás de Los Inválidos, en la orilla izquierda. Era un evento espectacular, animado e iluminado de forma teatral, todo recubierto de espejos. Parecía un plató de cine y estaba inspirado en los jardines de Versalles. Gastaban millones en la decoración de cada pasarela, así como en los de prêt-à-porter, que eran casi igual de teatrales y también se celebraban dos veces al año.

Los desfiles de prêt-à-porter eran un gran negocio, se realizaban en cuatro ciudades y mostraban a los minoristas de todo el mundo qué se iba a llevar la temporada siguiente para que pudieran hacer sus pedidos, y también atraía a un montón de celebridades y seguidores de la moda. Los desfiles de alta costura eran de una clase diferente y solo se llevaban a cabo en París. Eran los últimos supervivientes de un arte en extinción y sus clientes habían disminuido con los años hasta quedar solo unos pocos muy selectos.

Con prendas cuyos precios oscilaban entre los cincuenta mil y los quinientos mil dólares —elaboradas totalmente a mano hasta la última puntada, hechas por encargo y jamás duplicadas en la misma ciudad, círculo social o evento—, apenas había compradores de alta costura en la actualidad. Antaño había multitud de mujeres de la alta sociedad, muchas de ellas en las listas de las mejor vestidas, que acudían de todas partes del mundo para encargar sus guardarropas un par de veces al año. Pero cuando las grandes casas fueron cerrando una tras otra y el precio de las prendas de alta costura subió de forma estratosférica, ya solo quedaron unas pocas jóvenes, las amantes de hombres muy, muy ricos, que se las compraban. El estilo de esas prendas no estaba pensado para las mujeres mayores que se las podían permitir y las chicas jóvenes para las que en su mayoría estaban diseñadas jamás se las podrían comprar ellas mismas.

Ahora los desfiles se realizaban más por su valor publicitario como espectáculo, y las pocas chicas que tenían la fortuna de poder pedir las prendas eran vestidas por hombres mucho mayores que las mantenían y querían presumir de ellas como trofeos y símbolos de sus vastas fortunas, poder, virilidad y pericia en los negocios. La alta costura no se había creado para nada de eso, sino para vestir a mujeres sofisticadas, elegantes y con buen gusto. En gran parte, la alta costura se había convertido en una parodia de sí misma y solo un puñado de princesas árabes de increíble riqueza y las jóvenes amantes de empresarios rusos, fueran o no duraderas, podían encargar esa ropa. En muchos casos, lo que se veía en la pasarela jamás se confeccionaba ni vendía, sino que era solo un ejemplo de una clase de artesanía exquisita, que otrora fuera la cúspide de la moda francesa y que ahora se ponían las chicas jóvenes y sexis que no valoraban lo más mínimo la exclusividad y la calidad de lo que vestían.

El desfile de enero era de la colección de verano, mientras que la colección de invierno se presentaba en julio, a fin de recibir los pedidos de antemano y disponer de tiempo para elaborar las a menudo complicadas prendas hechas a mano. Por ello, cuando Vladimir y Natasha llegaron a París para asistir a los desfiles de moda, ella iba a elegir su guardarropa para el verano siguiente. A Vladimir siempre le gustaba estar con ella en el desfile y tomar nota con sumo cuidado de lo que deseaba que ella llevase mientras las chicas desfilaban por la pasarela. Eran siempre los vestidos y conjuntos más caros. Al igual que sus coches y barcos, el aspecto de Natasha y lo que llevaba puesto eran símbolos externos de su inmensa riqueza, lo mismo que las joyas que le regalaba. Natasha llevaba vaqueros y ropa sencilla en privado, pero prefería verla vestida de manera extravagante, o al menos cara, cuando salían e incluso en casa, donde solo él podía verla. «Los pantalones vaqueros son para los campesinos», le decía, aunque él los usaba. Pero quería que todos volvieran la cabeza al ver a Natasha, y cualquiera de sus atuendos costaba lo mismo que un coche de lujo o un apartamento pequeño.

A ella no le gustaba discrepar con él en ningún tema ni parecer desagradecida, pero siempre intentaba orientarle hacia las prendas más sencillas cuando iban a los desfiles de alta costura, sobre todo para el verano, cuando pasaban tanto tiempo en el barco, pero él restaba importancia a lo que ella le decía. A veces le gustaba verla con traje de noche en la cena, aunque estuvieran solos en casa. Estaba tan dispuesto a comprarle ropa barata o sencilla como a adquirir obras de arte insignificantes. Quería aquello por lo que pagaba, enseñarle al mundo sin la más mínima sombra de duda lo lejos que había llegado. Y aunque Natasha adoraba asistir a los desfiles y ver los modelos sobre la pasarela, siempre temía lo que él iba a elegir para ella. Le permitía seleccionar unos pocos, pero él escogía en su mayoría lo que quería que se pusiera y Natasha no le llevaba la contraria. No le gustaba enfadarle. Eso había ocurrido solo en unas pocas ocasiones y la expresión de sus ojos y su tono duro al regañarla habían bastado para meterla en cintura.

Siempre que alguien le enfadaba, contradecía su opinión o desobedecía, las cosas no iban bien. Si uno hacía lo que él ordenaba o esperaba, era un hombre amable y bueno. Pero bajo la superficie había un volcán. Natasha había visto su ira dirigida hacia otras personas y hacía todo lo que estaba en su mano para evitar ser su blanco. Y no pensaba arriesgarse a sufrirla por la ropa que vestía. Estaba agradecida por su generosidad; ¿cómo iba a quejarse por lo que él le daba? Se gastaba millones en su vestuario cada año, y todo lo que compraba le quedaba bien.

Para la escenografía del desfile de alta costura de Dior de la colección de verano habían colocado parterres de flores por todas partes, y el embriagador perfume de los nardos y los lirios del valle impregnaban el ambiente. Los modelos eran diáfanos y sexis, las faldas cortas, casi todo transparente y los pechos desnudos eran frecuentes en el desfile. Los tacones eran tan altos que casi resultaba imposible caminar con ellos. Muchas de las prendas tenían la espalda descubierta para el verano.

Podía lucir toda aquella ropa sin problemas, aunque anhelaba algunas prendas más sencillas, y eligió dos vestidos de algodón de corte impecable y menos excitantes que los que Vladimir seleccionaba para ella, que resaltaban su cuerpo, aunque solo podían lucirse en circunstancias más sofisticadas que en la vida cotidiana. Había profusión de *paillettes* y diminutas lentejuelas, cosido todo ello a mano en tules en tonos piel. Vieron mallas y monos bordados por completo de minúsculas cuentas que reproducían diseños florales y costaban doscientos mil dólares debido a todo el trabajo que eso requería. Vladimir encargó tres para ella y un cuarto en rosa vivo. Le dijo que no se vestía a una mujer de espectacular belleza con harapos, que era como él consideraba la ropa sencilla, aunque fueran de alta costura. En invierno la cubría con pieles, preferiblemente marta cibelina o visón, chinchilla y armiño teñidos de colores exóticos, con fabulosos sombreros a juego, mallas de piel de cocodrilo, botas de piel y de cuero hasta la cadera, y abrigos repletos de bordados. Le compraba ropa con la que llamara la atención, no solo prendas que ponerse para ir a la moda o estar cómoda, y Natasha a veces se preguntaba para sus adentros cómo sería usar ropa normal fuera del barco. No lo había hecho desde que se marchó de Moscú con él siendo una adolescente. Enseguida se sintió culpable y una desagradecida por pensar en ello. Era consciente de su fortuna por tener a un hombre que le comprara ropa de alta costura.

Vladimir encargó siete modelos del desfile de Dior, otros seis de Chanel y tres vestidos de noche para verano de Elie Saab, todos muy escotados y con abertura a un lado, hasta la cadera. Toda la ropa le quedaba bien y las mujeres que dirigían cada casa de moda, que estuvieron encantadas de vestirla, les prestaron una exquisita atención a ambos. Vladimir eligió con rapidez después de ver a Natasha con los vestidos que había apuntado y apenas cambió de parecer. Sabía qué aspecto quería que tuviera. Ella le dio las gracias con entusiasmo al salir de cada casa de moda.

Después volvieron al apartamento, se acurrucaron delante de la chimenea de su dormitorio e hicieron el amor. Vladimir estaba encantado con la ropa que le había comprado y estaba deseando verla con ella puesta ese verano. Cada vestido requería tres pruebas antes de que lo entregaran, a fin de cerciorarse de que le quedaba a la perfección. No podía haber una arruga ni una puntada mal dada en un vestido de alta costura. Tenía que ser impecable, como la mujer que lo llevaba.

El desfile de Chanel fue más espectacular aún que el de Dior. Se celebraba cada temporada en el Gran Palacio, un impresionante edificio de cristal. Una vez, Chanel colocó un iceberg en el centro para un desfile de invierno de prêt-à-porter. Lo habían transportado en avión desde Suecia y lo devolvieron al día siguiente. En esa ocasión, Chanel había creado una playa tropical para el desfile de su colección de verano, con toneladas de arena traídas a propósito y una pasarela para que desfilaran las cincuenta modelos. A Natasha le encantó el ambiente del desfile y la ropa, que era un poco menos llamativa y dejaba menos al descubierto que la de Dior, que era más del gusto de Vladimir.

Natasha iba a estar arrebatadora con todo lo que Vladimir encargó para ella, sin importar de qué casa de modas fuera. Le consultaba acerca de los modelos que le gustaban, pero al final era él quien realizaba la selección definitiva y trataba sus opiniones como si fueran las de una niña. Siempre le resultaba un poco humillante cuando él dejaba claro que no tenía poder de decisión, pero los gerentes de las casas de moda estaban acostumbrados.

Vladimir no era diferente de los demás hombres con los que trataban, todos ellos poderosos, y este lo era más que la mayoría. Los hombres como él no se limitaban a quedarse sentados de brazos cruzados mientras dejaban que otros tomaran las decisiones respecto a ningún asunto, aunque fuera en temas de moda o sobre cómo vestían sus mujeres. Y Natasha servía a un fin con lo que se ponía. Su trabajo era hacer que otros lo envidiaran por la mujer que llevaba del brazo, lo cual conseguía. Del mismo modo que los desfiles eran una especie de alegato publicitario para las casas de moda que los organizaban como si fueran un espectáculo, ella hacía lo mismo por él. Era un reclamo para que el mundo entero lo viera. Pertenecía a Vladimir Stanislas; no se diferenciaba demasiado de su barco, que era el más llamativo, espectacular y envidiado sobre las aguas. Y el nuevo que estaba proyectando lo sería todavía más.

Esa noche, mientras cenaban en el apartamento, habló con ella de los planos y le enseñó algunos. Estaba nevando, por lo que habían anulado la reserva para cenar en el restaurante de Alain Ducasse en el hotel Plaza y decidido quedarse en casa. Afuera hacía un frío que pelaba. Él trabajó un poco y Natasha leyó un nuevo libro sobre arte impresionista que había comprado y que la tenía fascinada.

También había adquirido una serie de libros sobre decoración para sacar ideas para el apartamento, que estaba quedando magnífico. Habían colgado las cortinas mientras estaban en el barco y a Vladimir le habían encantado. A pesar de sus importantes actividades de negocios, tenía buen ojo para la belleza y siempre se fijaba en lo que ella hacía en el apartamento y comentaba lo que le gustaba. Se sentía muy satisfecho con lo que había conseguido y ella estaba contenta de pasar más tiempo en París, ya que el apartamento era más cálido y acogedor que su muy ostentosa casa de Londres, que había engalanado un famoso decorador antes de que conociera a Natasha. Había sido fotografiada por cada revista de decoración importante, pero a ella jamás le había gustado. El apartamento de París, y también el barco, se parecían más a un hogar. Esperaba que el nuevo fuera igual de bonito; los planos parecían impresionantes. Pero sus preferencias eran siempre más sencillas y menos ostentosas que las de él, que había intentado educarla para que su gusto fuera más atrevido.

Tras los desfiles de alta costura, Vladimir pasó el fin de semana con ella en París antes de regresar a Moscú. Sus nuevas explotaciones mineras, y su dirección, habían resultado consumir más tiempo del que había previsto. Le dijo a Natasha que hacía demasiado frío para ella en Moscú, que iba a estar demasiado ocupado y que tenía que viajar por territorio ruso a zonas poco agradables. Quería que se quedara en París y dentro de tres semanas, a mediados de febrero, pasaran unos días en Courchevel. Era la estación de esquí preferida de todos los rusos y Vladimir había alquilado una casa con servicio completo para una semana. Cuando disponía de tiempo era un ávido esquiador, y había contratado profesores de esquí para ella todos los inviernos durante los últimos siete años, así que ya era una esquiadora decente, aunque no de su categoría. Pero lo pasaban bien esquiando juntos y Natasha lo esperaba con ansia.

El apartamento le pareció vacío cuando él se marchó. Aquella semana nevó en París y Natasha pasó casi todo el tiempo leyendo en la cama o sentada junto a la chimenea en el acogedor cuarto de estar y buscando tesoros en tiendas de antigüedades cuando salía. Siempre encontraba algo nuevo que le gustaba para el apartamento; esa semana, un par de morillos de bronce para la chimenea de estilo Luis XV, con los que sujetar los troncos. Tenían hojas y querubines y los colocó en su dormitorio.

Visitó también varias galerías en busca de obras de arte para el apartamento, y siempre recibía un montón de invitaciones para inauguraciones. Una de ellas, para el jueves por la noche en la orilla izquierda, había llamado su atención. Era de una galería en la que había comprado un pequeño aunque bonito cuadro hacía dos meses. Si no nevaba, se prometió asistir a la inauguración el jueves por la noche. A veces prefería ir antes de la inauguración, si se lo permitían, para hacerse con lo que quería antes de que otros tuvieran ocasión de hacerlo, pero ese día no tenía tiempo. Esperaba a unos obreros para añadir nuevos estantes en la cocina y quería supervisar la obra ella misma.

Hacía una hora que había empezado la exposición cuando se subió al Bentley con chófer que Vladimir alquilaba para ella en París. Nunca conducía ella misma en la ciudad, le atemorizaba el tráfico tan intenso y las calles de un solo sentido, aunque a veces lo hacía en el sur de Francia. Vladimir tenía un Bentley deportivo para ella en el barco. Pero en París, Natasha prefería utilizar los servicios de un chófer. Vladimir tenía el suyo propio cuando estaba en la ciudad, un Rolls. Su Bentley, más discreto y menos ostentoso, cruzó el puente Alejandro III hasta la orilla izquierda y se adentró en el distrito VI, donde se encontraba la galería.

Era pequeña, pero bien estructurada, y estaba llena de personas bebiendo vino y charlando cuando ella llegó. Estaban los esnobs habituales y algunas personas serias del mundo del arte. Era un ecléctico grupo de gente joven y mayor. Natasha se paseó mientras contemplaba las obras. Eran espléndidas y serias, con una extraña combinación de técnicas que recordaba a los grandes maestros pero con los colores más claros y los temas de los impresionistas. No cabía duda de que el artista que exponía tenía su propio estilo. No había prestado atención al nombre de la tarjeta, solo se había fijado en que le gustaba la obra. Cogió del mostrador un folleto con la biografía del artista al pasar y continuó echando un vistazo, y cuando llegó al fondo de la galería, se detuvo en seco y se encontró cara a cara con su propio rostro en una evocadora pintura que la había capturado a la perfección. Era un retrato suyo que la dejó en shock.

Mientras Natasha se contemplaba a sí misma, Theo levantó la mirada de forma instintiva y la vio desde el otro lado de la galería. Estuvo a punto de parársele el corazón. Nunca imaginó que ella estaría allí y lo vería.

—¿Qué pasa? ¿Ocurre algo? Parece que te acaben de pegar un tiro.

Inez estaba con él. Había decidido intentarlo una vez más y la invitó a cenar justo antes de Navidad. Llevaban un mes saliendo y ella seguía desconfiando de él, pero todo iba bien. Hasta el momento le había demostrado que no era un chiflado a pesar de ser artista, e incluso le caía bien su hija, Camille. No estaba enamorado de Inez, al menos todavía no, pero disfrutaba de su compañía. Era una mujer inteligente, responsable y sensata, y era muy capaz de cuidar de su hija y de sí misma. No buscaba que la «salvara» ni que la mantuvieran. No le interesaba el matrimonio y preferiría estar sola antes que con el hombre equivocado. Por ahora le gustaba todo de ella, e Inez le había acompañado a París para la inauguración mientras una amiga cuidaba a su hija. Se habían hospedado en un pequeño hotel de la orilla izquierda, cerca de la galería, y su relación seguía siendo demasiado reciente. Le había visto ponerse pálido cuando divisó a Natasha al fondo de la galería, contemplando su retrato. Estaba parada delante el, mirándolo como una estatua.

—No, nada, estoy bien —respondió, sonriendo a Inez.

Se escabulló en silencio del grupo en el que estaban y se abrió paso hasta Natasha. Llevaba un grueso abrigo de pieles, pantalón vaquero y tacones, ya que Vladimir no se encontraba en la ciudad, y estaba más hermosa que nunca cuando se giró hacia él, con su suave melena de rizos rubios cayéndole por la espalda, como una jovencita.

—¿Lo has pintado tú? —le preguntó con los ojos como platos, como si le acusara de desnudarla en un lugar público y dejarla allí, expuesta.

No podía negarlo, y el cuadro era tan evocador, tan intenso y sin duda tan personal que en cierto modo sugería que la conocía a nivel íntimo e incluso que la amaba.

142

—Yo... sí... lo pinté... después de verte el verano pasado. Tienes un rostro que pide a gritos que lo retraten —adujo, lo que le pareció una mala excusa incluso a él. El cuadro era tan profundo que resultaba evidente para ambos que era más que eso para él.

Sus ojos se clavaron en los de Theo con el sentimentalismo de muchos rusos; eran dados a la tragedia y la tristeza, que divulgaban en su literatura, su música y su arte.

—No tenía ni idea de que fueras un artista con tanto talento —repuso en voz queda.

—Gracias por tu amabilidad. —Le brindó una sonrisa, avergonzado porque le había pillado con la evidencia de su obsesión por ella. Lo había superado, pero el retrato era evidencia suficiente de hasta qué punto había ocupado su cabeza. No se trataba ni de un tema ni de una modelo al azar, ni tampoco de un rostro interesante que pintar. Era una mujer de la que se había enamorado en su momento, aunque ya hubiera vuelto a sus cabales. Pero todo lo que había sentido por ella estaba plasmado en el retrato; lo había volcado todo en él, razón por la que Gabriel y Marc creían que era su mejor obra. Gabriel estaba esa noche en la inauguración, pero Marc no podía permitirse ir a París en ese momento y había rechazado el dinero de Theo para acudir. Tenía pensado acercarse en algún momento mientras durara la exposición—. Pintarte fue maravilloso —añadió Theo, sin saber qué otra cosa decirle para disculparse por molestarla y exponerla—, aunque lo pasé mal con tus ojos.

Se sentía idiota ahí, de pie, hablando con ella como un tonto y mirándola como si tuviera un torno alrededor del corazón y el estómago encogido. Cada vez que la veía, provocaba algo en él. La había visto solo tres veces en su vida antes de esa noche, aunque la miró en el caballete de su estudio cada día y cada noche durante meses. Ese cuadro se había convertido en su pasión y en la culminación de su obra y su técnica en su momento.

—Me gustaría comprarlo —dijo en voz queda—. Y los ojos son perfectos —apostilló.

Él también lo sabía. Lo sintió cuando por fin lo consiguió y ahora, al mirarla, podía ver que lo había logrado. Había capturado su expresión a la perfección.

Había echado un vistazo a su alrededor nada más verla y se había percatado de que estaba sola, que Vladimir no estaba allí, por lo que no podía empeñarse en comprarlo a cualquier precio. Estuvo tentado de decirle que no estaba en venta, pero no lo hizo.

—Lo siento. Ya está vendido. —No había ningún punto rojo en la pared junto al cuadro que indicara que había sido comprado y ella le miró de forma inquisitiva—. Acabamos de venderlo. Todavía no le han puesto el punto rojo.

Ella pareció sorprendida y decepcionada. No quería que un retrato tan íntimo como ese fuera a parar a un desconocido y que colgara en su casa. Y él tampoco.

—¿Lo han pagado ya? No quiero que nadie más lo tenga. Te pagaré más.

Había aprendido algunas de las costumbres de Vladimir que solían dar resultado. Pocos comerciantes eran leales a sus clientes si alguien ofrecía un precio mejor. Y al ver la decepción y la pena en su rostro, Theo se dio cuenta de que debería habérselo ofrecido a ella primero, pero quería quedarse la pintura para él. Simplemente no se había resistido a mostrarlo en la exposición y Jean quiso tenerlo en la galería nada más verlo, por lo menos durante la inauguración, para demostrar el talento de Theo.

—Lo han pagado hace solo un rato. Lo siento muchísimo —se disculpó, mirándola y deseando estrecharla entre sus brazos. Era alta, pero no tanto como él, y a pesar de la estatura, Natasha parecía vulnerable y frágil. Era la clase de mujer a la que un hombre deseaba proteger y asegurarse de que nadie le hiciera daño. Jamás había sentido eso por nadie—. ¿Estás de visita en París? —preguntó, tratando de apartarla del tema del retrato, que le hacía parecer un gilipollas por no habérselo ofrecido en privado antes de la exposición.

—No. —Le brindó una sonrisa melancólica, triste por haber perdido el cuadro—. Ahora tengo un apartamento aquí. Tenemos. En la avenida Montaigne. Decorarlo ha sido divertido y aún estoy buscando piezas de arte. —Volvió la vista hacia su propio retrato—. Esta habría sido perfecta. Pero echaré un vistazo al resto de tus obras.

—Tal vez podría pasarme a ver los espacios de los que dispones y la luz y elegiríamos algo juntos —se ofreció esperanzado, sin saber bien por qué lo había hecho. Teniendo en cuenta la colección de arte que Vladimir poseía, no necesitaba su consejo. Se preguntó dónde estaba él—. ¿Dónde está situado?

—En el número quince. Me pondré en contacto contigo a través de la galería —dijo sin más—. Voy a estar aquí otro par de semanas. ¿Seguirás aquí un tiempo?

—Uno o dos días más antes de regresar a sur, pero puedo hacerte un hueco.

Habría ido volando a su lado ante la más mínima invitación, pero dudaba de que ella lo llamara.

—Es una exposición maravillosa —le felicitó. Había reparado en un montón de puntos rojos que indicaban que se habían vendido varias obras. Natasha le sonrió—. Gracias por pintarme. Es un gran cumplido —añadió con educación, perdonándole por vender su retrato a un desconocido sin tan siquiera ofrecérselo a ella.

Theo estuvo a punto de contarle la verdad, que no quería desprenderse de él. Renunciar a él sería como perderla, aunque nunca la había tenido y sabía que jamás la tendría.

Ella se paseó por la exposición unos minutos más, y cuando Theo la buscó de nuevo con la mirada al cabo de un rato, ya se había marchado. Volvió con Inez y los demás y procuró aparentar normalidad cuando regresó después de hablar con Natasha. Inez le dirigió una mirada gélida y recelosa y le habló con un tono frío en cuanto estuvieron a solas.

—No estoy ciega, ¿sabes? Te he visto con la mujer del retrato. Me dijiste que no la conocías. —Su mirada era inquisitiva y severa.

—En realidad no la conozco —respondió casi con sinceridad, aunque no del todo. Ojalá la conociera, pero no era así—. La he visto tres veces en mi vida, cuatro con la de esta noche. El verano pasado en el restaurante de mi madre, con su novio; cuando le entregué un cuadro; dos minutos en una feria de arte en Londres; y ahora. Y yo no la he invitado esta noche. No sé por qué ha venido. Debe de estar en la lista de clientes de la galería. Tenía un rostro que deseaba pintar, es todo.

—El cuadro es un retrato perfecto de ella. La he reconocido de inmediato. —Le sorprendió con su siguiente pregunta—: ¿Estás enamorado de ella?

—Por supuesto que no. Es una auténtica desconocida.

—Los artistas no pintan mujeres que no conocen a menos que estén de algún modo obsesionados con ellas o que sean modelos de estudio.

El retrato desprendía ese aire de obsesión que Inez había percibido. Era una carta de amor a una mujer que anhelaba conocer mejor y que solo podía imaginar. Inez tenía razón. Pero había estado obsesionado con ella hacía seis meses. Creía que se había terminado, hasta que se sintió como si alguien le hubiera arrancado el corazón del pecho otra vez cuando la vio esa noche. Aquello estaba empezando de nuevo, igual que antes. Esa mujer tenía algún tipo de poder mágico al que él parecía incapaz de resistirse.

—No estoy obsesionado —replicó, para convencerse a sí mismo y a Inez, que parecía triste.

Después de haber visto a Natasha en carne y hueso, sabía que, si él estaba enamorado de ella, la competencia era dura.

—¿Por qué me huele a drama en el aire? —preguntó, mirándole con expresión penetrante—. Ya te dije que no me va el drama. Si se trata de eso, me largaré antes de que te des cuenta siquiera.

—No tienes nada de qué preocuparte —insistió, rodeándole los hombros con un brazo, pero se sentía como un embustero y un estafador.

Le había robado a Natasha su rostro para pintar su retrato y ahora mentía a Inez sobre una mujer con la que había estado obsesionado y a la que no conocía. Tenía la sensación de estar loco cuando la dejó minutos más tarde, fue a la mesa de Jean Pasquier, cogió un punto rojo y lo colocó en la pared junto al retrato de Natasha. Al menos podía hacer eso por ella para que nadie lo comprara esa noche.

El resto de la exposición fue bien y Theo y Jean quedaron satisfechos. Gabriel le dio la enhorabuena antes de irse. Coincidieron en que era una lástima que su madre no hubiera asistido. Estaba ocupada haciendo reparaciones y remodelaciones en el restaurante y afirmaba que no podía ausentarse. Pero ambos sabían que detestaba ir a París y que prefería su pequeño y seguro mundo en Saint Paul de Vence. Theo lo entendía y no se lo tomó como algo personal.

—Le diré que la exposición ha sido todo un éxito —prometió Gabriel cuando se marchó.

Theo regresó al hotel con Inez después de que se fuera el último invitado. Iba a reunirse con Pasquier a la mañana siguiente para revisar las ventas y una lista de clientes que esa noche habían mostrado interés por su obra, a los que enviarían fotografías.

Theo e Inez guardaron silencio durante el trayecto de vuelta al hotel, sumidos ambos en sus pensamientos. Y cuando llegaron a su habitación, Inez le preguntó de nuevo:

—¿Por qué no te creo cuando me dices que no estás enamorado de esa chica? —Estaba sentada en la cama, mirándole, como si la respuesta estuviera en sus ojos y no en sus palabras.

—Pertenece al hombre más rico de Rusia —le explicó, como si ella fuera un objeto, un mueble o una esclava, y detestó cómo sonaba y lo que significaba, pues en cierto modo era verdad. Vladimir la consideraba una posesión y como tal la trataba.

—Y si no le perteneciera a él, ¿la querrías? —insistió.

—Qué pregunta tan absurda —replicó mientras se paseaba por la habitación, incómodo—. Es como si preguntaras si quiero la torre Eiffel o la *Mona Lisa*. No están a la venta.

—Todo tiene un precio si uno está dispuesto a pagarlo —arguyó Inez con frialdad, repitiendo las mismas palabras de Vladimir, algo que casi hizo estremecer a Theo. No quería que eso fuera cierto. Y en el caso de Natasha no lo era. Su madre tenía razón: no podía permitírsela—. Y tú no eres precisamente pobre, aunque te guste fingir que lo eres —le recordó—. Puede que no tengas tanto dinero como su novio ruso, pero desde luego no se moriría de hambre contigo.

A Inez le traía sin cuidado lo que Theo tenía, pero no era ningún secreto en el mundo del arte quién era su padre y lo que este le había dejado.

—Las mujeres como esa son diferentes —se defendió Theo, que parecía atormentado cuando se sentó en una silla—. Y no pretendo comprar a una persona en una guerra de pujas en una subasta. Ella no es un problema. Es su amante, tiene una vida fabulosa, al menos en el aspecto material, y parece feliz con él. No sabría qué hacer con una mujer así. Fin de la historia.

—Tal vez no —dijo Inez a sabiendas—. Tal vez sea solo el comienzo.

—Si eso fuera verdad, habría ocurrido hace siete meses, cuando la conocí. Pinté su retrato porque tiene un rostro bonito. Eso es todo.

Pero ninguno de los dos se sintió seguro cuando se acostaron aquella noche. Inez no le creía. Y Theo sabía que estaba ocurriendo otra vez. Natasha lo atormentaba una vez más mientras estaba tumbado junto a Inez.

Cada vez que se acercaba a Natasha, ella se le metía bajo la piel y ya era incapaz de pensar con claridad. Se sentía confuso, desorientado, y no pudo conciliar el sueño durante largo rato. Inez y él estaban en lados opuestos de la cama, decepcionados por lo que había ocurrido. Se abría entre ellos un espacio lo bastante grande para la chica que lo había hechizado de nuevo. Para el caso, Natasha podría haber estado en la cama con ellos. Ambos podían sentir su poderosa presencia en la habitación.

Y en la avenida Montaigne, Natasha estaba en la cama, pensando también en él. Ese hombre tenía algo muy intenso, aunque no conseguía saber qué era, y le gustaba hablar con él. Sacó el folleto de su bolso y echó un vistazo a su biografía. Sentía curiosidad por saber dónde había estudiado arte, y su apellido no le dijo nada en un principio. Entonces leyó el tercer párrafo, donde se mencionaba de quién era hijo y que se había formado al lado de su padre desde niño. Se quedó impactada al darse cuenta de que era Theo Luca, aunque en ningún momento dijo nada en el restaurante ni cuando entregó el cuadro de su padre en el barco. Fue humilde y modesto y actuó con un empleado y un mensajero, nada más.

Leyó de nuevo la biografía varias veces... «Creció en Saint Paul de Vence ... Nació en el estudio de su padre ... Se formó sobre las rodillas de su padre desde que tenía cinco años ... Facultad de Bellas Artes de París ... Segundo mayor coleccionista del mundo de la obra de su padre ... Artista de talento por derecho propio ... Su primera exposición en una galería ...», y ella formaba parte de esa exposición.

No cabía duda de que había trabajado duro en su retrato y no alcanzaba a entender por qué. ¿Por qué la había pintado y cómo había visto tantas cosas en sus ojos? Había descubierto todo el sufrimiento de su infancia, el terror del orfanato, el desengaño del abandono de su madre; lo había visto todo. Estaba todo plasmado en el retrato que había pintado de ella y ahora tenía la impresión de que podía sentirle dentro, echando raíces en su alma. Se había colado en su interior sin que se diera cuenta y podía sentir que seguía ahí, en silencio, esperando, conociéndola, y no sabía si huir de él o no. Pero no había espacio para él en su vida. Pertenecía a Vladimir. Y podía sentir que Theo Luca era un peligro para ella. El solo hecho de estar cerca de él hacía peligrar su vida entera.

8

Cuando Theo e Inez se levantaron a la mañana siguiente, ninguno volvió a mencionar a Natasha. Habían agotado el tema la noche anterior. Desayunaron café con leche y cruasanes en una cafetería cercana y le dijo a Inez que estaría libre para comer y que la llamaría. Después acudió a su reunión con Jean Pasquier en la galería para hablar de cómo había ido la exposición, de cualquier crítica que hubieran recibido y de las ventas de la noche anterior. Había vendido seis cuadros, que según Jean era magnífico, y tenían una reseña muy favorable en *Le Figaro*, gracias a la cual Theo recordó lo que quería decirle, ya que al crítico de arte le había impresionado especialmente el retrato de Natasha.

—Por cierto, excluyo el retrato de la exposición —dijo Theo con voz serena—. No debería haberlo incluido sin el permiso de la modelo.

—Anoche estuvo aquí —comentó Jean—. La vi. La capturaste a la perfección. ¿Le molestó que lo hicieras?

—Creo que le sorprendió. Me siento como un gilipollas por no habérselo dicho.

—Eres artista. Puedes pintar a quien quieras y lo que quieras.

Theo no le contó que Natasha se había ofrecido a comprarlo. No quería que lo hiciera y sospechaba que el galerista sí querría. A fin de cuentas, era un negocio. Pero ambos estuvieron de acuerdo en que para tratarse de una primera exposición, todo había ido realmente bien.

—Me llevaré el retrato conmigo hoy, y mañana de vuelta al sur —añadió Theo, tratando de aparentar normalidad.

—Puedo enviártelo si lo prefieres —se ofreció Jean.

Theo meneó la cabeza.

—Yo lo llevaré. No quiero que se pierda.

Era una explicación razonable. Además, los artistas tenían fama de ser unos paranoicos en lo referente a su trabajo.

Hablaron de la exposición una hora más y Theo le dio las gracias por realizar tan buen trabajo, por exponer su obra con tanto mimo y por brindarle tan magnífica oportunidad para su primera exposición en una galería. Se marchó después de eso, llevándose el retrato de Natasha, hasta el boulevard Saint Germain, donde cogió un taxi. Le dio al taxista las señas que recordaba en la avenida Montaigne. Sabía que no podía llamar a su puerta y presentarse sin más, pero habría un conserje y, con suerte, este podría llamarla desde recepción y entregárselo a ella. Se preguntaba si Vladimir estaría allí.

El edificio era tan elegante como cabría esperar de ese barrio y sobre todo de esa calle, y era pequeño, con un solo apartamento por piso, aunque algunos ocupaban dos pisos, como el de ellos. Era un bloque de solo seis alturas, y había un guardia de seguridad afuera, así como una conserje. Cada apartamento contaba con un telefonillo. Llamó al que estaba marcado como V.S., suponiendo que era el suyo. Respondió una asistenta rusa. Preguntó por Natasha, la mujer fue a buscarla y después oyó la voz de ella.

—Hola. Soy Theo. He venido a traerte una cosa.

Ella dudó durante largo rato mientras él esperaba y a continuación oyó de nuevo su voz.

—Puedes subir. Cuarto piso.

Ella le abrió. Theo cruzó la puerta de cristal y entró en el ascensor lleno de espejos, lo bastante grande para cuatro ocupantes, muy amplio para tratarse de París. El ascensor se detuvo y él salió. Natasha le esperaba de pie en la entrada, ataviada con vaqueros, manoletinas y un grueso jersey negro y con el cabello rubio suelto y desaliñado, que le llegaba casi hasta la cintura. Le entregó el cuadro embalado y ella pareció sorprenderse.

—Quiero que lo tengas tú. Iba a quedármelo porque todo el mundo dice que es mi mejor obra hasta la fecha, pero te pertenece a ti.

—¿El comprador cambió de opinión? —Parecía confusa.

Theo meneó la cabeza.

—No había ningún comprador. Quería regalártelo. Lo supe en cuanto te vi anoche, pero no quería decírtelo con tanta gente alrededor.

—Quiero comprarlo —respondió con honestidad, de pie en el descansillo y con el cuadro entre los dos.

Theo meneó la cabeza de nuevo.

—Es un regalo. No tiene precio y no está en venta. Es tuyo.

—No puedo aceptarlo sin más.

Estaba claramente avergonzada, aunque complacida y muy conmovida. Parecía muy joven cuando hablaba con ella. Ya lo había notado con anterioridad. No sabía cuántos años tenía, pero aparentaba ser poco más que una cría, sobre todo con lo que llevaba puesto. Solo parecía mayor cuando iba arreglada.

—¿Por qué no? —Le brindó una sonrisa—. Yo cogí tu rostro para pintarlo y ahora puedes quedarte el resultado.

—Es un retrato maravilloso. ¿Quieres ayudarme a elegir un lugar en el que colgarlo? —preguntó con cautela, de pie en la entrada, y él asintió.

Natasha se hizo a un lado para que Theo pudiera entrar y este llevó el cuadro adentro. Había elegido un marco antiguo y era pesado.

La siguió al interior del apartamento y de inmediato se fijó en las boiseries y los suelos antiguos, en las obras de arte que había colgado en la entrada, en su mayoría elegidas por ella, y no tan relevantes como casi todas las de Vladimir, aunque sí más cálidas e interesantes. Entró tras ella en el salón, que parecía una pequeña sala de Versalles, solo que no tan recargada, sino con delicadas sedas y damascos. Pasaron por la pequeña salita, por el comedor y luego le llevó arriba, a su dormitorio, donde pensaba colgarlo. Sobre la chimenea había una pintura de una chica joven del siglo XVII y a ambos se les ocurrió la misma idea al mismo tiempo. El retrato quedaría perfecto allí. Theo lo descolgó con cuidado y colocó el de ella en el mismo gancho. Los dos sonrieron mientras lo contemplaban y Natasha pareció emocionarse.

—Me encanta, ¿y a ti? —Dio palmadas como una niña.

Theo rio mientras la miraba. Era más una chica joven que una mujer, a pesar de lo que había visto y de la vida que llevaba con Vladimir.

—Sí, me encanta —reconoció sonriendo, satisfecho por haber tenido aquel gesto y habérselo regalado. Y era verdad lo que había dicho. Le pertenecía a ella. Quería que lo tuviera.

Buscaron un lugar para colgar el otro cuadro, en la pared de enfrente de su dormitorio, y Theo le pidió un martillo y una escarpia. Natasha fue a por ello y él colgó el cuadro. A continuación le miró de forma inquisitiva.

—¿Por qué no me dijiste que eras el hijo de Lorenzo Luca? Sobre todo cuando Vladimir compró el cuadro. —Había estado a punto de decir «nosotros», pero era consciente de que ella no era la dueña. El propietario era Vladimir, él lo había comprado, y a diferencia del retrato que Theo había pintado de ella, no era un regalo. Ella no poseía ninguna parte de las obras de arte que él adquiría.

—Me parecía irrelevante. ¿Qué diferencia hay? No suelo

decírselo a la gente. Desvía la atención. No me gusta comerciar con su nombre.

—No lo necesitas —repuso en voz queda—. Tu trabajo es muy bueno. He estado estudiando historia del arte por mi cuenta. Me gustaría estudiar en la Sorbona algún día, pero no nos quedamos en un mismo lugar el tiempo suficiente y él no quiere que lo haga —explicó—. Es posible que ahora que tenemos el apartamento aquí pueda asistir a alguna clase o contratar a un tutor.

—A mí me parece que ya eres bastante entendida. —Lo había deducido por la conversación que mantuvieron en el barco cuando entregó el cuadro—. Es probable que sepas más que algunos de los profesores que te darían clase —añadió con total sinceridad.

Natasha se sintió halagada. Había aprendido mucho en internet y de los libros y revistas que leía.

Ambos se apartaron y admiraron el retrato una vez más donde lo habían colgado. Habían encontrado el lugar perfecto y los dos parecían satisfechos. Theo procuró no pensar en que estaban en el dormitorio que ella compartía con Vladimir y que solo unos centímetros los separaba de la cama. Se estremeció solo de pensarlo.

Entonces se le ocurrió una idea.

—¿Tienes algo que hacer? ¿Te gustaría ir a comer?

Fue algo espontáneo; no sabía si Vladimir estaba trabajando o ausente y no preguntó. Ella parecía estar desocupada y sola. Natasha vaciló largo rato. Nunca salía a comer, salvo con Vladimir. En todos los años que llevaba con él jamás había ido a comer con otro hombre, pero no había razón para no hacerlo. No era una invitación inapropiada y podía ser divertido. Comer con él se salía por completo de su universo y sus actividades normales y sabía que a Vladimir no le agradaría, pero él no tenía por qué enterarse. Y no quería aceptar el cuadro y despedir a Theo sin más. No le parecía correcto. Se sentía un poco aturdida al responder, después de sopesar todo aquello en su cabeza.

—Sí. ¿Por qué no? No suelo salir a comer. Pero hay un restaurante sencillo calle abajo. A veces cenamos allí y los domingos vamos a comer.

Theo también lo conocía, se llamaba L'Avenue, un lugar tranquilo y popular, con un ambiente cordial, lleno de modelos, gente de la industria del cine y de la moda, gente normal, y a veces famosos, y tenía una terraza en la que Vladimir podía fumarse sus puros. Era un elegante lugar parisino y a solo dos manzanas de distancia.

—Voy a por mi abrigo —dijo.

Regresó con un enorme abrigo de marta cibelina rusa que Vladimir le había comprado en Dior. Era de un intenso color marrón que hacía resaltar su cabello claro. Se había puesto unas botas altas de ante marrón oscuro y llevaba un Birkin marrón de piel de cocodrilo y guantes marrones, también de cocodrilo, de Hermès. Theo sonrió cuando la vio.

—¿Seguro que no te importa que te vean conmigo?

Se había vestido para ir a la galería y salir por los distritos VI y VII, donde se encontraban las exposiciones de arte. Llevaba pantalones vaqueros, un grueso jersey, una cazadora que había visto tiempos mejores y botas de ante marrón. Vestía mucho más informal que ella, aunque iba bien peinado y tenía aspecto aseado. Natasha no era del todo ajena a su atractivo, pero no coqueteó con él. No sabía cómo comportarse. Comer con hombres jóvenes más próximos a su edad, que incluso podrían llegar a ser sus amigos, estaba por completo fuera del ámbito de lo posible para ella. Aquello formaba parte de su acuerdo tácito con Vladimir. Era suya en todos los aspectos, en cuerpo, mente y alma. No quedaba espacio para nadie más en su vida, que era lo que él deseaba, y ella también lo sabía. Mientras iban a pie hasta el restaurante, se dijo que aquella era una excepción única y que no tenía nada de malo. Y esa vez, sin tripulación que informara a Vladimir, él jamás se enteraría.

Una vez en el restaurante, se sentaron a una mesa y ella se sintió incómoda con él durante unos minutos. Theo había apagado el móvil para que nadie le molestara y la miraba con expresión penetrante, como si intentara entenderla, empaparse de su ser, pero ella tenía la sensación de que ya la conocía. Conversaron de manera informal hasta que pidieron; ensalada para ella y chuleta de ternera para él. La comida era buena y el restaurante estaba concurrido. Natasha se sentía como una niña en Navidad, mirando a su alrededor. Vivía a la sombra de Vladimir; nunca hablaba con los amigos de él y ellos nunca hablaban con ella. Los empresarios rusos con los que le veía solo hablaban entre ellos. Ni siquiera se dirigían a las mujeres cuando estaban con ellos. Lo único que les interesaba era el trabajo y los negocios que hacían. Las mujeres eran pura decoración y entretenimiento. Y Vladimir no era diferente. Estaba acostumbrada a eso.

Charlaron de forma trivial unos minutos, hasta que Theo no pudo soportarlo más. Había vivido con ella en su estudio durante meses y tenía la sensación de que la conocía. Eso le dio valor para preguntarle lo que no sabía.

—No sé cómo decir esto de forma agradable y sé que no me incumbe, pero después de haberte pintado siento como si te conociera, y siempre que nos encontramos hay algo familiar en ti, como si tuviéramos una conexión —comenzó con cautela—. Creo que quiero entenderte mejor... ¿Por qué estás con él? ¿Le amas? No puede ser solo por el dinero. Ni siquiera te conozco, pero eso no me parece propio de ti.

Tenía mucha fe en ella, aunque básicamente fueran dos desconocidos, pero Natasha desprendía cierta pureza. No daba la sensación de ser la clase de chica que se vendería para conseguir algo. La ropa cara que llevaba y su entorno no parecían significar nada para ella. Desde luego, no lo suficiente para vender su alma.

—Él me salvó —respondió sin más, mirándole a los ojos, y Theo pudo ver que estaba siendo sincera—. Habría muerto en Moscú. Seguramente ya estaría muerta si él no me hubiera rescatado. Estaba muerta de hambre, enferma y congelada. —Titubeó un instante antes de abrirse a él. También sentía una extraña conexión entre ellos—. Crecí en un orfanato estatal. Mi madre me abandonó cuando tenía dos años y murió dos años después. Era prostituta. No tenía padre. Cuando salí del orfanato, fui a trabajar a una fábrica. No ganaba suficiente dinero para comprar comida, ropa de abrigo o medicinas... Todos los meses morían mujeres en mi residencia por culpa de la enfermedad o la desesperación... Vladimir me vio e intentó sacarme de todo aquello y yo no se lo permití. Le rechacé durante un año, pero luego enfermé de neumonía y ya no pude valerme sola. Estuve muy enferma. Vladimir me llevó a su apartamento y me cuidó él mismo, y cuando mejoré, yo no quería volver..., no podía..., él era muy bueno conmigo..., no quería marcharme... Él cuida de mí. y ¿adónde iría si le dejara? No puedo volver. Es bueno conmigo y me cuida, y yo también cuido de él. No tengo nada que darle salvo a mí misma. Le estoy agradecida por lo que hizo por mí entonces y por lo que hace ahora... Es una vida especial —añadió en voz queda, muy consciente de que podría escandalizarle. Se sentía como si le debiera una explicación. Casi siempre parecía un intercambio justo, y las personas como Theo, al igual que la mayoría de la gente, no tenían ni idea de lo que era esa clase de pobreza y penurias, de hasta qué punto te hacía perder toda esperanza y pensar que no había salida—. Él lo entiende. También creció siendo pobre, muy pobre. Todavía tiene pesadillas. Los dos las tenemos. Uno no puede volver jamás a eso. Me da igual todo lo que me da, aunque es agradable; lo que importa es que me protege y me mantiene a salvo.

—¿A salvo de qué? —Theo ahondó en sus ojos y en su corazón.

—De la vida. A veces de gente peligrosa que quiere hacerle daño a él o a mí. —Recordó el verano anterior en Sardinia mientras lo decía.

—Estoy seguro de que él también puede ser peligroso.

Eso formaba parte de la naturaleza de Vladimir y Natasha parecía tan inocente que Theo se preguntó si era consciente de ello, pero no era tan ingenua como aparentaba. Había visto y adivinado mucho en siete años, aunque jamás lo reconocería ante un desconocido por lealtad a Vladimir.

—Estoy segura de que puede ser peligroso —admitió con franqueza—. Pero no para mí. Jamás permitiría que nadie me hiciera daño. Respeto lo que ha construido de la nada. Le admiro por ello. Es una especie de genio de los negocios.

—Mi padre también lo era, como pintor —confesó Theo—. Jamás son personas fáciles. ¿No echas de menos tener tu libertad, o eres más libre de lo que pienso? ¿Haces lo que quieres?

Ella se rio de la pregunta. Theo sentía curiosidad por su vida, por si era lo que parecía o era diferente.

—¿Y qué iba a hacer yo con la libertad? ¿Ir a clase? ¿Tener amigos? Eso estaría bien. Pero ¿quién me protegería si no tuviera a Vladimir?

—Puede que entonces no necesitaras protección —replicó con suavidad.

—Todos la necesitamos, hasta Vladimir —adujo en voz queda—. La vida es peligrosa. Ser pobre es peligroso. Puedes morir por ello. Yo estuve a punto. Él también, como un perro en las calles, cuando tenía catorce años. Todos necesitamos a alguien que vele por nosotros.

Ahora Theo podía entender por qué estaba con él; procedía de un lugar tan crudo, árido y peligroso que la supervivencia era fundamental para ella; no las pieles, las joyas, la ropa cara que vestía ni tampoco sus yates, que eran importantes para él, pero no para ella. Natasha estaba centrada en sobrevivir. No concebía vivir en un mundo seguro, en el que no corriese peligro a diario, como le había pasado de joven. Vladimir se la había llevado de ese mundo al suyo. Era cuanto ella sabía. Aún recordaba los peligros con suma nitidez.

La vida en la que Theo se había criado era todo lo contrario. O la vida de otras personas, en la que el peligro era mínimo o nulo, en la que se hacían cosas normales, se conocía a gente, se tenían amigos, se enamoraban, se mantenían relaciones, se iba a trabajar o a clase. Tenía la sensación de que a Natasha le agradaba la idea, pero le era demasiado desconocida. Solo un mundo de guardaespaldas y yates, con un hombre a su lado que, a sus ojos, era su salvador y su protector, por muy peligroso que pudiera ser para los demás. Todo lo que a ella le importaba era estar a salvo de los demonios y de los peligros reales de su pasado. Le importaba lo que él le proporcionaba en un mundo de otro modo peligroso.

—Rusia es un lugar duro, o solía serlo —añadió en un susurro—. Creo que lo sigue siendo para la mayoría. Los fuertes como Vladimir sobreviven y salen, y a mí me llevó con él. Los demás no lo consiguen y muchos de ellos mueren. Yo podría haber sido una de ellos.

—Renunciaste a tu libertad por todo eso —adujo Theo, todavía conmocionado y triste por ella. Natasha parecía frágil, pero sospechaba que era más fuerte de lo que aparentaba. Sin embargo, su inocencia era auténtica.

Ella asintió, aunque no daba la impresión de que le importara sacrificar su libertad por Vladimir.

—Es el precio que pago por una vida tranquila. Todos renunciamos a algo.

Se lo tomaba con filosofía.

—No has respondido a la pregunta de si le quieres.

Theo sabía que no tenía derecho a preguntar, pero quería saberlo. Aquello le había atormentado durante meses y era consciente de que podría no tener otra ocasión de preguntárselo. Dudaba que pudiera volver a verla.

—Creo que sí. Es muy bueno conmigo, a su manera. No es un hombre blando. No quiere hijos. Tampoco yo. El mundo es un lugar aterrador para un niño. ¿Y si todo les va mal? No podría hacerle eso a otra persona y darle la vida que yo tuve.

A Theo le costaba entenderlo, ya que sus padres le habían adorado y mimado, y toda su vida había sido cómoda y segura. Nunca había corrido ningún peligro. ¿Cómo podía juzgar una vida como la de ella? No podía ni quería hacerlo, y estaba dispuesto a perdonarle todo lo que había hecho para sobrevivir. Y a saber qué habría hecho él en su lugar, lo que habría estado dispuesto a vender para salir adelante. Natasha había conocido el peligro desde que nació. Y sospechaba que tampoco estaba libre de eso ahora, con Vladimir, pero ella no parecía darse cuenta y se creía a salvo con él. Theo no podía estar seguro, se trataba tan solo de una sensación, un sexto sentido, teniendo en cuenta quién y qué era Vladimir.

—Y si se termina, ¿qué pasa entonces? —preguntó, preocupado por ella.

Eran todas las preguntas que durante meses se había hecho sobre ella y era su única oportunidad de hacérselas y conocerla mejor en una sola tarde. Ya les habían llevado los platos y estaban comiendo, pero la conversación era para ambos más importante que la comida. Natasha también sentía curiosidad por él, los hombres como Theo eran un misterio para ella; hombres de edad similar a la suya, que llevaban vidas íntegras y normales. Nunca conocía hombres como él y nunca los conocería. Vladimir se encargaba de que fuera así y ella era cómplice voluntaria en su propio aislamiento.

—No sé qué sucedería si se terminara —reconoció con sinceridad—. No creo que se termine. Me necesita. Pero algún día puede que haya alguien más joven o más excitante. Es un hombre generoso. Si le traiciono, jamás me lo perdonará. Si no, creo que cuidará de mí. Y si no lo hace, tendré que apañármelas yo sola. No volvería a Rusia. No podría sobrevivir allí, ni siquiera ahora, sin él. Es demasiado duro.

Theo sabía que también había otra solución, pero se lo guardó. Tal y como había dicho su madre, la mayoría de las mujeres como ella se buscaban otro hombre como Vladimir si las abandonaban. Al parecer, las amantes de los rusos ricos y poderosos siempre encontraban a otro, tal vez no tan importante como el primero, o a veces todavía más, si tenían suerte. Pero la vida que habían llevado hacía que no fueran las mujeres indicadas para los hombres corrientes. Era imposible que pudieran acostumbrarse a una vida real después de haber habitado el exclusivo ambiente de hombres de ese tipo, y la mayoría de esas mujeres tampoco lo deseaban.

Tenía sus dudas sobre Natasha y sobre lo que haría. Le parecía diferente, pero tal vez se equivocara, quizá fuera adicta a todas las ventajas de las que gozaba a diario en el mundo de Vladimir. ¿Cómo se puede abandonar una vida así por una real? Pocas mujeres podrían y casi ninguna querría. En cierto modo, Vladimir la había echado a perder para otro hombre, salvo para uno como él, si alguna vez la dejaba. Theo sintió una profunda compasión por ella mientras terminaban la comida, pedían el café y decidían compartir el postre. Pidieron la tarta de chocolate, que estaba deliciosa.

Solo había una última pregunta que deseaba hacerle, aunque ninguno de los dos conocía la respuesta.

—¿Y si le dejaras tú?

Tenía que reconocer que costaba imaginarlo.

—¿Por qué iba a hacerlo? Es bueno conmigo, es un hombre amable. Creo que me quiere, a su manera.

—Pero ¿y si por alguna razón lo hicieras?

Natasha lo pensó durante un minuto y estuvo a punto de decir: «me mataría», pero no quería conmocionar ni asustar a Theo.

—Jamás me lo perdonaría.

Ambos sospechaban que entonces podría ser peligroso, aunque ninguno lo dijo, solo lo pensaron.

—Cuando te conocí me pregunté si eras feliz con él. Es mucho mayor que tú, duro, severo. Los hombres como él no se ablandan cuando llegan a casa por la noche.

—No, eso es cierto —convino—. Soy bastante feliz. Sería más desdichada sin él.

Theo supo entonces que no se trataba de un estilo de vida ni de los beneficios que él le prodigaba, sino de la seguridad que creía que él le proporcionaba. Esperaba que tuviera razón. Pero fueran cuales fuesen sus razones, lo lamentaba por ella. Creía que se estaba perdiendo muchas cosas, fuera o no consciente de ello. Pero daba la sensación de no arrepentirse de perder su libertad, sino que lo consideraba algo poco importante, como un intercambio por una vida supuestamente protegida.

Cuando la acompañó de vuelta a su edificio, situado un poco más allá en la avenida Montaigne, se sentía sorprendentemente cercano a ella. Había refrescado y en el aire flotaban copos de nieve, que se le quedaban enganchados en las pestañas cuando se detuvieron delante de su edificio.

—Gracias por el cuadro. —Le brindó una sonrisa—. Y por la comida.

Sabía que era un momento especial para ambos. Habían tenido una especie de conexión desde el primer momento. Era como si se conocieran desde hacía años. Ella no lo entendía. Podía verlo en el retrato que le había hecho; él la conocía de forma íntima, y Natasha sentía lo mismo sobre él. Solo había sido un encuentro casual, pero agradable. Y estaba un poco triste por dejarle, convencida de que no volverían a verse. No podía. A Vladimir no le gustaría que se hicieran amigos. Eso no encajaba en su vida y Theo lo sabía.

—Gracias por comer conmigo y por responder a mis preguntas. Solo quería saber cosas sobre ti mientras pintaba el retrato. —Y no se lo dijo, pero ahora que la conocía mejor, quería hacer otro, capturar un lado muy diferente de ella. Era una mujer de muchas facetas, prudente e ingenua, aterrada y valiente, y conmovedoramente humana. Anotó su número de teléfono en un trozo de papel y se lo entregó—. Llámame si alguna vez me necesitas, si necesitas un amigo o si solo quieres hablar. Ahí estaré.

Natasha sospechaba que lo haría. Parecía un hombre en el que se podía confiar y con el que se podía contar.

—No te preocupes por mí. —Le sonrió de nuevo—. Estoy a salvo.

Se acercó a él y le dio un beso en la mejilla; Theo la retuvo un instante, con la esperanza de que tuviera razón y que lo que decía fuera cierto, que estuviera a salvo. Pero ¿cómo podía estar con un hombre como Vladimir, conocido por su crueldad y que mantenía contactos peligrosos? Le costaba creerlo. Quizá ella estuviera en lo cierto, pero él no estaba tan seguro.

Natasha agitó la mano mientras entraba en el edificio y después introdujo el código de la puerta interior para entrar y desapareció. Theo volvió a pie a su hotel en la orilla izquierda, sumido en sus pensamientos. Sabía que no volvería a verla, salvo por casualidad, y que el tiempo que acababan de pasar juntos era un regalo único en la vida.

Eran casi las cinco cuando llegó al hotel. Habían pasado horas sentados a la mesa de L'Avenue y se tomó su tiempo para volver a su alojamiento después de dejarla a ella a fin de asimilar lo que habían hablado. Al entrar en su habitación del hotel vio a Inez haciendo la maleta, con aspecto de estar furiosa. Echaba fuego por los ojos. Theo se dio cuenta de que no había vuelto a encender el teléfono después de comer y que había olvidado su promesa de llamarla a la hora de la comida. Se sentía un capullo integral, pero en cuanto estuvo con Natasha, todo lo demás se le fue de la cabeza.

—¿Dónde coño estabas... o debería adivinarlo? ¿Y por qué tenías el móvil apagado?

—Lo sé. Lo siento. Se me olvidó encenderlo después de comer. He comido con Jean y nos enfrascamos en una conversación sobre el mundo del arte. De verdad que lo siento; perdí la noción del tiempo.

—Le llamé cuatro veces y me dijo que te marchaste a mediodía. ¿Has estado con la chica rusa del retrato?

Theo pensó en mentirle de nuevo, pero decidió no hacerlo. No tenía sentido.

—Se lo llevé. Debía tenerlo.

—¿Y te quedaste para acostarte con ella? —preguntó con voz temblorosa mientras cerraba su maleta.

—No, comimos y charlamos. Fue entonces cuando apagué el móvil y se me olvidó que había prometido llamarte.

De hecho, había dejado plantada a Inez y se sentía un auténtico canalla. No podía culparla por estar tan enfadada.

—Estás enamorado de ella, Theo. Vi cómo la mirabas anoche. Y me importa un bledo con quién está o qué gángster ruso le paga las facturas. Tú estás enamorado de ella y da igual lo que ella sienta por ti. Y, hasta donde yo sé, ella también está enamorada de ti.

—No lo está —le aseguró—. Parece feliz con su situación.

—A esto es a lo que me refería con lo de drama. No necesito esto en mi vida. Tengo una hija, un empleo, intento conseguir que todo funcione. No necesito a un tío enamorado de otra mujer, aunque no pueda tenerla.

—Ella ha renunciado a su libertad para estar con él. Estábamos hablando de eso.

Inez pareció enfurecerse aún más.

—Venga ya, no me pidas que la compadezca. Hace exactamente lo que le place. No me da ninguna pena. Para esa mujer todo gira en torno al dinero. No tiene nada de noble.

—Puede que no, pero es más complicado de lo que piensas.

—Me da igual. Todo el mundo tiene una vida complicada. Y yo no necesito que tú compliques la mía más de lo que ya lo está mientras persigues un fantasma y pintas retratos de una mujer que no puedes tener. No quiero formar parte de tu vida imaginaria. Y si resulta que ella es algo más que una fantasía, no pienso quedarme.

Dejó la maleta en el suelo. Theo parecía preocupado, pero no sorprendido.

—¿Adónde vas?

—Me quedo con mi hermana unos días y después me voy a casa.

—¿Te veré de nuevo?

—No lo sé. Ya te avisaré. Necesito un poco de tiempo para pensar. Esto es justo lo que te dije que no quería. Creo que estás enamorado de esa chica. Y ni puedo ni quiero luchar contra tus ilusiones sobre ella. Mi vida es demasiado real como para hacerlo.

Y dicho eso, abrió la puerta y se marchó con su maleta. Theo no se lo impidió. Sabía que no tenía derecho a hacerlo. Y a ella no le faltaba razón. Podía notar que su obsesión por Natasha brotaba de nuevo. Esa mujer causaba ese efecto en él y no quería arruinarle la vida a Inez, ni tampoco la suya. Esa vez debía conservar la cordura y no dejar que Natasha controlara su vida. Tenía mucho en lo que pensar.

Fue a dar un paseo por Saint Germain después de que Inez se marchara. Hacía frío y estaba nevando. Solo podía pensar en Natasha y en lo que le había contado durante la comida sobre su relación con Vladimir y sobre su pasado. Ahora lo entendía todo mucho mejor. Y dudaba que volviera a verla.

Había perdido a dos mujeres en un día, aunque en realidad jamás había tenido a ninguna.

En su cama en la avenida Montaigne, Natasha contemplaba el retrato mientras pensaba en el artista que lo había pintado. Se preguntó qué diría Vladimir cuando lo viera. Lo descubriría en cuanto entrara en el dormitorio. No iba a ocultárselo. Era demasiado hermoso para esconderlo. Lo único que no le contaría era que habían comido juntos. No tenía por qué saber eso. Había guardado el trozo de papel con el número de Theo en su cartera. No se imaginaba llamándole, pero no pasaba nada por tenerlo. Él era su único amigo.

9

Cuando Vladimir llegó a casa desde Moscú la noche antes de que partieran rumbo a Courchevel, el cuadro fue lo primero que vio al entrar en su dormitorio de París.

—¿Qué es eso? —preguntó, sorprendido y parándose a contemplarlo.

—Un retrato mío —respondió con una sonrisa.

Se alegraba de verlo mientras le rodeaba con los brazos y él la estrechaba contra sí. La había echado de menos en su ausencia.

—Eso ya lo veo. ¿Es una sorpresa para mí?

Estaba conmovido y un poco asombrado porque hubiera hecho que la pintaran para él, aunque le encantaba y sentía curiosidad por quién era el artista.

—Es una sorpresa para ambos. El artista nos vio en Da Lorenzo y lo pintó de memoria.

—¿No has posado para el cuadro? —preguntó y ella negó con la cabeza—. Es extraordinariamente bueno. ¿Quién es el artista?

—El hijo de Lorenzo Luca. Al parecer también es artista. Estaba en el restaurante aquella noche.

—¿Hablaste con él? —Vladimir se apartó y la miró con atención cuando ella respondió. En su cabeza se disparó una alarma y de repente se preguntó si fue él quien entregó el cuadro y el hombre al que le enseñó el barco. No era tonto y tenía un instinto magnífico.

—Solo un momento, cuando admiraba los cuadros mientras tú estabas al teléfono. Pensé que era un camarero. No he sabido que era el hijo de Luca hasta ahora.

—¿Fue quien llevó el cuadro al barco? —preguntó, y ella asintió mientras él se acercaba para examinar de nuevo el retrato con más detenimiento—. Tiene talento. ¿Lo has comprado?

—Lo vi en una exposición de arte y él nos lo ha regalado. —Incluyó a Vladimir en el regalo y no mencionó la comida.

—¿Cómo lo has conseguido? —La miró con expresión penetrante.

—Lo trajo él.

—Debería darle las gracias. ¿Sabes su nombre y cómo contactar con él?

Vladimir parecía benévolo, pero Natasha percibía la tensión en el ambiente. Había ocurrido algo inusual.

—Tengo su biografía por algún lado; venía con el cuadro. Me parece que se llama Theo Luca. Y supongo que puedes contactar con él en el restaurante.

Aparentó no darle mayor importancia para disipar la tensión. Vladimir asintió y ella fue a terminar de hacer el equipaje para el viaje a la estación de esquí del día siguiente. Irían en avión a Ginebra y en coche hasta Courchevel. Pasarían una semana allí y después volverían a Londres, donde se quedarían un mes. Hacía tiempo que no iban a Londres. Él había viajado bastante a Moscú últimamente y a Italia por lo del barco, y Natasha había permanecido en París, terminando el apartamento. Ya casi estaba acabado y a ambos les encantaba.

La asistenta les había dejado la cena fría en la nevera y estaban comiendo en la cocina esa noche, cuando Vladimir la miró y le hizo una pregunta que nunca le había hecho hasta entonces:

—¿Es suficiente esto para ti, Tasha?

—¿Para cenar? Sí, no tengo demasiada hambre.

Vladimir había dicho que solo quería una ensalada y un poco de carne fría.

—No me refiero a eso —repuso con aire pensativo. Ella se quedó perpleja—. Me refiero a nosotros. A la vida que llevamos. Nunca te prometí más. Aunque eras muy joven cuando empezamos. Pero no estar casada, no tener hijos, ¿eres feliz con eso ahora? Podrías estar casada con un hombre bueno y normal, con un empleo normal, que esté presente siempre, y tener hijos con él. A veces olvido lo joven que eres y que esta vida puede que no sea adecuada para siempre.

Mientras le miraba notaba cómo el pánico le atenazaba la garganta y recordó las preguntas de Theo durante la comida de hacía dos semanas sobre lo que haría si su vida con Vladimir terminaba. No había querido decírselo, pero creía que se moriría. ¿Cómo viviría? ¿Adónde iría? ¿Quién la querría? ¿Y si tenía que volver a Moscú? No tenía ninguna habilidad, ¿cómo iba a encontrar un trabajo, salvo en una fábrica otra vez? Estaba convencida de que no sobreviviría. Le quería y esta era ahora su vida, una vida a la que estaba acostumbrada, y no tenía ni idea de cómo vivir en el mundo real. Sabía que estaba muy consentida gracias a él.

—Por supuesto que esta es la vida que quiero —respondió con voz estrangulada—. No quiero hijos. Nunca los he querido. Me asustan. No sabría qué hacer con ellos, y ser responsable de la vida de otra persona es demasiado. Y no tenemos por qué estar casados. Soy feliz como estamos. —Nunca había pedido más ni le había presionado, a diferencia de otras, y a él le gustaba eso de ella. No era codiciosa, lo cual era algo muy diferente de las mujeres a las que había conocido antes—. Y lo más probable es que me aburriera con un hombre normal, como tú dices. ¿Qué iba a decirle a alguien así? ¿Qué iba a hacer como un hombre así? —Sonrió—. Además, esperaría que cocinara, yo no sé.

No lo necesitaba, tenían cocinero en todas sus casas, excepto en París, pero solían salir cuando estaban allí o pedir comida a domicilio. Él rio al oír sus palabras y pareció relajarse de nuevo tras la sorpresa inicial al ver el retrato.

—Solo me lo preguntaba. He estado demasiado ocupado últimamente. Courchevel nos sentará bien.

Lo cierto era que esquiaba muy poco con ella, ya que era un experto y ella aún estaba aprendiendo y no podía seguirle el ritmo. Era un esquiador excelente, a pesar de que había aprendido hacía solo quince años y no de niño.

Natasha se sentía inquieta después de lo que él le había dicho. ¿Y si alguien a quien conocía la había visto comiendo con Theo y había pensado que tenía una aventura? No había sido una comida romántica, sino de amigos, aunque sí intensa, pero Vladimir nunca antes le había formulado preguntas como aquellas. Se juró que sería muy cuidadosa en el futuro y que no alentaría una relación de amistad con nadie. Theo no la había llamado desde la comida, pero de hacerlo, no respondería. No podía arriesgarse.

De repente se dio cuenta de la facilidad con la que todo podía terminarse y que a otras mujeres les había ocurrido con anterioridad. La sola idea la espantaba. Estaría perdida sin él, y lo sabía. Había sido una llamada de atención.

Se mostró aún más atenta con él de lo habitual cuando fueron a Courchevel. Atendió todas sus necesidades, le hizo compañía y se ocupó de que disfrutara de las comidas que más le gustaban, sobre todo de la gastronomía rusa. Buscó a una chica soviética para que cocinara para ellos mientras estaban allí y Vladimir estuvo encantado con los platos que les preparó. Todo fue como la seda y él disfrutó esquiado todos los días. Pasaron las noches junto a la chimenea del enorme salón del chalet que habían alquilado e hicieron el amor con mayor frecuencia en esa atmósfera vacacional. También se retiró antes para arreglarse para él cada noche, después de que volviera de las pistas. Se vistió con la clase de ropa que a él le gustaba, sexy y seductora.

Como de costumbre, Vladimir trabajó cada mañana antes de salir a esquiar y estuvo en contacto permanente con sus oficinas en Moscú y en Londres. También llamó varias veces al constructor del barco en Italia, que le aseguró que tenía seis semanas de duro trabajo por delante. Habían previsto volar en abril hasta el barco, que les esperaba en el Caribe, en San Bartolomé. Después de eso, el yate realizaría la travesía de regreso al Mediterráneo para que estuviera a su disposición en Francia en el mes de mayo.

Sus planes estaban bien organizados y Vladimir parecía tener muchas cosas que hacer con sus nuevos negocios. Cuando dejaron Courchevel, Natasha volvía a sentirse a salvo con él. Vladimir la había asustado en París. Sus preguntas le habían recordado cuánto tenía que perder. No podía correr un riesgo semejante jamás.

Cuando Theo regresó a Saint Paul de Vence después de su exitosa exposición en París empezó a trabajar en un nuevo retrato de Natasha, pero este era diferente. Era mucho más oscuro, impregnado de todo lo que le había contado durante la comida con ella sobre su vida en Moscú. Era el lado más doloroso de su experiencia vital y su rostro era menos reconocible. Marc lo vio en su caballete cuando fue a visitarle y no la reconoció.

Theo trabajó con menos frenesí. El tema del retrato era tan conmovedor que descubrió que no podía volcarse en él tan a menudo ni con tanta intensidad para no deprimirse, de modo que estaba trabajando en otras dos pinturas al mismo tiempo. Una parte de él no quería retratarla. La cabeza le decía que la liberase, pero otra parte de él no podía dejarla marchar. Esa vez estaba luchando contra la obsesión en lugar de sucumbir a ella, como había hecho antes. Sabía que no debía hacerlo, por el bien de ella y por el suyo propio.

Hacía una semana que había vuelto cuando recibió un mensaje de texto de Inez. Como era de esperar, le decía que no quería volver a verlo. Pensaba que su vida era muy inestable, que estaba demasiado enfrascado en su trabajo. No tenía planes de futuro salvo en lo concerniente a su carrera de artista. No le interesaba el matrimonio y decía que ella necesitaba a alguien más sólido. Aseguraba que, lo reconociera él o no, estaba convencida de que se había enamorado de Natasha, una mujer a la que no podía tener. Añadía que todo era demasiado complicado para ella, que pensaba que su relación era un callejón sin salida que no iba a ninguna parte, y que prefería dejarlo antes de que fuera a más. Theo lo lamentaba, pero no estaba destrozado. Le gustaba Inez, pero no la quería y ambos lo sabían. Le envió un mensaje para decirle que lamentaba su decisión, pero la entendía. Y, en ciertos aspectos, resultó ser un alivio. No tenía espacio para ella en su cabeza ni en su corazón.

Sin embargo, no estaba del todo de acuerdo con Inez acerca de Natasha. Le intrigaba y le fascinaba, y era cierto que había estado obsesionado con ella mientras trabajaba en su retrato, pero ¿cómo podía amar a una mujer de la que apenas sabía nada? Le habría gustado que pasaran más tiempo juntos y conocerla mejor, pero era consciente de que no había ninguna posibilidad. Sin embargo, en momentos de introspección, reconocía para sus adentros que nunca había estado enamorado. Se había encaprichado, había tenido aventuras y algunos rollos apasionados, había salido con mujeres durante largas temporadas e incluso había vivido con una durante un año, pero nunca había amado a ninguna con pasión ni se le había roto el corazón al terminar todo. Se preguntó si le pasaba algo.

La única mujer que le tenía en sus manos, hasta el punto

de llevarle a veces a la locura, era la única a la que en realidad no conocía. Dejó de trabajar en el retrato durante un tiempo al ser consciente de esto para permitir que su obsesión por ella se enfriase de nuevo. Le comentó algo al respecto a su madre cuanto esta le preguntó con quién estaba saliendo. Tenía la sensación de que su hijo estaba solo, y no se equivocaba. Después de Inez, no salió con nadie durante una temporada.

—Bueno, ¿qué te traes entre manos? —le preguntó en el almuerzo del domingo.

Gabriel estaba pasando unas semanas en París. Su hija había estado quejándose de que ya no iba nunca a la galería, así que tenía pensado pasar una temporada con ella, hasta que se calmara.

—Solo pinto —respondió Theo, que parecía en paz. El trabajo iba bien. Extrañamente, así era cuando no tenía distracciones. Siempre le costaba compaginar las mujeres y el trabajo y ser justo con ambos. Y a las mujeres de su vida nunca les gustaba eso.

—¿Estás saliendo con alguien?

Él negó con la cabeza, pero no pareció molestarse por la pregunta.

—No, estuve saliendo con una chica de Cannes una temporada. Odia a los artistas, dice que no tengo planes sólidos de futuro, aparte de para mi trabajo, que no me interesa el matrimonio, lo cual es verdad, y que no quiero hijos por el momento, también cierto, o puede que nunca, no lo he decidido. Y para ser sincero, la dejé plantada por otra mujer cuando estuvimos en París para mi exposición. Me olvidé por completo de que ella estaba allí. Fue de muy mala educación. Se marchó y luego me dijo que se había terminado. No la culpo. Yo habría hecho lo mismo en su lugar —le explicó con una sonrisa.

—¿Por quién la dejaste plantada? —preguntó su madre con interés.

Él dudó antes de responder. Era difícil de explicar.

—La verdad es que hice un retrato de memoria de la amante de Stanislas y lo exhibí en París. Gabriel estaba fascinado con el cuadro y también Pasquier. Ella se presentó en la exposición por casualidad y le encantó. Así que se lo llevé al día siguiente y fuimos a comer.

Procuró que sonara tan informal como había sido y no tan intenso como lo había vivido.

—¿Estaba también Stanislas? —Entrecerró los ojos mientras le miraba.

—No, no estaba. Me parece que estaba fuera o que había salido por alguna razón. No lo vi.

—Me sorprende que comiera contigo. Los hombres como él suelen atar a su mujer en corto.

—No nos acostamos en el restaurante. Solo charlamos.

Maylis fue directa al grano. Siempre lo hacía.

—¿Estás enamorado de ella? —Clavó los ojos en los de él.

—Claro que no. Parece feliz como está. Y como ya me dejaste claro, no me la puedo permitir.

No quería entrar en profundidad con su madre. Ella le conocía demasiado bien. Le calaría si no le decía la verdad.

—Si estás enamorado de ella, estás jugando con fuego —le advirtió de nuevo—. Las mujeres, o los hombres, inalcanzables son peligrosos. No los puedes conquistar y te rompen el corazón. Sea cual sea la razón, y no solo el dinero, no puedes competir con Stanislas si ella es feliz con él, si eso es lo que ella cuenta y te dice la verdad.

—Creo que es feliz y parece encantada de acatar las limitaciones de su situación con él a cambio de la seguridad y la protección que consigue. A mí me parece una vida triste. Él es su dueño.

—Así funciona. Y, en tu caso, desear a alguien a quien no puedes tener es muy romántico, pero es una agonía que no necesitas —dijo de forma sabia—. Tienes que olvidarte de ella, Theo. Tú necesitas una mujer real en tu vida, no una fantasía. Es muy guapa, pero te destrozará la vida si se lo permites.

—O yo la suya. —Y tampoco quería eso.

—Ella no permitirá que lo hagas —le aseguró su madre—. Tiene mucho que perder. Tú no tienes nada que perder, salvo tu cordura y tu corazón. Aléjate mientras puedas. No dejes que se convierta en una obsesión.

Pero ya lo era. Y cuando volvió a su estudio después de comer, se obligó a no trabajar en su nuevo retrato. Tenía que liberarse de ella. Sabía que su madre tenía razón.

Durante el resto de la primavera, Theo se sumergió en lo que mejor se le daba. Trabajó en varios cuadros y permaneció en su estudio todo el tiempo que quería, sin la distracción de una mujer en su vida después de que terminara la breve aventura con Inez. No volvió a saber nada de ella y no la echaba de menos. Quería concentrarse en su obra. Durante unos cuantos meses dejó de salir por completo con nadie, pero no parecía descontento. Estaba disfrutando de su trabajo. Y había logrado mantenerse alejado del oscuro retrato de Natasha. Tenía otro cuadro en mente.

En abril, su madre le preguntó si la sustituiría en el restaurante durante tres semanas en mayo. Gabriel y ella querían realizar un viaje en coche por la Toscana y, como de costumbre, accedió de mala gana, pero sabía que no tenía a nadie más a quien pedírselo y pensaba que el viaje a Italia les vendría bien a ambos. Al final de la travesía irían a Villa d'Este, en el lago de Como, lo que sería para ellos como una luna de miel. Theo pensó que era muy tierno, aunque tres semanas en el restaurante no iban a ser divertidas para él. Se marcharon el primer fin de semana de mayo, muy animados y emocionados por el viaje.

La primera semana todo fue como la seda en el restaurante; hizo buen tiempo, el jardín se llenó cada noche, la relación entre los camareros era buena y el libro de reservas estaba completo, aunque no había más de las que podían atender.

La segunda semana fue más difícil, la paciencia empezó a escasear, el chef se puso enfermo un día y, a mitad de semana, la noche del jueves, Vladimir y Natasha aparecieron en el restaurante. Y aunque no tendría que ser así, verlos juntos le dejó en shock. Theo sintió que se le revolvía el estómago. Sabía que era una locura. Ella tenía una vida con Vladimir y afirmaba que lo quería, pero cuando los vio juntos, se sintió indispuesto físicamente.

Guardó las distancias con ellos toda la noche y les asignó al maître, pero no le quedó más remedio que enfrentarse a ellos cuando terminaron de comer. Theo vio que Natasha apartaba la mirada y no le dirigió la palabra, así que charló unos minutos con Vladimir, que clavó la mirada en él, con el mensaje tácito de que se mantuviera alejado. No hizo mención alguna al retrato ni le dio las gracias. Acto seguido se marcharon a toda velocidad en el Ferrari.

Theo se quedó en la acera mientras los veía alejarse. Se sentía abandonado. Era una incongruencia incluso para él. Estaba claro que Natasha no sentía ninguna conexión con él ni tampoco la quería. No iba a correr ningún riesgo respecto a Vladimir y Theo había notado que el ruso los había observado de cerca en busca de alguna señal reveladora, que por supuesto no se produjo. A pesar de su cordial almuerzo en enero, Natasha se había mostrado fría y distante con él, como si no se conocieran. Fue un mensaje alto y claro para que no se acercara.

Theo guardó el dinero de la noche, cerró el restaurante cuando se fueron todos, se marchó a casa y se bebió media botella de vino pensando en ella y preguntándose por qué Vladimir tenía tanta suerte. No se la merecía. Esperaba que no volvieran mientras él estuviera allí. Sacó el retrato inacabado y lo contempló de nuevo. Podía sentir que la obsesión se intensificaba, y no quería que eso sucediera. Pero tenía vida propia y no había nada que pudiera hacer para impedirlo, salvo intentar olvidarla. Ella era como un fantasma que aparecía en su vida de vez en cuando y que luego desaparecía. Pero la viera o no, siempre estaba fuera de su alcance, pertenecía a otro. Y sabía que no le hacía ningún bien pensar en ella. Su madre tenía razón.

Aún dormía cuando el teléfono sonó a las siete a la mañana siguiente. Al abrir los ojos se dio cuenta de que tenía resaca de la noche anterior y un espantoso dolor de cabeza. Cogió el teléfono para responder mientras apoyaba de nuevo la cabeza en la almohada y cerraba los ojos. Era su madre y estaba llorando. Se incorporó en la cama, tratando entender lo que decía. Hablaba de forma incoherente. Solo comprendió que algo le había pasado a Gabriel y que estaba en coma.

—¿Qué? —La conexión desde Italia era espantosa—. Más despacio, mamá. No te entiendo. —Estaba hablando a voces y lloraba con más fuerza—. ¿Habéis tenido un accidente? ¿Tú también estás herida? —El pánico se había apoderado de él.

—No, ha tenido un infarto.

Theo sabía que Gabriel había tenido problemas cardíacos con anterioridad y le habían hecho una angioplastia, pero aquello parecía mucho más grave si estaba en coma.

—Espero que no mientras conducía.

También le preocupaba su madre. Por lo que decía, aquello era muy serio.

—No, en el hotel. Creía que era una indigestión, pero no. El hotel tuvo que llamar a una ambulancia y vinieron los bomberos. Se le paró el corazón dos veces de camino al hospital. Estuve con él. Usaron una de esas horribles máquinas de electroshock y gracias a Dios lo reanimaron de nuevo. Ay, Dios mío, Theo, ahora está en coma.

Lloró durante cinco minutos enteros antes de que pudiera volver a hablar o responder a las preguntas de su hijo.

—¿Qué dicen los médicos? ¿Estáis cerca de una ciudad grande?

—Estamos en Florencia. Los médicos dicen que todo depende de lo que pase en las próximas cuarenta y ocho horas. Han dicho que puede que no sobreviva.

Parecía destrozada. Gabriel había sido un pilar para ella durante doce años y ahora había caído.

—¿Son buenos los médicos?

—Creo que sí. Quieren hacerle otra angioplastia, pero no pueden hasta que esté más fuerte.

—¿Has llamado a Marie-Claude? ¿Quieres que me encargue yo?

—La llamé anoche. Llegará aquí por la mañana.

—¿Quieres que vaya, mamá? —se ofreció Theo. Le habría gustado que la cabeza no le palpitase, para remate de todo lo que había pasado.

—No, no puedes abandonar el restaurante. Alguien tiene que hacerse cargo.

—El personal se ocupará de él si es necesario —alegó con firmeza—. Si quieres que vaya, iré.

El vuelo de Niza a Florencia era corto. Pensó en cómo podía cambiar la vida de una persona en un abrir y cerrar de ojos. Diez días antes, cuando se marcharon de viaje, Gabriel estaba bien y muy animado, y ahora estaba en coma y podía morir. Era una poderosa lección.

—Veamos cómo va todo hoy. Y Marie-Claude estará aquí.

Theo no estaba seguro de hasta qué punto sería un consuelo para su madre. Las dos mujeres nunca se habían llevado bien y Theo sabía que la hija de Gabriel estaba resentida por el tiempo que su padre pasaba con ella y se quejaba al respecto muy a menudo.

—Llámame después y cuéntame cómo sigue.

Cuando se levantó y se duchó, estaba furioso consigo mismo por disgustarse al ver a Natasha la noche anterior. Era la amante de uno de los hombres más ricos y poderosos del mundo y decía que era feliz con él. Fantasear con ella y desear a una mujer a la que jamás podría tener no le estaba haciendo ningún bien. Y lo que acababa de pasarle a Gabriel era una advertencia para todos. Su madre le había tratado como a un segundón durante todos los años que habían estado juntos, posiblemente sin darse cuenta de cuánto le amaba, y ahora podía perderle. Y él había sido infinitamente más bueno con ella que Lorenzo, a quien Maylis adoraba. Si Gabriel sobrevivía, Theo iba a echarle un buen sermón. De momento se echó uno a sí mismo acerca de Natasha. Ella tenía la vida que quería, con un hombre que parecía adecuado para ella. Y no había espacio para él en la historia, salvo como una especie de mirón o un chaval con mal de amores. Mientras esperaba noticias de su madre, se prometió que no terminaría el segundo retrato de Natasha. Tenía que olvidarla, no fomentar su obsesión. Eso mismo le había dicho Marc hacía meses.

Theo se tomó un café sentado en su cocina al mismo tiempo que Maylis hablaba con los médicos. Las noticias no eran nada halagüeñas. Gabriel había sufrido otro ataque cardíaco esa mañana y no eran optimistas. Estaba sentada sola en la sala de espera, llorando, cuando Marie-Claude llegó desde París. Maylis le contó lo que había ocurrido y la joven recorrió a toda prisa el pasillo para ver a su padre en la UCI de cardiología, donde permanecía con respiración asistida. La familia podía visitarle solo unos minutos cada hora. Maylis había dicho que era su esposa. Marie-Claude estaba pálida cuando regresó al cabo de unos minutos, se sentó en una silla y se sonó la nariz.

—No tiene buen aspecto —dijo, y empezó a llorar otra vez

mientras Maylis iba a consolarla. Se sorprendió cuando la hija de Gabriel se apartó de ella—. No sé a qué estás jugando —replicó con voz airada—. Tú solo has utilizado a mi padre. Nunca lo has querido.

Maylis parecía horrorizada por lo que estaba oyendo.

—¿Cómo puedes decir eso? Llevamos juntos casi cinco años y hemos estado muy unidos durante años antes de eso. Por supuesto que le amo.

—¿De veras? Lo único que haces es hablar sobre tu marido, como si fuera una especie de santo, en lugar del chiflado narcisista que volvía locos a todos, incluyendo a mi padre, que lo hizo todo por él mientras Lorenzo le acusaba de ladrón. —Había oído aquello durante años y no tenía la paciencia de su padre con el temperamento del artista, su afecto por él ni su sentido del humor. A él siempre le había parecido gracioso que Lorenzo le llamara chorizo. A su hija no—. Mi padre es el santo aquí. Y si muere, sobre tu conciencia caerá el que nunca supiera que lo amabas de verdad. Lo único que sabe es lo mucho que querías a Lorenzo. Incluso le dejaste muy clarito que jamás podrías amarle tanto como a tu marido y él estuvo dispuesto a aceptar eso de ti. Dios sabrá por qué. No se merecía eso.

Las palabras de Marie-Claude la dejaron muda, fue como una bofetada en toda la cara. Todo lo que estaba diciendo era verdad. Hasta la última palabra. Y lo único que podía hacer era llorar mientras escuchaba. Dejó que Marie-Claude se desahogara con expresión desconsolada hasta que salió para telefonear a su marido, momento que Maylis aprovechó para llamar a Theo. Lloraba con más fuerza incluso que la primera vez.

—Ay, Dios mío, ¿ha muerto? —Theo no podía entenderla entre los sollozos. Pero por cómo sonaba, no se le ocurría otra cosa.

—No, sigue con vida. Es Marie-Claude. —Repitió palabra

por palabra lo que ella había dicho y, cuando terminó, hubo un prolongado silencio por parte de Theo. No sabía qué decirle. Era verdad y ella lo sabía. Todos lo sabían. Gabriel había estado a la sombra de un hombre muerto, irascible y con mal genio, durante doce años, cinco de ellos con Maylis como amante, aunque esta le recalcaba que había amado más a Lorenzo. Había veces en que Theo se preguntaba cómo lo aguantaba. Y no culpaba a Marie-Claude por estar molesta con su madre, menos aún ahora. Ni siquiera quería ir a verle a París. Hacía que él la visitara en el sur. Maylis no se había esforzado demasiado. Era Gabriel quien hacía que la relación funcionase y era infinitamente amable y cariñoso con ella—. ¿Qué voy a hacer? Ella me odia. Y tiene razón. Me he portado fatal con él. ¿Cómo pude decir todas esas cosas sobre Lorenzo y que le quería más?

De repente la culpa la consumía y lo único que quería era que Gabriel sobreviviera para poder decirle cuánto lo amaba.

—Él sabe que le quieres, mamá. Creo que pensabas que serías desleal a la memoria de papá si admitías, aunque fuera solo para tus adentros, cuánto amabas a Gabriel. Creo que él lo entendía. Ahora solo nos queda esperar que se ponga mejor. Es lo único que importa.

—Creo va a morir —sollozó.

—Eso no lo sabemos. No es tan viejo.

Pero acababa de cumplir sesenta y ocho años y tenía antecedentes de problemas cardíacos. Y era peligroso sufrir varias paradas cardíacas en un breve período de tiempo.

Hablaron unos minutos más y colgaron cuando Marie-Claude regresó a la habitación con aspecto de haber estado llorando.

—Lo siento —dijo en voz queda mientras Marie-Claude se sentaba enfrente de ella porque no quería estar a su lado—. Lo que has dicho es verdad y yo estaba equivocada. Siempre le he amado. Solo que no quería serle infiel a Lorenzo.

—Mi padre lo sabía —reconoció de mala gana—, pero aun así fue terrible que le dijeras eso. Él te quiere y se siente tan solo en París sin ti que se pasa todo el tiempo en Saint Paul de Vence. Mis hijos y yo no le vemos nunca. Al menos podrías haber hecho el esfuerzo de venir a París de vez en cuando.

Maylis asintió y se dio cuenta de que eso también era verdad.

—Te prometo que lo haré en el futuro —le aseguró Maylis, muy escarmentada, y esperando tener la oportunidad de cumplirlo.

—Puede que no tengas que hacerlo —apostilló Marie-Claude con brusquedad.

Estaba enfadada por su padre, nunca le había caído bien Maylis y tenía celos del afecto que Gabriel sentía por ella. Ahora le estaba dando por todos los lados, pero Maylis fue lo bastante sincera como para reconocer cuándo se equivocaba.

Dos horas después seguían sentadas en silencio en la sala de espera, aguardando noticias, cuando entró un médico y les explicó que el señor Ferrand no estaba bien. Las estaba preparando para lo peor. Maylis casi se desmayó y Marie-Claude salió de la habitación para llorar a solas. Más tarde les permitieron que lo vieran, aún en coma y con respiración asistida. No había tenido ningún paro cardíaco más, pero su corazón no era fuerte. Estaba conectado a media docena de monitores y el personal de la UCI le vigilaba de cerca.

Fue una larga noche para ambas, a la espera de alguna mejoría o cambio. Se turnaron para ir a verle durante unos minutos, pero él seguía en coma y no era consciente de su presencia. No habían vuelto a hablar desde el estallido de Marie-Claude de esa mañana. Maylis había estado sumida en sus pensamientos desde entonces, consumida por los remordimientos, recordando cada vez que le había hecho daño. Estaba viviendo la agonía de los condenados, pero Marie-Claude no tenía ni idea de la repercusión que habían tenido sus palabras. Maylis parecía destrozada por la mañana, cuando uno de los médicos fue a verlas de nuevo y les preguntó si querían que le dieran la extremaunción. Las dos mujeres lloraron abiertamente después de eso y en esa ocasión Marie-Claude permitió que Maylis la estrechara en sus brazos y la abrazara mientras ambas sollozaban.

El sacerdote llegó y administró la extremaunción a Gabriel, tras lo cual Marie-Claude y Maylis retomaron su vigilia en la sala de espera. Ninguna se atrevía a volver al hotel por temor a que falleciera en su ausencia o recobrara la consciencia en sus últimos instantes y no estuvieran ahí. Las enfermeras les habían llevado almohadas y mantas la noche anterior y utilizaron una ducha que había al fondo del pasillo. Maylis trajo comida para las dos de la cafetería, pero ninguna probó bocado. Solo tomaron café y esperaron a que ocurriera lo inevitable.

Durante uno de los turnos de Maylis, a mediodía, vio que una enfermera reaccionaba a uno de los monitores y salía corriendo en busca del médico. Estaba segura de que el final había llegado. Cuando el doctor se acercó para comprobar el monitor, sonó una alarma en otro.

—¿Qué ocurre?

Maylis parecía aterrada mientras le examinaban y la enfermera se volvió hacia ella.

—Está despertando —susurró.

Mientras lo decía, Gabriel abrió los ojos con expresión confusa, los cerró de nuevo acto seguido y se durmió. Pero había recuperado la consciencia durante unos minutos. Apareció otro médico para discutir si debían retirarle la respiración asistida y decidieron esperar a ver qué sucedía.

Despertó varias veces esa tarde, una de ellas mientras su hija estaba con él, la otra estando Maylis, y a las ocho en punto de esa noche abrió los ojos por completo y le retiraron el soporte vital para comprobar si era capaz de respirar sin ayuda. Su voz sonaba ronca cuando se dirigió a Maylis:

—... demasiado joven para morir... —dijo, y le guiñó un ojo. Luego añadió con voz entrecortada—: Te quiero.

—Yo también te quiero —respondió mientras le cogía la mano. Jamás había hablado tan en serio—. No intentes hablar, solo descansa.

—He estado descansando, pero tú pareces agotada —comentó, preocupado por ella.

—Estoy bien.

Pero tenía casi tan mal aspecto como él. El susto había sido enorme y Gabriel aún no estaba fuera de peligro y podía sufrir otra parada cardíaca, según explicó el médico. Querían practicarle una angioplastia lo antes posible, aunque no estaba lo bastante fuerte. Después les permitieron entrar en la habitación a las dos a la vez. Estaban tan aliviadas por la mejoría que por primera vez en años hubo paz entre ellas. Maylis animó a Marie-Claude a que usara su habitación del hotel esa noche. Quería quedarse con Gabriel y Marie-Claude reconoció que estaría agradecida de disfrutar una noche de sueño decente. Se marchó mientras ella dormía en la sala de espera una vez más, por si acaso el estado de él daba un giro inesperado. Por extraño que resultara, el estallido de Marie-Claude había aliviado la tensión que durante años había ido creciendo entre ellas.

Gabriel estaba mucho mejor por la mañana. Tenía color en las mejillas, la presión sanguínea era buena y respondía a la medicación que le estaban administrando. Theo se sintió animado por los informes de su madre e incluso habló por teléfono con él, que parecía encontrarse bastante bien.

—Menudo alboroto están formando por nada —bromeó con Theo—. Ya sabes cómo son los italianos.

Pero Maylis le aseguró que los médicos eran muy buenos y le habían salvado la vida. No había la más mínima duda de eso.

Esa noche Marie-Claude y ella compartieron la habitación del hotel, ya que estaba todo ocupado y no pudo conseguir otra para ella.

—Siento haber estado tan cabreada contigo al principio. Sé cuánto te quiere mi padre y nunca imaginé que tú le quisieras del mismo modo. Ahora me doy cuenta de que es así. Deberías decírselo de vez en cuando —dijo con más amabilidad ahora que las cosas se habían tranquilizado.

Maylis ya se lo había dicho cuando recuperó la consciencia y se había deshecho en disculpas por lo mal que le había tratado, algo que él había negado con su generosidad habitual. También le prometió que iría a París con él cuando estuviera mejor. Le aseguró que las cosas iban a cambiar de ahí en adelante. Estaba muy agradecida por que estuviera vivo.

Pudieron realizarle la angioplastia una semana más tarde y consiguieron limpiar con éxito la arteria taponada. La siguiente discusión giró en torno a dónde iba a pasar la convalecencia. Marie-Claude quería que fuera a su casa en París y Maylis quería cuidarle ella misma en Saint Paul de Vence. Al final fue Gabriel quien tomó la decisión. Prefería irse con Maylis y quedarse con ella, y le prometió a su hija que en cuanto se encontrara más fuerte iría a París y pasaría unas semanas allí, a poder ser con Maylis. Ella prometió que le acompañaría. Pero antes, el médico le pidió que se quedara en el hotel de Florencia por lo menos una semana, de modo que estuviera cerca si tenía algún problema, y no quería que volara todavía ni que realizara el largo viaje en coche hasta Saint Paul de Vence. Maylis lo organizó para que se llevaran el coche.

Gabriel estaba impaciente por irse a casa, pero ambas mujeres le convencieron para que no se precipitase, y Maylis le recordó que había cosas peores que pasar una semana en Florencia en un hotel de cinco estrellas. Consiguió una suite grande en la planta superior, con unas vistas espectaculares, y cuando Gabriel salió del hospital, estaba más fuerte, caminaba sin ayuda y le entusiasmó la preciosa suite. Los tres cenaron en la habitación esa noche y Marie-Claude regresó a casa al día siguiente. Abrazó a Maylis con afecto al irse, después de lo cual Gabriel enarcó una ceja.

—Nunca pensé que vería este día —comentó.

—Hemos aclarado las cosas mientras dormías —repuso sin dar más explicaciones, pero sabiendo que Marie-Claude estaba ahora convencida de que ella quería de verdad a su padre, más que nunca tras el susto. Estar a punto de perder a Gabriel les había abierto los ojos.

Entretanto, Theo llevaba tres semanas dirigiendo el restaurante y no había pasado por su estudio en ese tiempo. Controlaba los libros, dirigía al personal, coordinaba los menús con el chef, llamaba a la floristería y recibía informes casi cada hora de su madre desde Florencia. No tenían previsto volver a casa hasta dentro de otra semana. Y cuando regresaran, Maylis querría estar con Gabriel por la noche. Ya casi estaban a finales de mayo y se veía al frente del restaurante otro mes más, lo cual no le hacía ninguna gracia, pero no podía hacer nada al respecto. No quería quejarse a su madre. Ella estaba muy ocupada con Gabriel y lo había pasado muy mal.

Profirió un sonoro gruñido al ver una reserva a nombre de Vladimir para un grupo de cinco esa noche. Era lo último que necesitaba, pero se sentía preparado para enfrentarse a Natasha y estaba decidido a no permitir que verla le afectara de nuevo como lo había hecho antes. Ella pertenecía a Vladimir y estaba seguro de que por fin se había reconciliado con eso. No quedaba otra opción y ya tenía demasiados problemas como para pensar en ella en esos momentos. La realidad se había impuesto a sus fantasías. Y sabiendo lo que ella sentía por Vladimir, su obsesión por Natasha ni siquiera tenía ya lógica para él.

Estaba preparado para verla cuando Vladimir entró con un grupo de hombres a las nueve en punto. Llegaron en una furgoneta y dejó cuatro guardaespaldas en la calle. Al saludarle, Theo se percató de que Natasha no le acompañaba, lo cual fue casi un alivio. Los cuatros hombres que estaban con él eran rusos y tenían aspecto de empresarios, aunque con cierto aire tosco. Eran la clase de hombres con los que imaginaba a Vladimir haciendo negocios, pero él era visiblemente mucho más refinado y vestía mejor que los demás. Theo también sabía que los hombres como aquellos eran ahora la base del poder en Rusia. Supuso que los cinco hombres más ricos de Rusia estaban en el restaurante.

Vladimir le lanzó una mirada penetrante cuando entraron. Theo asignó los mejores camareros a su mesa y los invitó a una ronda de bebidas por cortesía de la casa. Los cinco hombres pidieron vodka, incluido Vladimir, y bebieron sin parar durante toda la velada. Vladimir pidió varias botellas de vino de dos mil dólares y se las terminaron sin darle ninguna importancia. Todos encendieron un puro al final de la cena. Theo vio que eran Partagás. Mandó coñac a la mesa. Vladimir parecía satisfecho con la velada cuando se levantaron para marcharse. Da Lorenzo se había convertido en su nuevo restaurante favorito. Se detuvo y dijo algo en ruso a los demás mientras salían y después los llevó a la casa para ver los cuadros. Theo no tenía ni idea de qué había dicho, pero debió de ser favorable, ya que los cinco parecían impresionados cuando salieron. Había cuadros que Vladimir no había visto antes, ya que su madre había cambiado algunos hacía poco y colgado en las paredes varios de sus favoritos pertenecientes a su colección privada. Había algunos muy buenos. Vladimir se detuvo y le dijo algo a Theo mientras los demás se dirigían a la furgoneta. Sus miradas se cruzaron de nuevo. En la de Vladimir había un mensaje que Theo fingió no entender, como una especie de advertencia.

—¿Cuánto vale el de la mujer con el niño? —le preguntó con altanería.

Vladimir había comprado uno de los cuadros de Lorenzo. Ahora estaba seguro de que podía comprar más. La obra pertenecía a una serie que su padre había pintado de Maylis y él cuando era pequeño. El cuadro era precioso y uno de los favoritos de su madre.

—Ese no tiene precio, señor —respondió con educación—. Forma parte de la colección privada de la señora Luca y es muy importante para ella. No está en venta.

Pero dado que ya había logrado hacerse con lo que quería en el pasado, Vladimir estaba seguro de que volvería a conseguirlo por el precio adecuado.

—Sabemos que está en venta —le dijo a Theo de manera cómplice—. La única cuestión es el precio.

No se molestó en utilizar un intermediario, ya que sabía quién era Theo.

—Me temo que esta vez no. Ella no venderá ese ni ningún otro de la serie. —El resto de los cuadros estaban en el estudio, pero había por lo menos media docena de nuevas obras muy importantes en las paredes. Y la única que él quería era la que ella más amaba—. Posee un gran valor sentimental para ella.

—Lo venderá —insistió, mirando a Theo con expresión severa al tiempo que sujetaba el puro cerca de su cara.

Theo siguió mostrándose educado y profesional, pero firme, aunque el tono de Vladimir era un tanto amenazante.

—De verdad que no está en venta y no creo que esté lista para vender otro cuadro tan pronto después del último —repuso Theo con algo más de firmeza.

—Llámeme mañana con el precio —sentenció Vladimir, con los ojos centelleantes.

—No hay ningún precio —aseveró, pronunciando con cuidado mientras la ira se apoderaba de la mirada de Vladimir, como un león a punto de atacar. Durante un instante creyó que iba a golpearle. Hizo que se preguntara si alguna vez se había mostrado así ante Natasha. De repente Theo se había convertido en un obstáculo entre Vladimir y lo que este deseaba y nada iba a detenerle.

Theo retrocedió para protegerse y, con un gruñido airado, Vladimir salió hecho un basilisco hacia la furgoneta, donde le esperaban los demás. Los guardaespaldas se montaron después de él y se marcharon. El momento había sido desagradable. No haber conseguido salirse con la suya había provocado que Vladimir no se mostrara ni mucho menos tan educado como de costumbre. Después del vodka, el vino y el coñac, el ruso apenas disimuló su temperamento. Eso indicaba lo furioso que estaba con Theo por lo del cuadro. Sin embargo, en sus ojos había algo más que el alcohol; una cólera absoluta contra él por no acceder a sus deseos e interponerse en su camino. Parecía letal y no le habría gustado encontrárselo en una calle oscura. Era un enemigo que nadie querría tener. Y su fachada, antes amable, se había esfumado en un instante.

Theo aún le daba vueltas a aquello mientras apagaba las luces, cerraba con llave y conectaba la alarma después de que todos los empleados se hubieran marchado y se iba a casa. Se sentía aliviado por no haber tenido que ver a Natasha esa noche. Creía que estaba listo, pero no tenía prisa por poner a prueba su indiferencia hacia ella y lamentaba que Vladimir hubiera elegido acudir al restaurante con su séquito. Era un grupito de aspecto despreciable y, si uno no sabía quiénes eran, cualquiera los tomaría por unos matones.

Vladimir había cubierto sus orígenes con una capa de barniz, pero se había desgastado esa noche al mirar a Theo. Eran un grupo desagradable y esperaba que tardaran mucho en volver. Lo único que importaba en realidad era que Gabriel había sobrevivido y que regresarían pronto, pensó mientras entraba en su casa. Todo lo demás no eran más que las molestias típicas de dirigir un restaurante y lidiar con clientes díscolos y arrogantes. Y, por una vez, el señor Stanislas no se había salido con la suya. Theo sonrió para sus adentros. Era una venganza apropiada, ya que Vladimir tenía a la mujer que él quería. El cuadro no estaba en venta.

10

El teléfono sonó a la mañana siguiente pasadas las siete y Theo se encontró un día soleado al abrir los ojos. Tenía la esperanza de dormir hasta tarde, pero ahora que dirigía el restaurante, y que lo había hecho durante casi un mes, el personal le llamaba a él con cada detalle y cada pregunta. No entendía cómo su madre se encargaba de todo sin volverse loca. Era como dirigir un colegio de niños malcriados, que discutían por todo y eran incapaces de llevarse bien y de tomar una decisión sin ayuda. Comprobó que la llamada de su móvil procedía del restaurante y no de su madre desde Florencia. No le hizo ninguna gracia que le despertaran tan temprano. No se había marchado del local hasta casi las dos de la madrugada, después de su breve enfrentamiento con Vladimir, que le retrasó y terminó la noche con una nota desagradable. Y el personal de cocina no se había dado prisa recogiendo. Le había prometido a su madre que no se marcharía antes de que lo hicieran los demás y siempre cumplía su palabra. Ella quería que fuera él quien conectase la alarma.

La llamada era de uno de los ayudantes del chef, que había llegado temprano. El chef había ido a la lonja a las seis de la mañana y habían estado limpiando pescado durante treinta minutos, haciendo tiempo para llamarle a una hora un poco más razonable. El ayudante parecía nervioso mientras Theo se esforzaba por espabilarse y mostrarse despierto.

—¿Qué pasa?

Por lo general, solía tratarse de alguna tontería, como por ejemplo que se habían percatado de que había dos sillas rotas y querían saber qué deberían hacer. O que uno de los friegaplatos no iba a ir a trabajar.

—Fátima dice que hay un problema —respondió el ayudante con cautela.

—¿Qué tipo de problema? —Theo frunció el ceño mientras escuchaba.

Lo único que le preocupaba de verdad eran las goteras de la vieja casa, que podrían dañar los cuadros. Estaban bien asegurados, pero una pintura dañada no se podía sustituir.

—Dice que tienes que venir.

—¿Por qué? ¿Qué ha pasado? —Fátima era la mujer de la limpieza. Era portuguesa y chapurreaba muy poco francés, y sus dos hijos que trabajaban con ella no lo hablaban en absoluto—. ¿Puedes al menos decirme qué sucede? —Si era algo trivial, no pensaba moverse.

El ayudante estuvo a punto de echarse a llorar mientras se lo contaba.

—Hay doce cuadros fuera de las paredes —dijo con voz estrangulada—. Fátima quiere saber si se los llevó usted.

—No, yo no, y ¿qué quieres decir con fuera de las paredes? ¿Se han caído? ¿Han sufrido daños?

Eso habría sido extraño, ya que estaban atornillados al muro. Theo apartó las sábanas y apoyó los pies en el suelo. Era evidente que tenía que ir. Lo que el ayudante le había dicho no tenía sentido.

—Daños no. No están. Alguien ha quitado los tornillos. La alarma estaba desconectada cuando he llegado, lo que me ha parecido raro, a menos que anoche olvidaras conectarla, pero eso no te ha pasado antes. —Theo sabía que no se había olvidado. Era meticuloso al respecto y se había acordado de conectarla, como siempre—. No están. Han desaparecido. Alguien se los ha llevado. Me ha parecido que han manipulado la cerradura de la puerta, pero todo estaba en su sitio. Solo faltan los doce cuadros.

—Ay, Dios mío. —Sintió que la cabeza le daba vueltas al levantarse. Nunca antes había sucedido algo parecido—. Llama a la policía. Llegaré en diez minutos.

No perdió tiempo preguntando cuáles habían desaparecido. Era imposible. ¿Cómo podían robarlos? Tenían un sistema de alarma de última generación, con láseres, cámaras de videovigilancia y línea directa con la policía. Había casi trescientos millones de dólares en la casa; su alarma era infalible, o eso les habían dicho.

Cogió unos pantalones vaqueros y una camiseta, se puso unas sandalias, se cepilló los dientes, pero no el pelo, y salió corriendo por la puerta, con el móvil y las llaves del coche, pero olvidó la cartera en la mesa de la cocina. De camino paró en casa de su madre, el viejo estudio que compartió con su padre, donde se encontraba el grueso de su colección, para comprobar si también habían robado allí, pero todo estaba intacto, la alarma conectada y no habían tocado nada.

Volvió a montarse en el coche y se dirigió al restaurante a toda velocidad. Entró por la puerta principal cuando llegó y se quedó mirando los huecos que habían quedado. Las paredes no habían sufrido daños. No habían forzado las cerraduras, sino que habían desactivado las alarmas de forma profesional y habían cogido los cuadros. Theo pensó en advertir a todo el mundo que no tocase nada por si hubiera huellas que la policía pudiera utilizar, pero él no tenía la más mínima duda. Los ladrones tenían mucha experiencia, sabían lo que se hacían. Todos los cuadros que su madre había colgado recientemente, incluyendo el que Vladimir había intentado comprar la noche anterior, habían desaparecido. Pero no se trataba del trabajo de unos matones, sino que era obra de profesionales.

Entró en el despacho mientras esperaba a la policía para echar un vistazo a las grabaciones de seguridad de la noche anterior y lo único que vio fue nieve. Habían conseguido inutilizar las cámaras y desconectarlas, por lo que no habían grabado nada del robo. Las cintas estaban en blanco. Habían dejado de funcionar una hora después de que él se marchara y había casi dos horas en blanco. Por lo visto habían tardado todo ese tiempo en coger los doce cuadros. Estaba en shock cuando llegaron dos inspectores. Habló con ellos en el despacho después de que examinaran la escena. Theo estaba muy afectado. No había llamado a su madre todavía y no sabía qué contarle ni cómo hacerlo. Quería disponer de más información de la policía antes de decir nada. Quizá hubiera ladrones de arte conocidos por la zona y tuvieran idea de quién lo había hecho.

Los dos inspectores habían sido enviados desde Niza y eran parte de una unidad antirrobo de alto nivel, que patrullaba toda la costa donde estaban las casas en las que robaban con más frecuencia. Los ladrones se llevaban joyas, obras de arte y grandes sumas de dinero, y a veces hasta tomaban rehenes. Le preguntaron el valor aproximado de lo que faltaba y si los cuadros pertenecían a distintos artistas.

—No, solo a uno. A mi padre, Lorenzo Luca. Todos los cuadros de aquí son de la colección personal de mi madre y el valor de los doce que faltan ronda los cien millones de dólares. —No parecieron sorprendidos, estaban acostumbrados a robos en torno a esas cantidades en importantes villas a lo largo de la costa de Cap-Ferrat, Cap d'Antibes, Cannes y el resto de comunidades ricas. Saint Tropez pertenecía a otro distrito, el de Var, y Mónaco era otro país y tenía su propio cuerpo de policía—. ¿Ha habido recientemente algún otro robo de obras de arte importantes?

Muchos de los profesionales peligrosos de verdad eran de Europa del Este y la policía los conocía a todos, pero le dijeron que no había ninguno operativo en los últimos meses, no desde el último invierno. Aquel era el primer gran robo que había habido desde hacía tiempo.

Cerraron la zona y la acordonaron con cinta policial. Un equipo de técnicos y expertos llegó media hora más tarde para sacar huellas y examinar el sistema de alarma y las cámaras. Theo pidió a otros dos ayudantes del chef que llamaran a todos los clientes que figuraban en el libro de reservas para esa noche y las cancelaran explicándoles que se había producido un incidente y el restaurante estaba cerrado.

Era mediodía cuando los dos inspectores al mando pudieron decirle algo a Theo. No había huellas dactilares. La alarma se había desconectado de forma electrónica, seguramente desde otro lugar mediante control remoto, y las cámaras con ella. Se habían anulado todos los dispositivos de alta tecnología durante el transcurso del robo y se habían vuelto a conectar al terminar.

—La única buena noticia es que esta gente sabía lo que hacía y no hay peligro de que dañen o destruyan las pinturas. Contactaremos con todos nuestros informadores. Alguien intentará vender estas obras en el mercado de objetos de arte robados o quizá revendérselas a usted por un precio mayor.

—O quedárselas —dijo Theo, que parecía a punto de echarse a llorar.

Había un mercado para cuadros robados vendidos a coleccionistas sin escrúpulos, ansiosos por adquirir obras a cualquier precio, sabiendo que jamás podrían exhibirlas, sino que solo tendrían la emoción de poseerlas, y dado que la obra de su padre salía a la venta en muy raras ocasiones, reunían los requisitos de esa clase de compradores. Algunas personas harían lo que fuera por poseerlas, aunque tuvieran que mantenerlas ocultas para siempre. Algunos de los cuadros robados por los nazis habían desaparecido de esa forma.

—Nos gustaría meter en esto a la Interpol. Y tengo que llamar a la brigada encargada de investigar los robos de obras de arte de París. Quisiera que viniera uno de ellos. Puedo asegurarle que vamos a hacer todo lo que podamos para encontrar sus cuadros, o tantos como podamos localizar y reclamar. El tiempo es clave; tenemos que actuar con rapidez antes de que los saquen del país y los lleven a Rusia, Sudamérica o Asia. Mientras permanezcan en Europa, tenemos posibilidades de localizarlos. Vamos a necesitar fotos de las obras para difundirlas por internet a toda Europa. —Era uno de los robos de arte más importantes de los últimos tiempos. Solo se había perpetrado uno comparable hacía dos años. Había más ladrones de joyas, que podían desmontarse en piedras sueltas. El arte era mucho más difícil de vender y transportar y era muy fácil de identificar—. Le aseguro que seguiremos con esto. Tiene que poner guardias de seguridad en la casa.

Pensó que también pondría algunos en casa de su madre.

Aún tenía que llamar a la compañía de seguros y a su madre. El inspector le dio el número del caso para la compañía. Todavía andaban por la casa cuando entró en su despacho a llamar a su madre, algo que temía, pero que no podía eludir. Y justo cuando estaba a punto de hacerlo, tuvo una idea. Vladimir la noche anterior. Fue de nuevo a buscar al inspector, que confirmó que la puerta trasera había sido manipulada. Estaban comprobando los antecedentes de todos los empleados. No habían descartado la posibilidad de que fuera un trabajo desde dentro, que uno de sus empleados hubiera dado el soplo a alguien y hubiera vendido la información sobre el sistema de seguridad. Fátima lloraba mientras interrogaban a sus hijos. Le horrorizaba imaginar que alguien pudiera pensar que ellos habían cometido un delito y un agente de policía estaba intentando explicarle que todos los empleados iban a ser investigados, no solo sus hijos.

—Puede que esto parezca una locura —dijo Theo al inspector veterano con rapidez—. Anoche estuvo aquí Vladimir Stanislas con cuatro rusos más. Quiso comprar uno de los cuadros y le dije que no estaba en venta. Hace un año le compró uno a mi madre por un precio muy elevado, que en un principio no estaba en venta, y más tarde ella aceptó su oferta. Pero yo sabía que esta vez no iba a vender el cuadro por el que él preguntaba. Solo quería mencionarlo por si pudiera estar relacionado. Tal vez quieran hablar con él. Su yate suele fondear cerca de Antibes. Seguramente esté allí ahora. Y es posible que alguien como él esté dispuesto a comprar una obra que normalmente no está a la venta.

El inspector sonrió al oír lo que decía.

—Me parece que Stanislas podría pagar cualquier precio para conseguir lo que quiere... de forma legal.

—No si no está en venta —insistió Theo—. Mi madre no vendería ninguno de estos. El que anoche quería él está entre los once que han sido robados.

—Creo que podemos dar por hecho que se trata de una coincidencia —insistió el inspector con tono condescendiente. En su opinión, tal vez Vladimir Stanislas pudiera parecer un cliente grosero, pero no era un ladrón de arte.

—No creo que podamos dar nada por hecho —replicó Theo.

—Lo tendremos presente —le aseguró el inspector antes de volver con los demás, que seguían realizando sus pesquisas. Estaban desmontando la casa y examinando los demás cuadros en busca de huellas dactilares, pero no hallaron ninguna.

Theo llamó a la compañía aseguradora y le dijeron que esa noche estarían allí sus propios investigadores, incluyendo dos de la sede de Lloyd's en Londres, que tenían una póliza complementaria para los cuadros. Y después llamó a su madre a Florencia. Cuando respondió le contó que iban a comer en el balcón de la suite y que Gabriel se encontraba mucho mejor.

—Mamá, tengo que contarte algo espantoso. —Fue al grano enseguida, no quería mantenerla en suspenso—. Anoche fuimos objeto de un robo por parte de profesionales que desconectaron nuestro sistema.

—Ay, Dios mío. —Parecía a punto de desmayarse—. ¿Cuáles se han llevado?

Sus cuadros eran como hijos para ella y era lo mismo que decirle que los habían secuestrado. Le dijo cuáles y cuántos, todo lo que sabía por la policía, que iban a ir inspectores de París y de la empresa aseguradora y que los agentes que habían venido parecían saber lo que hacían. No le contó lo de Vladimir porque era una posibilidad y no se lo tomaban en serio, pero Theo lo había mencionado por si acaso. Parecía desconsolada y agitada y le contó a Gabriel todo lo que Theo le estaba diciendo. Luego habló con él. Su voz sonaba mucho más serena que la de Maylis y tranquilizó a Theo.

—En toda mi carrera solo sé de un cuadro robado que no ha sido recuperado. Las unidades de la policía que se encargan de los robos de obras de arte son muy buenas en lo que hacen. Y la obra de tu padre es muy característica y muy conocida; los encontrarán. Puede que lleve tiempo, pero lo harán.

Theo sintió cierto alivio al oír eso y a su madre también le hizo bien.

—Os mantendré informados de lo que pase por aquí —prometió—. Siento tener que preocuparos con esta noticia.

—Y yo siento que tú tengas que ocuparte de ello —adujo Gabriel con compasión—. Vas a estar muy liado. Es probable que tengas que cerrar el restaurante una temporada —dijo y, de fondo, oyó a Maylis expresar su conformidad.

200

—He cancelado todo para esta noche. No sabía qué iba a pasar, pero puede que tengas razón. Supongo que tendremos a la prensa encima de un momento a otro —arguyó Theo.

Una hora más tarde, allí estaban, con cámaras y camiones de noticias, tratando de conseguir una entrevista con Theo, que respondió que en esos momentos no tenía nada que decir, salvo que era un suceso impactante y desolador. Y La Colombe d'Or les mandó una nota de apoyo. Aquello les llegó a lo más hondo, pues también podría haberles pasado a ellos. Eran igual de vulnerables y sus obras de arte eran también muy valiosas. Era el mayor delito jamás perpetrado en Saint Paul de Vence, dijeron más tarde en las noticias. Inez le llamó esa noche y le dejó un mensaje en el buzón de voz mostrándole su pesar. Theo estaba demasiado liado para hablar con ella cuando llamó. Estuvo en el restaurante con los inspectores de la aseguradora hasta pasada la medianoche y todas las unidades de policía volvieron al día siguiente, junto con el equipo de París para ayudarles.

Era como si unos alienígenas le hubieran robado la vida. Durante toda la semana no se ocupó de otra cosa que de la desaparición de los cuadros, con llamadas constantes de su madre para hacer preguntas. Cerraron el restaurante y cancelaron todas las reservas para esa semana; tenían que decidir qué hacer después de eso. Al quinto día, el inspector jefe de la brigada que se ocupaba de los robos de obras de arte le presentó a dos agentes nuevos de la unidad antirrobos local, que se habían unido al equipo. Eran más jóvenes que el resto y parecían más agresivos. Querían hablar de nuevo con varios empleados y repasar la escena del crimen con más minuciosidad en busca de pistas.

Athena Marceau parecía muy inteligente y más o menos de la edad de Theo. Steve Tavernier, su compañero, era un poco más joven. Le hicieron un millón de preguntas y le dijeron que volverían a hablar con él. Theo era consciente de que también le estaban investigando para cerciorarse de que no fuera un fraude al seguro, de modo que compartió con los dos nuevos agentes sus preocupaciones acerca de Vladimir. A Steve no le impresionó, pero Athena se sintió intrigada.

Los dos detectives lo comentaron más tarde, durante un descanso, cuando abandonaron la escena para ir a por café y a por unos productos químicos que necesitaban para la investigación. A esas alturas, el restaurante y la casa principal parecían un laboratorio y una tienda de artículos de tecnología punta con todo su equipo.

—Es una locura —le dijo Steve—. Ese tío está enfadado. Ahora mismo acusaría a cualquiera —comentó, refiriéndose a Theo.

—Cosas más extrañas han pasado. Hace unos años trabajé con una unidad en Cap-Ferrat. Un tío robó diez millones en obras de arte e hizo que mataran al perro porque su vecino se acostaba con su esposa. Algunas de estas personas están chaladas.

—Puede que lo hiciera el propio Luca. Eso también pasa. Por el dinero del seguro. Cien millones no están nada mal —repuso Steve con sarcasmo.

—No lo creo —respondió muy seria—. No hay nada que indique eso.

—¿Estás de coña? ¿Cien millones del seguro? Debería ser nuestro sospechoso principal.

—No lo necesita. Tiene mucho más que eso en obras de su padre y pasta más que de sobra en el banco. Lo hemos comprobado. Lo que pasa es que tiene pinta de indigente. Parece que no se haya peinado en toda la semana, pero no es nuestro hombre.

—Lo que pasa es que te parece mono —bromeó Steve.

—Cierto. —Sonrió a su compañero—. Si se peinara y vistiera de manera decente, estaría bueno. Me gustaría saber cómo es cuando no va corriendo de acá para allá como un chiflado después de que le hayan robado. ¿No te apetece ver ese yate? Podríamos ir a hablar con Stanislas. Nunca se sabe qué puede surgir.

Esbozó una sonrisa traviesa y su compañero se echó a reír y meneó la cabeza.

—Necesitamos permiso, e iría el inspector jefe en persona. No nos mandaría a nosotros.

—Puede que sí lo haga. Podemos preguntar. ¿Quién sabe? A lo mejor Luca tiene razón. Él piensa que Stanislas podría tener algo que ver. Estoy segura de que no es ningún santo. Los tipos que han amasado tanto dinero nunca lo son.

—Yo creo que Luca está como una regadera. Stanislas podría comprar la colección entera si quisiera.

—No si no puede. ¿Has visto todos esos carteles de «No está en venta»? No venden ninguno. ¿Quién sabe? Podría haberle cabreado, tal y como dice Luca. Algunos de esos rusos son tipos duros de pelar y tienen amigos nada recomendables.

—Stanislas no. Joder, posiblemente sea el hombre más rico del mundo.

—Pues me gustaría conocerle. Puede que esté bueno —dijo, bromeando de nuevo con su compañero—. ¿No te gustan los yates?

—No, me mareo.

—En el suyo no. Es más grande que un hotel. Vamos.

Steve Tavernier puso los ojos en blanco, pero ya estaba acostumbrado a ella. Llevaban tres años trabajando juntos y Athena Marceau era de las que seguía cada pista y encontraba lo que buscaba. Era infatigable y lista y solía tener razón. Tenían una trayectoria impresionante, razón por la cual les habían asignado al caso. Eran menos veteranos, pero les sobraba entusiasmo; Athena seguía la máxima de que no había nada demasiado intranscendente como para no investigarlo y su historial de detenciones era asombroso. A Steve le gustaba trabajar con ella. Hacía que pareciese bueno cuando conseguía información que llevaba a la resolución de un caso y haría casi cualquier cosa por ella. Para él, el instinto de Athena era infalible. Todavía no tenía nada sobre ese caso, pero estaba dispuesta a comprobarlo todo. Y un recorrido por el barco de Stanislas le sonaba bien, aunque solo fuera por diversión. La agente pidió permiso al inspector jefe aquella tarde, no para registrar el barco sino para hacerle una visita a Vladimir, y él se encogió de hombros y le dijo que estaba loca, pero accedió a dejar que lo hicieran porque aunque reconoció que le habría gustado ver el yate, no tenía tiempo. Él estaba siguiendo pistas sólidas mientras ellos planeaban visitar barcos.

—Pero no le mosqueéis ni le acuséis de nada. No quiero una queja sobre mi mesa mañana —les advirtió el inspector jefe.

—No, señor —prometió Athena, algo que su compañero sabía que carecía de valor. Ella siempre hacía lo que quería y luego se hacía la inocente con sus superiores, y casi siempre se salía con la suya.

Decidió no concertar una cita y presentarse sin avisar. Consiguió hacerse con una lancha de la policía, pilotada por un joven agente, y dos horas más tarde iban rumbo al *Princess Marina*, anclado frente al hotel Du Cap.

—¿Qué pasa si ni siquiera nos dejan subir a bordo? —preguntó Steve con nerviosismo.

Athena no estaba preocupada en absoluto. Lo estaba deseando.

—No hay problema; les disparamos —bromeó—. Tú observa; nos va a matar con su encanto —dijo, muy segura de sí misma—. Querrá causarnos una buena impresión, demostrar que está por encima de todo.

Se detuvieron en el muelle de embarque, en la popa del barco. Ella enseñó su placa a los marineros junto con una amplia sonrisa y salió de la lancha policial descalza, con los zapatos de tacón en la mano y dejando ver sus magníficas piernas al subirse la falda para saltar a bordo. Explicó que estaban allí para ver al señor Stanislas y que necesitaban su ayuda en una investigación de un robo de obras de arte. Estaba segura de que no le costaría adivinar cuál, ya que no paraba de salir en las noticias. Steve dejó que ella hablara, como siempre hacía. Parecía una chica joven y sexy, en absoluto una policía, mientras los marineros le sonreían. Uno de ellos fue a llamar arriba mientras esperaban y charlaban con los demás.

El marinero regresó al cabo de un momento y les pidió que los acompañara. Athena le lanzó una mirada cómplice a Steve y le siguieron hasta un ascensor que los llevó a un bar al aire libre, cinco pisos más arriba, donde Vladimir se estaba tomando una copa de champán con Natasha. Steve y Athena salieron a la cubierta y ella alargó la mano y le agradeció efusivamente que los recibiera. Vladimir le hizo un gesto a Natasha y ella se puso en pie. Tenía una expresión impertérrita mientras Steve la miraba con admiración, ataviada con un ceñido mono rosa que mostraba cada centímetro de su cuerpo y sus pechos. Athena la vio, aunque se centró en Vladimir mientras un sobrecargo les ofrecía champán. Natasha bajó en silencio las escaleras hasta una cubierta inferior, lo cual le resultó interesante a Athena y decepcionante a Steve cuando desapareció. La agente echó un vistazo a su reloj antes de aceptar el champán.

—Ya no estaremos de servicio cuando nos marchemos, así que sí, gracias. —Le sonrió al sobrecargo y después a Vladimir.

Steve también aceptó una copa. Athena procedió acto seguido a emplear su encanto con él e hizo que Vladimir se riera con distintos temas, después de lo cual retomó la cuestión del robo de las obras de arte, como si le aburriera pero tuviera que fingir hacer su trabajo. Dejó claro que solo había ido por la emoción de conocerle y ver el yate; él estaba encantado. Pero Vladimir tampoco era tonto; ambos estaban jugando y a los dos se les daba bien.

—Qué lástima lo del robo. Yo les compré una de las obras de Luca el año pasado. Una pieza muy hermosa. La otra noche, cuando fui a cenar allí, vi uno que me gustaba. —Sabía que ese era el motivo por el que habían ido—. Es imposible tratar con los Luca. Han congelado con éxito el mercado de su obra.

Parecía despectivo.

—Y eso ¿por qué? —preguntó de forma inocente.

—Para subir los precios. Un día empezarán a vender. Ahora están estableciendo el valor máximo alcanzado. El robo de las obras tampoco les perjudicará. Solo servirá para que sean más deseables. Podría ser un ingenioso plan por su parte. La gente del mundo del arte es capaz de cometer actos muy extraños y desesperados. Debería investigar todo el asunto; puede que le sorprenda el resultado.

—¿Usted no cree que hayan robado de verdad las obras?

—Es difícil saberlo. Lo ignoro. Solo sé que hay historias y personajes muy raros en ese mundo, con ideas retorcidas y motivos complejos.

—Puede que tenga razón. —Entonces le preguntó por el barco y quedó fascinada por lo que él le contó y porque estaba construyendo uno nuevo, que sería aún mayor. No pudo disimular su orgullo. Mantuvieron una charla animada durante una hora y luego Athena dejó la copa y se puso en pie—. Lamento habernos quedado tanto tiempo. Su hospitalidad es irresistible. —Le sonrió y vio que él admiraba su figura cuando se volvió hacia Steve.

—Vuelvan cuando quieran —dijo Vladimir con cordialidad, y posó una mano en su hombro—. Espero que encuentren los cuadros. Estoy seguro de que lo harán. El arte nunca permanece oculto mucho tiempo. Puede que unos pocos cuadros, pero no tantos. Y sería una lástima perder tantas de las obras de Luca, aunque así la que poseo será más valiosa. —Rio al decirlo.

Athena le dio de nuevo las gracias mientras el sobrecargo los acompañaba de vuelta al ascensor, hasta el lugar donde les aguardaba su lancha. Athena enseñó de nuevo la pierna al subir, y mientras la lancha de la policía se alejaba y cogía velocidad, Vladimir se despidió de ellos con la mano desde la cubierta superior. Athena le devolvió el saludo con una amplia sonrisa. Entonces vio a Natasha aparecer de nuevo y detenerse a su lado en la barandilla. Acto seguido, ambos desaparecieron.

—Hostia puta, ¿has visto a esa chica? —dijo Steve—. Es una preciosidad. ¿Quién crees que era? ¿Una acompañante o su novia?

—Todavía mejor, lelo. Seguramente sea su amante. Son una raza muy especial. Un bonito pajarillo con las alas cortadas. ¿Has visto la señal que le ha hecho para que se fuera? La tiene atada muy en corto y hace lo que a él le place. No hay dinero suficiente en el mundo para pagarme por hacer ese trabajo.

—Bueno, ha sido una pérdida de tiempo —adujo Steve mientras se ponía cómodo en su asiento para el trayecto de regreso a la tierra—, pero el barco es una pasada.

Parecía un hotel de lujo enorme, o más grande, casi un transatlántico.

—No ha sido una pérdida de tiempo —replicó, con expresión pensativa.

La rutilante sonrisa había desaparecido. Estaba trabajando. El champán no la había afectado; de hecho, solo había bebido unos sorbos.

—Vamos, no me digas que crees que lo hizo él. —Steve se rio de ella—. Si crees eso es que estás loca. ¿Para qué molestarse? Puede comprar lo que quiera. ¿Para qué arriesgarse a ir a la cárcel por robar obras de arte?

—Porque a los tipos como él jamás los pillan. Dejan que otro haga el trabajo sucio. Y no estoy diciendo que lo hiciera él. Pero tiene los cojones para hacerlo. Si lo hizo o no, está por ver. Juega bien.

—Igual que tú. Por un instante pensé que te estabas insinuando.

—Él también. —Se acordó de que le había posado la mano en el hombro al marcharse—. Ni en un millón de años. Pero el artista con pinta de indigente... Ese es otro cantar. —Se echó a reír mientras se aproximaban al muelle—. Déjame un minuto a solas con él en una habitación y podría enseñarle una o dos cositas.

—No crees que lo hiciera Theo Luca, ¿verdad? —preguntó Steve en serio.

—No, solo era la baza de Stanislas para sembrar la duda en nuestras mentes. No lo ha conseguido. Pero buen intento.

Uno de sus compañeros agentes la ayudó a bajar de la lancha en el embarcadero de Antibes y esa vez Athena consiguió hacerlo sin enseñar la pierna. Un momento después, Steve y ella estaban en el coche, de nuevo rumbo al restaurante.

—Creía que habías dicho que estábamos fuera de servicio. Esta noche tengo una cita.

—Cancélala. Tenemos trabajo —dijo, con expresión distraída.

—Lo que pasa es que Luca te pone.

—Puede que sí —reconoció, sonriéndole mientras se dirigían a Saint Paul de Vence, no para hablar con Theo, sino para investigar otra vez la escena del crimen. Tenía algunas ideas nuevas que quería comprobar. Steve ya se había dado cuenta de que iba a ser una larga noche. Con Athena, siempre lo era.

Natasha regresó a la cubierta superior en cuanto la lancha de la policía se alejó y miró a Vladimir con sorpresa.

—Uno de los chicos ha dicho que eran de la policía. ¿Qué querían? —Por lo general no le habría preguntado, pero no se trababa de negocios y sentía curiosidad. Había estado leyendo sobre el robo en Da Lorenzo y sabía que Vladimir había estado allí esa semana con algunos socios de Moscú, que habían volado para reunirse con él esa noche.

—Solo ha sido una visita social. Querían ver el barco —respondió Vladimir con despreocupación—. El robo era una buena excusa.

—¿Han averiguado algo? —insistió Natasha, intrigada por el robo profesional sobre el que había leído. Le parecía una extraña coincidencia que las víctimas fueran los Luca, ya que Vladimir le había comprado un cuadro a la viuda y el hijo había hecho el retrato de ella. Eso hacía que resultase más personal que si le hubiera pasado a unos desconocidos.

—Lo más probable que es no sepan nada aún. Es demasiado pronto —respondió, y cambió de tema. Le habló de un cuadro por el que iba a pujar en una subasta esa semana y se lo enseñó en el catálogo. Era un Monet—. Lo voy a comprar para el barco nuevo —le dijo con una sonrisa—. Para nuestro dormitorio. ¿Qué te parece?

—Creo que eres increíble y el hombre más brillante del mundo. —Le devolvió la sonrisa.

Él se acercó y la besó. No le dijo que había intentado comprar otro cuadro de Lorenzo la noche del robo ni que Theo lo había rechazado de plano y se había negado a vender. Vladimir estaba harto de juegos.

—Y pretendo conseguir el Monet —añadió—. Ya sabes que siempre consigo lo que quiero.

Iba a costarle una fortuna, pero le daba igual. Hablaron de ello durante un rato, luego le susurró algo y ella le sonrió. Al cabo de un instante le siguió escaleras abajo hasta el dormitorio. Tenían mejores cosas que hacer que hablar de un robo de obras de arte o pensar en la policía.

11

Al día siguiente, el inspector jefe le preguntó a Athena por la visita al barco y ella le confirmó que no habían encontrado nada, lo cual no le sorprendió. Sabía que no lo harían. Vladimir Stanislas no era su hombre.

—Te lo advertí —le escupió con arrogancia—. No creerás que sea sospechoso, ¿verdad?

Athena tenía buena reputación. Era creativa, a veces demasiado, y casi siempre daba sus frutos.

—Aún no lo he descartado. Pero probablemente no —respondió con sinceridad.

Habría sido una buena forma de resolver el caso, pero aunque él tuviera algo que ver, sabía que sería muy difícil relacionarle con el delito. No imposible, aunque sí complicado, y llevaría tiempo, más que una breve visita al barco.

—¿Y el hijo? ¿Theo Luca?

—Él tampoco es.

Pero Steve y ella volvieron para verle y ella le dijo que habían hecho una visita a Vladimir en el barco después de que les sugiriera que hablaran con él.

—¿Qué le ha parecido? —preguntó Theo con atención.

—Es un hueso duro de roer, pero no creo que sea nuestro hombre. ¿Qué opina de la mujer que está con él? ¿Sabe algo de ella?

—Es su amante. Es rusa. Llevan ocho años juntos.

—¿La conoce? —A Athena pareció interesarle eso.

—La he visto unas pocas veces. He hablado con ella en un par de ocasiones, cuando le entregué unos cuadros. Uno de mi padre y uno mío.

—¿Tiene fotos de los cuadros? —le preguntó, sin saber bien por qué. Ni siquiera era una corazonada. Solo curiosidad por su parte. Él vaciló y luego fue a buscarlas en su ordenador y las abrió. Athena se sorprendió al ver el retrato de Natasha; la reconoció de inmediato—. ¿Posó para usted o lo hizo a partir de una fotografía? —Había dado con algo, pero no estaba segura de con qué.

—Ninguna de las dos cosas. Lo hice de memoria después de verla en el restaurante. Tiene un rostro inolvidable.

Athena asintió. Ella también lo creía así. Y tenía un cuerpo sensacional. Pero algo en la forma en que había desaparecido al ordenárselo él la había desconcertado. Le hizo unas preguntas más antes de marcharse.

—¿Tienes algo? —le preguntó Steve, que no había estado demasiado atento, mientras se encendía un cigarrillo en el coche. Ella puso mala cara.

—Da asco trabajar contigo, por cierto. —Señaló el cigarrillo—. Y la trama se complica.

—¿Y eso?

—No sé cómo pasó, cómo lo llevó a cabo o si ella está enterada siquiera. Pero él está enamorado de la chica.

—¿Qué chica? —Steve parecía confundido.

—La del barco. La amante de Stanislas.

Steve soltó un silbido.

—Bueno, qué interesante. Me pregunto si Stanislas lo sabe.

—Yo creo que sí.

—¿Cómo lo has descubierto?

—Luca pintó un retrato de la chica y lo tiene ella. Los hombres como Stanislas siempre lo saben. Y entonces atacan.

Puede que ella esté de mierda hasta el cuello. Los hombres como él no se toman bien lo que consideran una traición. Tienen reglas muy simples.

—Yo diría que acostarse con otro hombre podría considerarse una traición.

—Yo no he dicho que se haya acostado con él. He dicho que Luca está enamorado de ella. Es distinto. Pero podría ser una mala noticia para esa chica.

—¿Te ha dicho que está enamorado de ella?

—Pues claro que no.

—Por Dios, qué complicada es esta gente. Hay que ser tan retorcido como ellos para descubrirlo.

—Para eso nos pagan —respondió, sonriéndole.

Gabriel y Maylis regresaron de Florencia una semana después del robo y las cosas empezaron a tranquilizarse. Las brigadas antirrobo de varias ciudades estaban trabajando en ello, pero no había aparecido ninguna pista y no había ni rastro de los cuadros. Siguiendo el consejo de Gabriel, Theo abrió de nuevo el restaurante para mantener un ambiente de normalidad, aunque ahora tenían guardias de seguridad en la casa, incluidos dos por la noche.

Maylis instaló a Gabriel en el estudio con ella y Theo se sintió aliviado al ver que tenía tan buen aspecto como antes. Compartió con él sus teorías acerca de la participación de Vladimir en el robo porque no quiso venderle el cuadro que deseaba y Gabriel le confirmó que sería muy difícil obtener pruebas de algo así, casi imposible. Pero nada podía convencer a Theo de la inocencia del ruso.

Se preguntó si los cuadros estarían en el barco. Sería el lugar perfecto para ocultarlos. Pero la policía le había dicho sin rodeos que no había justificación para conseguir una orden de registro contra Stanislas, y hasta Athena creía que era poco probable que fuera en realidad el responsable. Ni siquiera tenía un motivo válido, salvo una rabieta porque Theo no le vendió el cuadro que quería. No creía que Vladimir estuviera lo bastante loco como para robarlo junto con otros once cuadros. Solo un demente haría tal cosa. O un auténtico delincuente. Theo creía que era ambas cosas y así se lo había dicho a la policía.

Lo único que distraía a Maylis de la tragedia de perder las obras de Lorenzo era preocuparse por Gabriel y cuidar de él. Theo seguía dirigiendo el restaurante en su lugar, porque ella no quería dejar a Gabriel solo por las noches y no necesitaba una enfermera. Se estaba recuperando bien y lo colmaba de afecto. Se sentía muy agradecida porque hubiera sobrevivido. Su relación había prosperado desde que sufrió el infarto y estuvo a punto de perderle y desde que recibió el duro rapapolvo de Marie-Claude, que incluso Theo creyó que había estado justificado. El infarto de Gabriel fue un punto de inflexión para todos ellos.

Theo colaboraba a diario con la compañía aseguradora y sus investigadores, pero no habían descubierto mucho más que la policía. Incluso Athena y Steve se encontraban en un punto muerto. Mientras sopesaban la poca información que tenían y continuaban interrogando a los empleados, el *Princess Marina* se hizo a la mar. A Athena le molestó un poco, pero Vladimir no era sospechoso y no había ni una sola prueba que le relacionase con el delito.

Vladimir le propuso a Natasha realizar un viaje a Croacia y pasar unos días en Venecia a la vuelta. A ella le encantó la idea. Tenían planeado estar fuera durante el resto de junio. No tenían razones para quedarse en los alrededores de Antibes y Vladimir se sentía intranquilo si permanecían demasiado tiempo en un mismo lugar.

El crucero a Croacia fue tranquilo y relajante, pero en cuanto estuvieron allí sus viajes a tierra fueron aburridos y menos interesantes de lo que Natasha estaba acostumbrada. Además, la gente era muy poco amable. Había cierta tristeza en el ambiente y las cicatrices de la guerra seguían siendo evidentes en algunos lugares, por lo que Natasha estaba deseando llegar a Venecia.

Decidieron regresar antes de lo planeado y adentrarse en el mar más que de costumbre. Un día pasaron junto a un maltrecho carguero que los llamó y pidió auxilio. Navegaba bajo bandera turca, algo poco habitual. La tripulación del yate estaba a punto de bajar una lancha al agua para acudir en su ayuda cuando los guardias de seguridad le comunicaron a Vladimir que estaban seguros de que el carguero estaba tripulado por piratas y corrían peligro de ser abordados. Los habían estado vigilando atentamente a través de los prismáticos y habían visto que los miembros de la tripulación en la cubierta del carguero estaban armados. Natasha estaba cerca cuando los guardias advirtieron a Vladimir y los oyó hablar. Parecía asustado cuando se volvió hacia ella con expresión seria. Nunca había pasado nada así mientras ella estaba a bordo. Estaba aterrada.

—Ve abajo, a la habitación del pánico, ahora —le ordenó.

Habló con los guardaespaldas y les pidió que repartieran las armas que llevaban a bordo. Subieron la lancha de nuevo. Natasha corrió escaleras abajo y oyó disparos fuera al pasar por delante del cuarto donde los guardias de seguridad estaban repartiendo armas automáticas a la tripulación.

La puerta de la armería estaba abierta de par en par. Echó un vistazo dentro y entonces los vio: una docena de cuadros envueltos, apilados en un rincón de la habitación. No tenía tiempo de mirar con más detenimiento, pero enseguida sospechó lo que eran, sobre todo porque había doce. Estaba segura de que los cuadros de Lorenzo Luca estaban a bordo. Vladimir los había robado o había encargado que los robasen. Natasha abrió los ojos como platos al darse cuenta de lo que había visto y luego corrió a la habitación del pánico y se encerró dentro, tal y como le había dicho Vladimir. Había comida y agua, una pequeña nevera, un sistema de comunicación y un retrete y un lavabo en otro cuarto aparte. La puerta de la habitación del pánico estaba blindada y no había ojos de buey ni ventanas. Se había diseñado para mantenerlos a salvo en caso de ataque, de un intento de secuestro o de un acto de piratería, como el que sospechaban que estaba a punto tener lugar.

Se tumbó en la estrecha cama con el corazón desbocado mientras pensaba en los doce cuadros, embalados cuidadosamente, en la armería. Vladimir la llamó por el sistema de radio de la habitación un poco después y le dijo que todo estaba bien. Habían evitado el incidente, dejado atrás el carguero y navegaban a toda máquina. No les habían abordado, pero le pidió que se quedara allí un rato. No parecía preocupado y dijo que pronto iría a por ella.

No podía quitarse de la cabeza lo que sabía que había en la armería. Estaba segura de que eran las pinturas desaparecidas; de lo contrario, ¿qué hacían doce cuadros embalados escondidos en una habitación cerrada? No podía creer que Vladimir fuera capaz de algo semejante, pero lo había hecho. Y no tenía ni idea de por qué. ¿Para poseerlos? ¿Para venderlos? ¿Para castigar a Luca de algún modo? ¿Para desquitarse con Theo por pintar su retrato? No tenía sentido para ella y se preguntaba si era responsable por aceptar el retrato, si eso había enfurecido a Vladimir hasta el punto de buscar venganza. Pero no era justificación suficiente para que robara doce cuadros de enorme valor.

Le había contado que había intentado comprar uno la noche en que fue a cenar allí sin ella y que estaba cabreado porque el que él quería no estaba en venta. Pero robarles doce cuadros en venganza porque no consiguió comprar uno era demencial. Hacía que se preguntara de qué era capaz. Lo lamentaba por Theo y por su madre, pero no había nada que ella pudiera hacer. No podía decírselo a nadie o Vladimir podría ir a la cárcel. Y si se lo contaba a alguien, él sabría que le había delatado. Esa sería la traición definitiva, y era imposible saber qué le haría.

Pero tampoco quería que los Luca perdieran sus cuadros. Tenía la sensación de que su existencia estaba en peligro y no estaba dispuesta a arriesgarlo todo por doce cuadros. Pero si no lo contaba, era tan culpable del robo como él, si de verdad eran las obras de los Luca. La cabeza le daba vueltas cuando Vladimir fue a por ella dos horas más tarde. Estaba pálida y temblaba, lo cual podría haber sido su reacción al peligro que había corrido. Era su respuesta visceral a lo que había visto y a lo que eso decía de él.

—¿Qué ha pasado? —le preguntó, llena de preocupación.

—Eran piratas. Van de un lado a otro. Por suerte nuestros hombres se dieron cuenta enseguida, antes de que pudieran abordarnos. Y somos demasiado rápidos para ellos. Ya los hemos dejado muy atrás. Hemos informado a las autoridades. Mantendrán los ojos bien abiertos. No eran turcos. Más bien parecían rumanos o un grupo variopinto. Fue muy osado por su parte intentar abordarnos.

Natasha asintió, asustada por el incidente, pero más aún por lo que había visto en la armería. Su vida se estaba desmoronando, o estaba a punto de hacerlo. Y era muy consciente de que los piratas podrían haberlos matado.

—He oído disparos —dijo, todavía nerviosa.

—Solo eran de advertencia, para que apagáramos los motores. Nadie ha salido herido —le aseguró.

Vladimir parecía tranquilo, aunque había actuado con rapidez en cuanto le advirtieron de lo que estaba a punto de suceder.

—¿Hemos disparado nosotros a alguien? —preguntó Natasha en un susurro mientras le seguía arriba.

—No. —Vladimir se echó a reír—. ¿Quieres que vuelva y les dispare? —le susurró mientras la rodeaba con los brazos y la estrechaba durante un momento para tranquilizarla.

Sin embargo, estaba pensando en lo que el jefe de los guardias de seguridad acababa de decirle; que había visto a Natasha mirar en la armería al pasar corriendo y estaba seguro de que había visto los cuadros embalados en el rincón. Pensaba que Vladimir tenía que saberlo. Pero él no estaba tan seguro de que supiera lo que eran, dado el pánico del momento por el inminente abordaje de unos piratas.

Si los había visto, estaba seguro de que le preguntaría por ellos. Natasha tenía una naturaleza cándida e inocente y no había dicho una sola palabra. Confiaba en ella. Pero era inteligente y tal vez más tarde tuvieras dudas, lo mencionara o no. Ella lo había cambiado todo al mirar en la habitación y ahora representaba un importante peligro. Era imposible saber cuándo se daría cuenta de lo que había visto, si es que llegaba a hacerlo.

Navegaban más cerca de la costa y estaban en contacto con la guardia costera local, rumbo a Venecia a considerable velocidad. Mientras la veía dormir en su cama aquella noche, se dijo que jamás sospecharía nada de él, ni siquiera de quién eran los cuadros. Nunca se le ocurriría acusarle de robar obras de arte. Estaba convencido de que ella jamás se imaginaría que lo había hecho para castigar a Luca por no venderle el cuadro que quería. Era hora de que aprendiera una lección. Aún no había decidido qué hacer con los cuadros, pero le gustaba saber que ahora eran suyos. Coger lo que quería era una extraordinaria sensación de poder. Nadie podía decirle que no estaban en venta o que no podía tenerlos. No toleraba que le impusieran reglas ni que le controlaran. Pagaba de forma generosa por lo que deseaba. O lo cogía si se lo negaban.

Llegaron a Venecia dos días más tarde, después de una travesía en estado de alerta con la guardia redoblada. Todos los oficiales, guardias de seguridad o sobrecargos continuaban armados, por si acaso el carguero estaba en contacto con otro barco para que se cruzara en su camino, pero no había aparecido ninguno. Los guardias armados se mantenían a plena vista en cubierta, a modo de disuasión. No dejaron las armas hasta justo antes de llegar a Venecia, cuando las volvieron a guardar en la armería. Natasha estaba en cubierta con Vladimir, admirando Venecia cuando lo hicieron. Esa vez no estuvo cerca de la armería.

Natasha se sentía aliviada por volver a estar en un lugar civilizado. Su encontronazo con los piratas la había inquietado mucho. Para tranquilizarla, Vladimir la acompañó de compras a Venecia. Visitaron varias iglesias y las atracciones locales, cenaron en el bar Harry's, la llevó a dar un paseo en góndola y la besó bajo el Puente de los Suspiros. Después volvieron al barco y se dirigieron de nuevo a Francia.

Estuvo callada durante la travesía, tratando de decidir qué debía hacer. No tenía la más mínima duda de lo que había en la armería y de a quién pertenecía. Lo único que no sabía era cómo había llegado allí. Y no sabía a quién decírselo, o si debía hacerlo. No le preguntó nada a Vladimir. No se atrevía. Y él estaba más cariñoso que nunca con ella, lo que hacía que la decisión fuera aún más difícil.

Todavía tenía el número de Theo en un trozo de papel en su cartera, pero sabía que si le llamaba, rastrearían la llamada hasta su teléfono o hasta el que utilizara y Vladimir podría descubrirlo. No quería que le pasara nada malo, pero deseaba que Theo y su madre recuperaran sus cuadros. No se merecían eso. Lo que Vladimir había hecho estaba mal. Estaba segura de que lo había hecho él, y detestaba saberlo y la carga que ahora llevaba sobre sus hombros. No había forma de negar lo que había visto. Tenía mucho en lo que pensar. Y no se percató de que Vladimir la estaba observando.

—¿Estás bien? —le preguntó cuando llegaron de nuevo al Mediterráneo.

Natasha parecía preocupada y no estaba seguro de por qué.

—Sigo disgustada por lo que pasó —respondió, refiriéndose al incidente de los piratas; estaba preocupada—. ¿Y si hubieran subido a bordo? Nos habrían matado.

Estaba claro que le habían dado un susto de muerte. Aquello les había sucedido a otras personas con anterioridad, aunque casi siempre en países más problemáticos y en aguas peligrosas. A él también le había sobresaltado, había sido un episodio inesperado e inoportuno. Estaba molesto porque había dejado abierta la armería y Natasha había pasado en el momento menos indicado, con los cuadros escondidos allí, a plena vista. Estaban embalados, pero era obvio que ese no era su lugar. Sin embargo, ella no le había comentado nada todavía. Los piratas le preocupaban más. Se preguntó si, presa del terror, había reparado siquiera en los cuadros, pero el jefe de seguridad estaba seguro de que sí y decía que se había detenido un instante cuando los vio. Vladimir no estaba convencido. No era normal en ella mostrarse reservada con él y no había dicho ni una palabra.

—Por eso tenemos armas a bordo, por si hay incidentes como ese —respondió con tono tranquilizador.

Pero podía ver que seguía angustiada. No pareció relajarse de nuevo hasta que echaron el ancla en Antibes. Habían estado ausentes tres semanas. Ni siquiera decirle que había conseguido el Monet en la subasta la distrajo ni pareció complacerle.

Para entonces, Maylis se alternaba con Theo para trabajar en el restaurante a fin de darle un pequeño descanso. Gabriel se encontraba bien y salía a dar largos paseos cada día. Había sido una temporada tan estresante para Theo que su madre se esforzaba por darle un respiro.

Uno de los agentes avisó a Athena cuando el barco regresó. Esta se lo mencionó a Steve al día siguiente.

—No tenemos ninguna razón para ir a verle otra vez —le recordó el policía—. Ninguna de las pruebas apunta a él.

De hecho, no apuntaban a nadie todavía. Y no había ni rastro de los doce cuadros desaparecidos. Ninguno de los informantes había averiguado nada, lo cual era muy extraño. También habían investigado de manera minuciosa a todos los empleados del restaurante, y nadie del grupo de investigación, ni siquiera la aseguradora, creía que se tratara de un trabajo desde dentro. Pero no había duda de que el golpe lo habían llevado a cabo profesionales que disponían de métodos de tecnología punta.

—No me importaría hablar con su amiguita —comentó con aire pensativo—. Si él me lo permite, claro.

Tenía la sensación de que no le haría ninguna gracia, lo cual explicaría por qué había hecho que Natasha se marchara la última vez.

—No sé qué ibas a sacar de ahí. Ella no los robó. ¿Por qué iba a hacerlo? —respondió Steve, pensando que por una vez Athena se equivocaba.

—Puede que sepa algo.

Pero incluso ella sabía que se estaba agarrando a un clavo ardiendo. Vio el barco al día siguiente, cuando atravesaba Antibes en coche, y se fijó en que un helicóptero despegaba en ese momento del helipuerto. Se preguntó sin Vladimir iría en él. Valía la pena intentarlo. Si conseguía pillarla a solas tal vez conectaran. Miró a Steve y se animó.

—Consigue un barco. Nos vamos de visita.

—¿Ahora?

Estaba cansado, habían tenido un día largo y estaban disparando balas de fogueo.

—¡Sí, ahora!

Media hora después estaban en una lancha de la policía, otra vez en el muelle de embarque en la popa del *Princess Marina* mientras Athena dedicaba su mejor sonrisa a la tripulación y preguntaba de nuevo por Vladimir. Quería oír qué iban a decirles. Uno de los sobrecargos le informó de que acababa de marcharse. La agente pareció decepcionada y luego preguntó si estaba Natasha. Theo le había dicho su nombre. Le respondieron que no estaban seguros y fueron a preguntar. Al cabo de un momento, Steve y Athena fueron invitados a subir.

Natasha parecía nerviosa cuando los vio; no sabía qué le parecería a Vladimir el hecho de que hablara con ellos. Pero tampoco podía negarse a recibir a la policía, o eso creía ella. Le asustaba su visita y lo que pudiera significar. ¿Y si sabían algo y la acusaban de ser cómplice, ya que los cuadros estaban en el barco, con ella? ¿Y si la detenían e iba a la cárcel? La idea resultaba aterradora. Aún no había decidido qué hacer con respecto a lo que había visto en la armería, a quién contárselo o si le debía a Vladimir guardar silencio. Tampoco sabía qué consecuencias podría entrañar para ella si lo hacía. No se atrevía a llamar a Theo, pero podía imaginar lo disgustado que estaba con la desaparición de los doce cuadros de su padre.

Athena empezó la conversación con tacto mientras se sentaba con Natasha en la cubierta superior. Le preguntó por el retrato que Theo había pintado de ella y si le gustaba.

—Es muy bonito —respondió con una sonrisa—. Es un artista muy bueno. —Athena asintió, mostrando su acuerdo; esperaba que se relajara. Se daba cuenta de lo nerviosa que estaba la joven y no sabía bien por qué. Quizá no le estuviera permitido hablar con nadie sin la presencia de Vladimir. Él parecía mantenerla recluida. Le preguntó si conocía bien a Theo—. En absoluto —se apresuró a responder—. Solo le he visto unas pocas veces; en el restaurante la primera vez que fuimos; cuando entregó un cuadro aquí y cuando me trajo el retrato. Y una vez me lo encontré en una feria de arte en Londres. No sabía que era el hijo de Lorenzo Luca hasta que vi el retrato y su biografía en una exposición de arte en la que estuve en París.

No mencionó su única comida en París; no quería que Vladimir lo descubriera.

—Entonces ¿no son ustedes amigos?

Natasha meneó la cabeza y luego pareció preocupada.

—¿Ha dicho él que lo somos?

Parecía sorprendida.

—No, no lo ha dicho —repuso Athena con sinceridad. No quería mentirle y espantarla por completo. No sabía por qué, pero tenía la sensación de que Natasha sabía algo, aunque no imaginaba qué. Habría dado la paga de una semana por poder leerle el pensamiento—. Pero parece un buen tío. Está muy afectado por el robo de los cuadros de su padre, como podrá imaginar. Es muy traumático perder doce cuadros a la vez. —Sobre todo cuando están valorados en cien millones de dólares.

—Debe de ser terrible —comentó Natasha en voz queda, con expresión disgustada y compasiva. Y luego miró a Athena—. ¿Cree que los encontrarán?

Esperaba que sí, solo que no quería que Vladimir fuera a la cárcel por ello. Se debatía entre ambas cosas.

—No lo sé —contestó la policía en el mismo tono—. Los robos de obras de arte son raros. A veces la gente se las queda y las esconde solo para saber que son suyas. O se asustan y las destruyen, o desaparecen en otros países. Depende de por qué las hayan robado. Un amante del arte frustrado, que no podía comprarlas, o por venganza. O para venderlas. No sabemos por qué los robaron, cosa que hace que sea más difícil encontrarlos. —Había pasado un mes desde que se los llevaron y no tenían pistas. Natasha asintió con aire pensativo mientras escuchaba—. ¿Tiene usted alguna idea al respecto? —preguntó como si nada.

Natasha meneó la cabeza con cara de tristeza, como si no quisiera hablar de ello.

—No, ninguna. —Ojalá Athena dejara de mirarla como si supiera algo. Tenía unos ojos que la atravesaban hasta llegarle al cerebro y le desgarraba la conciencia. Seguía pensando en lo que había visto y deseaba no haberlo hecho; sabía que lo que Vladimir había hecho estaba mal, pero no quería traicionarle. Él siempre había sido bueno con ella. Sin embargo, había robado cien millones de dólares en obras de arte, y si lo descubrían, tal vez la culparan también porque pensaran que lo sabía. ¿Por qué estaban hablando con ella? Quizá sospecharan algo—. Estuvieron a punto de abordarnos unos piratas cerca de Croacia —dijo para cambiar de tema. Athena la miró sorprendida.

—Qué espanto. Debió de ser aterrador.

—Lo fue. Pero escapamos y nadie resultó herido.

Sin embargo, parecía preocupada mientras lo decía. Estaba pensando de nuevo en la armería. Athena sabía que había algo más, aparte de los piratas, que la alteraba.

—Podría haber sido muy peligroso si les hubieran abordado —apostilló, comprensiva.

Seguía sorprendida por lo joven que parecía Natasha. Tenía la sensación de que no hablaba a menudo con desconocidos y llevaba una vida de absoluta reclusión.

—Lo sé —convino casi en un susurro, acordándose de los piratas y de los cuadros. Entonces le sobrevino una oleada de compasión hacia Theo y supo que tenía que decírselo a esa mujer. Aquello estaba muy mal y no quería formar parte de ello. Quería que Theo recuperara los cuadros de su padre. Y Vladimir no había robado uno, sino doce—. La tripulación sacó las armas. Las tenemos guardadas bajo llave en la armería, para casos de emergencia.

Fijó la mirada en Athena mientras hablaba.

A continuación se levantó, como si tuviera que ir a alguna parte, y Athena comprendió que la visita se había acabado. De nuevo tenían las manos vacías. El presentimiento de que esa chica no iba a contarle lo que sabía —y estaba convencida de que había algo— la desanimó. Natasha la acompañó abajo y a medio camino entre un piso y otro, se volvió hacia Athena y le habló entre susurros.

—Creo que están en la armería. Los vi.

Después continuó bajando las escaleras, impertérrita, como si no hubiera dicho nada. Athena se quedó en shock durante un instante, pero no reaccionó y se mostró despreocupada y relajada mientras continuaban bajando hasta el muelle de embarque y le daba las gracias por dejarlos subir a bordo. Sabía que Natasha acababa de ponerse en peligro al darle esa información y no quería aumentar el riesgo que acaba de correr. Era muy valiente por su parte. Así que se estrecharon la mano de manera formal y Athena aparentó desinterés cuando Steve y ella se montaron en la lancha policial. Su compañero se había quedado abajo para charlar con la tripulación y cotillear. Athena había preferido estar a solas con ella, por si acaso era tímida, y conectaron mejor sin la presencia de un hombre. Todavía estaba sorprendida por la aparente inocencia de Natasha e impresionada por lo que le había contado, pero no dejó que se le notara.

Habían cubierto la mitad de la distancia hasta la costa cuando Steve le hizo la pregunta cuya respuesta ya conocía. Podía verlo por la expresión en el rostro de Athena.

—Con las manos vacías otra vez, ¿no?

Ella esperó hasta que bajaron de la lancha motora para responderle en voz baja.

—Están en el barco. Ahora solo necesitamos conseguir una orden. No voy a decirles quién me lo ha soplado. Solo que lo sé. No quiero ponerla en peligro. Stanislas podría hacerle daño, o algo peor.

Estaba muy preocupada por Natasha y era sensible a la posición en que esta se encontraba. Si Vladimir se enteraba de que le había traicionado, a saber qué le haría. Athena se sentía obligada por su honor a protegerla, algo que de algún modo Natasha había percibido y la había animado a hablar.

Steve pareció sorprendido.

—¡Un momento! ¿Te ha dicho que están en el barco? —preguntó, y Athena asintió en respuesta—. Tienes que decirles cómo te has enterado. No van a darte una orden contra un tipo como él por una corazonada. Nunca antes ha estado en ningún lío. Tendrás que revelar tu fuente —afirmó Steve con expresión decidida, estupefacto por que Athena tuviera una pista y la hubiera conseguido de Natasha.

—Lo que pasa es que nunca le han pillado. Seguro que nos moriríamos del susto si supiéramos lo que ha hecho en su propio país. Si revelo mi fuente, él la matará. No pienso arriesgarme. Me da igual cuánto valgan los puñeteros cuadros. No cambiaré su vida por ellos, por muy caro que resulte. Sabe Dios de lo que es capaz. La encadenará a una pared el resto de su vida o la arrojará por la borda. No se lo tomará nada bien si lo descubre —replicó muy seria.

Steve sabía que tenía razón acerca de Natasha y de lo que Stanislas podría hacerle.

—Estará en la cárcel —adujo Steve con calma. Eso si lo que su pareja decía era cierto y encontraban las pinturas en el barco—. Eso la protegería.

—Tal vez no. O puede que haga que otro la mate. O lo hacemos a mi manera o de ninguna, y eso va también por ti. ¡Ella es mi fuente! Si pones en peligro su vida, te mataré.

Parecía que Athena hablaba muy en serio.

—Vale, vale. Relájate. Pero nadie te va a dar una orden con semejante argumento. Y se irá de rositas si no consigues una orden.

—Ya verás como la consigo —dijo con expresión resuelta.

Esa misma tarde fue directa a ver al inspector jefe, quien le dijo que era imposible que consiguiera una orden con una información tan dudosa de un informador al que no iba a identificar. No la creía, y dado que se había negado a revelar su fuente, se temía que tan solo estuviera haciendo conjeturas.

—Vas a tener que conseguirme más que eso —dijo.

—No puedo. Esto es lo mejor que tengo. Pero puedo jurarte que es fiable. ¿Vas a dejar que se vaya de rositas porque todo el mundo es demasiado cobarde como para concederme una orden?

—Así son las cosas —repuso con obstinación—. Consígueme más. Ningún juez accederá con lo que tienes.

Athena discutió con él durante tres días sin conseguir nada. Para entonces, Vladimir había vuelto de Londres y el sobrecargo jefe le había contado la visita de Athena. Con esa información en la cabeza se sentó a cenar con Natasha la noche que regresó. Primero le contó que había visto su nuevo Monet en Londres y que era espectacular.

—¿Qué quería saber? —la interrogó después, refiriéndose a la visita de Athena.

Observó a Natasha con atención mientras se lo preguntaba.

—Cosas del retrato, del cuadro que compraste y si conocíamos a los Luca, y le dije que no, que solo los habíamos visto en el restaurante. Le conté lo de los piratas en Croacia y dijo que podría haber sido peligroso para nosotros. Y me dijo que aún no tenían pistas sobre el robo. Que a veces ese tipo de pinturas desaparecían sin más.

Vladimir asintió y pareció satisfecho con su respuesta. Natasha aparentaba ser tan inocente como siempre y estar mucho más preocupada por los piratas que por las obras de arte.

—¿Preguntó algo más?

—En realidad no. Parece lista. Puede que encuentre los cuadros y al que se los llevó.

—Sí que es lista —confirmó. No le gustaba que hubiera visitado a Natasha en su ausencia—. No tienes por qué verla de nuevo si se presenta otra vez.

Ella asintió de forma obediente.

—Pidió verte a ti. Solo preguntó por mí porque tú no estabas. Y pensé que tenía que hacerlo porque es policía.

Parecía una niña mientras hablaba.

—No estás obligada —le informó—. Nosotros no sabemos nada. Ella ya ha estado aquí dos veces. Es suficiente. No tenemos nada que decirle. Solo está intentando pescar algo y quiere alardear de que ha estado en el barco. Ya sabes como es la gente.

Natasha asintió de nuevo y jugueteó con su comida. No tenía hambre. Habían pasado tres días desde la visita de Athena y no había ocurrido nada. Se preguntó qué tramaban. Era un manojo de nervios desde entonces. Esa noche dijo que tenía jaqueca y se fue a acostar, pero no pudo dormir. Vladimir estaba trabajando en su despacho y ella oyó que una de las lanchas se alejaba pasada la medianoche, lo cual era extraño. Se preguntó quién bajaba a tierra; sin duda sería algún miembro de la tripulación, aunque también era tarde para ellos, o tal vez estuvieran recogiendo a alguno. Pero no oyó regresar la embarcación y estaba dormida cuando Vladimir se acostó. No la despertó para hacerle el amor. Tan solo la besó y ella sonrió mientras dormía.

12

Theo estaba dormido cuando la policía lo llamó a las siete de la mañana. A esas alturas ya estaba acostumbrado a madrugar. Siempre surgía algún problema, alguna crisis, alguna pregunta. No había disfrutado de una noche de sueño decente desde hacía un mes y tampoco había puesto el pie en su estudio. Ahora dirigía un restaurante, no pintaba.

En esta ocasión, el que llamaba era el inspector jefe, que le pidió que fuera al restaurante de inmediato, sin añadir nada más. A Theo le aterraba que hubiera habido otro robo y hubieran perdido más cuadros. Condujo hasta Da Lorenzo tan rápido como le permitía el Citroën dos caballos.

El inspector jefe le esperaba fuera y fue directo al grano. Le dijo que la noche anterior habían disparado a los dos guardias de seguridad con pistolas cargadas con dardos tranquilizantes y paralizantes y habían pasado varias horas inconscientes, pero estaban ilesos. Llamaron a la policía cuando despertaron y los estaban atendiendo los paramédicos en una ambulancia aparcada fuera. Theo se preparó para lo que iba a oír a continuación: que el resto de los cuadros habían desaparecido. Siguió al inspector jefe adentro y se quedó mirando las paredes con incredulidad. Los cuadros robados estaban de nuevo en sus huecos correspondientes, atornillados a la pared. Todo estaba impecable. Cuando los examinó, comprobó que ninguno había sufrido daños. Parecía que jamás hubieran salido de allí.

—¿Son falsificaciones o los auténticos? —le preguntó el inspector.

Theo los examinó con atención. Ni siquiera había pensado en eso. Podrían haberlos robado para reemplazarlos por falsificaciones, pero no lo eran. Estaba seguro.

—Son los de mi padre —dijo en voz queda—. ¿Qué significa esto?

—Técnicamente, convierte en una travesura todo el robo de las piezas de arte. Por lo que respecta a la policía, se acabó. Jamás sabremos qué pasó en realidad y por qué. Nadie suelta prenda. Uno de nuestros inspectores tenía un soplo de que Stanislas los guardaba a bordo, pero no podíamos conseguir una orden de registro basada en eso y tampoco podíamos demostrarlo. Creo que era un soplo falso. Quienquiera que se los llevara ha tenido que darse cuenta de que eran mercancía demasiado caliente y se ha asustado, por lo que los ha devuelto. Me parece que tiene usted suerte, señor Luca —añadió con seriedad.

—A mí también me lo parece —convino con una amplia sonrisa.

Estrechó la mano del inspector y les dio las gracias por su duro trabajo. Un batallón de personas había estado volcado en el caso. Aquello le parecía un milagro, y sabía que a su madre también se lo parecería.

La llamó para contarle la buena noticia. Una hora después, Athena también recibió una llamada.

—No necesitas una orden —le dijo el inspector.

—Y una mierda. Están en el barco.

—Ya no, si es que alguna vez han estado allí. Los doce están en su lugar correspondiente, en el restaurante. Anoche alguien disparó a los dos guardias con pistolas paralizantes y los drogó. Luego lo devolvieron todo. El mismo *modus ope-*

randi; desconectaron la alarma y las cámaras. Pero bien está lo que bien acaba. Hemos terminado. Buen trabajo.

No sabría decir si el inspector lo decía en serio o si se estaba riendo de ella. Athena estaba en shock. ¿Qué narices significaba aquello? Se preguntó si Stanislas sospechaba que Natasha había hablado o había decidido que no merecía la pena ir a la cárcel si le pillaban. Esperaba que la joven no hubiera dicho nada, que no hubiera confesado y se hubiera puesto en peligro. Pero Athena no tenía forma de ponerse en contacto con ella de manera segura y no era tan tonta como para intentarlo.

Esa tarde salió en todas las noticias, y Natasha también lo vio en la televisión del barco. Era muy extraño. Se preguntó si fue la lancha que oyó marcharse la noche anterior. O si alguien había advertido a Vladimir. Pero al menos los Luca tenían de nuevo sus cuadros. Se alegraba por ellos y se preguntaba por qué los había devuelto. No tenía ni idea de qué era lo que le había hecho cambiar de opinión. ¿O acaso su intención había sido siempre la de devolverlos?

Vladimir le hizo el amor esa tarde y luego le anunció que iban a salir a cenar a las ocho en punto. No le dijo adónde, alegando que era una sorpresa. Natasha se puso un vestido nuevo que él le había comprado en Dior en enero y que aún no había estrenado, ya que lo había recibido hacía solo unas semanas. Estaba exquisita cuando subió a la lancha. Vladimir le sonrió y le dijo que jamás había estado tan hermosa y que le encantaba el vestido.

Él desembarcó primero y se quedó mirándola mientras la ayudaban a bajar de la lancha y se ponía de nuevo los zapatos en el muelle. El Rolls los estaba esperando, y mientras se aproximaban a él, Vladimir se detuvo y la miró con una expresión que ella no había visto hasta entonces. Sus ojos eran como el hielo, pero su rostro era una máscara de pesar.

—Se acabó, Natasha. Sé que los viste. No sé si se lo contaste a esa mujer, pero no puedo arriesgarme. No pienso ir a la cárcel ni por ti ni por nadie. Él debería haberme vendido el cuadro; habría sido más sencillo para todos. Pero ya no puedo confiar en ti. Tengo el presentimiento de que has dicho algo, pero es solo una conjetura. Nunca lo sabré con seguridad. Te doy un mes en el apartamento de París. Te enviaré allí la ropa del barco. —Ella le miraba con incredulidad. Después de ocho años, se había acabado, así, sin más, sin mirar atrás—. Puedes quedarte con toda la ropa y las joyas. Te darán una buena cantidad por ellas si las vendes. Y puedes quedarte lo que tengas en tu cuenta bancaria. A finales de julio tienes que estar fuera del apartamento. Voy a venderlo. Eres una chica preciosa, Natasha. Te irá bien. —Y después añadió con suavidad—: Voy a echarte de menos. El avión te espera en el aeropuerto.

Vladimir regresó a la lancha con la cabeza gacha mientras ella le veía partir. Tenía ganas de correr tras él, de detenerle y decirle que le quería, pero no sabía si eso seguía siendo cierto. Le era imposible respetarle después de lo que había hecho.

Él la había salvado y ahora la abandonaba para que sobreviviera por su cuenta. Sin ni siquiera estar seguro de si le había traicionado, estaba cortando todos los lazos con ella para protegerse. No iba a correr riesgos. Ella no merecía que él hiciera tal cosa. Vio la lancha alejarse del muelle y regresar al barco con él. No volvió la cabeza para mirarla ni una sola vez. Y Natasha no articuló sonido alguno. Se montó en el Rolls con lágrimas en las mejillas y miró por la ventanilla mientras se dirigían al aeropuerto. Estaba sola en el mundo, sin nadie que la protegiera ni cuidara de ella por primera vez en años y, por aterrador que fuera, sabía que él tenía razón. Le iría bien.

Vladimir estaba en cubierta, pensando en ella, pero no sintió ningún remordimiento. No podía arriesgarse a perder lo que había construido por una mujer ni por nadie. Todavía se preguntaba si ella tenía algún tipo de vínculo con Theo Luca o si le había traicionado, delatándole a la policía. Ahora jamás lo sabría. El problema estaba solucionado. Le había dado una lección a Luca. Echaría de menos a Natasha. Pero no por mucho tiempo.

Cuando fue a su camarote después de cenar ya habían recogido todas las pertenencias de Natasha. No quedaba ni rastro de ella.

13

Mientras el avión de Vladimir la llevaba a París, Natasha se preguntó si la tripulación a bordo sabía que la estaban sirviendo por última vez. ¿Se lo había comunicado Vladimir? ¿Les habían puesto sobre aviso? ¿Sabían por qué se iba? Llevaba puesto un vestido de noche cuando él la despachó y parecía que iba a una fiesta cuando aterrizaron en el aeropuerto Le Bourget de París. Les dio las gracias, aunque no había articulado palabra durante el vuelo; se había limitado a mirar por la ventanilla, preguntándose qué iba a pasar ahora, cómo se las iba a arreglar, adónde iba a ir.

No sabía cuánto dinero había en su cuenta bancaria ni cuánto le duraría. Tenía que comprobarlo todo y conseguir un empleo. No había trabajado desde la fábrica, y tenía claro que no iba a regresar a Rusia. Quizá pudiera encontrar algo en una galería de París.

Se le cayó el alma a los pies al entrar en el apartamento de la avenida Montaigne. Había sido un placer para ella arreglarlo para ambos hacía nueve meses. Había elegido cada objeto y cada tejido con esmero a fin de conseguir que los dos lo sintieran como un hogar, y lo había conseguido. Pero ya no lo era. Lo único en lo que ahora podía permitirse pensar era en qué se llevaba y qué dejaba. Vladimir había sido muy claro. Solo la ropa y las joyas le pertenecían, pero ninguna de las obras de arte. Salvo el retrato de Theo Luca, que este le había regalado. Vladimir jamás le había regalado obras de arte, ya que las consideraba una inversión. Y no se le ocurriría quitarle nada que él no quisiera que se llevase. Sabía que tenía suerte con lo que le había dejado.

Esa noche no se acostó. Estuvo dando vueltas mientras intentaba asimilar lo que había ocurrido. Vladimir había dicho que ya no podía confiar en ella después de que le hubiera traicionado, si es que lo había hecho, ya que no lo sabía a ciencia cierta. Pero ella tampoco habría podido volver a confiar en él una vez que había descubierto que era un ladrón y había robado cien millones de dólares en obras de arte. Se preguntaba qué había planeado hacer con ellas antes de que cambiara de opinión y las devolviera. Jamás lo sabría. Lo único que sabía sin ningún género de dudas era que había encargado que robasen los cuadros y los había escondido en el barco. Era estremecedor y toda una revelación sobre quién era, de un modo que hasta entonces no había comprendido.

Pasó la noche abriendo los aparadores y armarios del apartamento y se dio cuenta de lo acertado de la sugerencia de Vladimir de que vendiera lo que tenía. No tenía sentido conservar todas esas fabulosas prendas, pieles y vestidos de noche y los bolsos Birkin de piel de cocodrilo con cierre de diamantes. No tenía donde utilizarlos y no se imaginaba llevando de nuevo esa clase de vida. Era la única que había conocido durante ocho años, pero ahora quería una vida sencilla, en la que no dependiera de nadie, salvo de sí misma. El dinero podría venirle bien para mantenerse cuando se le acabara lo que tenía ahorrado. Tenía que llamar al banco para comprobar eso por la mañana.

Todavía estaba levantada cuando llegó la asistenta a las ocho. Le pidió que le consiguiera cajas en cuanto abrieran las tiendas. La mujer no hizo preguntas, por lo que Natasha supo que alguien la había avisado de que iba a mudarse. Ludmilla guardó silencio mientras preparaba una taza de té y la dejaba en el dormitorio, donde Natasha seguía revisando cajones. Luego le pidió que colocara percheros en el largo pasillo de su vestidor para dividir las cosas entre las que quería conservar y las que pensaba vender. Sabía que habría muchas más pertenecientes a la última categoría. Era como si la hubieran deportado de la vida que había conocido y se hubiera convertido en una refugiada de la noche a la mañana. Ludmilla no dijo nada cuando Natasha empezó a sacar ropa de los armarios y a colgarla en los percheros. Intentó pensar un modo organizado de hacerlo, pero cada pocos minutos tenía que parar para recobrar el aliento o sentarse. Se esforzaba por no dejarse llevar por el pánico y no recordar el rostro de Vladimir y sus palabras cuando la desterró en el muelle de Antibes.

La vida de lujo se había terminado para siempre, y todavía no sabía si la echaría de menos o no. A cambio, estaba a punto de tener la libertad que de vez en cuando había anhelado para hacer lo que le apeteciera, a la que había renunciado cuando aceptó ser su amante. Podría conocer a personas como cualquier otra mujer cuya vida no se regía por la agenda y las órdenes de Vladimir. En muchos aspectos, pensaba que había sido una vida buena, una vida segura. O tal vez estaba equivocada. Ahora se lo preguntaba. Pensó en las dos mujeres a las que habían asesinado un año antes mientras ellos estaban en Sardinia, mujeres como ella, cuyo único delito había sido el de vivir sometidas a los hombres que las mantenían y pagaban sus facturas. El mero hecho de ser la mujer de Vladimir conllevaba riesgos. Ahora lo veía, aunque no podía permitirse el lujo de obsesionarse con eso mientras ponía orden en su vida, o lo intentaba.

Colgó los vestidos en un perchero y los separó por diseñador. Eran todos de alta costura y no tardó en darse cuenta de que había demasiados para un solo perchero. Llenó seis percheros con ellos, todo con sus etiquetas numeradas para identificarlos como piezas de alta costura. También tenía los diseños de presentación que los acompañaban y había conservado de recuerdo las fotografías de los desfiles de moda en que se exhibieron, en los cuerpos de modelos famosas, antes de que los confeccionaran a mano para ella.

A mediodía había revisado tan solo los vestidos de noche, pero se tomó un descanso para echarse en su cama unos minutos antes de enfrentarse con lo que había en los cajones de su dormitorio, casi todos llenos de papeles, bisutería y algunos camisones, todos de satén y muy sexis, como le gustaban a Vladimir. Al contemplarlos los vio por primera vez como lo que eran, los atuendos de un objeto sexual, con los que se vestía para excitar y tentar al hombre que le pagaba las facturas. En definitiva, no había sido diferente de su madre, solo había tenido más suerte y había vestido mejor.

Ahora quería que eso cambiara. Ya no iba a intercambiar sexo por protección y una vida de lujo. Ahora entendía por qué Theo Luca le había hecho aquellas preguntas y se dio cuenta de lo que pensaría de ella. Aunque eso no había impedido que deseara pintarla y hablar con ella. Le había caído bien cuando se conocieron y le habría gustado que hubieran sido amigos. Pensó en llamarle al restaurante para decirle cuánto se alegraba de que hubieran recuperado los cuadros, pero no le pareció correcto. En realidad, ella no había tenido nada que ver. Había informado a la policía, pero Vladimir los había devuelto sin que le pillaran. Lo había hecho de manera brillante, sin contratiempos. En venganza por el cuadro que no podía comprar o por el retrato de Natasha. Había dejado clara su postura; podía hacer todo lo que le viniera en gana.

Luego se puso de nuevo a clasificar y sacó los monos y los trajes de invierno, los trajes de pantalón, los vestidos y la ropa que se ponía para salir a cenar en Londres o en París. Había un arco iris de colores en los percheros, en un sinfín de tejidos, cada modelo exquisito y confeccionado de forma espléndida. Le llevó el día entero colocar toda la ropa en los percheros, pero se acordó de llamar al banco a última hora de la tarde. Necesitaba saber cuánto tenía en la cuenta. Le pareció una gran suma de dinero, y aunque luego se dio cuenta de que no habría tenido suficiente para pagar ni uno solo de sus vestidos de noche, calculó que podría vivir de ello una temporada si era cuidadosa. Nunca había pagado un alquiler en París ni en ninguna parte, y tampoco un hotel. Él se había ocupado de todo con su personal, de modo que solo podía imaginar cuánto le costaría alquilar un apartamento pequeño, tal vez en algún lugar de la orilla izquierda, en una calle tranquila. Esperaba que lo que tenía en su cuenta bancaria le durara varios meses, y en cuanto vendiera la ropa y las joyas, tendría más, seguramente mucho más. Pero tenía que ponerse las pilas para vender las cosas. Continuó clasificando y colgando ropa hasta tarde aquella noche, hasta que por fin se derrumbó en la cama, vestida con vaqueros y camiseta, y se quedó dormida.

Cuando despertó por la mañana, llamó a la agente inmobiliaria que más simpática le había resultado y le dijo que tenía una prima que iba a llegar desde Rusia y que necesitaba un apartamento pequeño y económico en un barrio seguro, preferiblemente en el distrito VI o VII, donde había numerosas galerías de arte, o en un barrio menos caro si era necesario. Preguntó a quién podía llamar para alquilar algo así y la mujer se ofreció a ayudarla; habían sido buenos clientes y Vladimir había pagado un precio astronómico por el apartamento. Natasha esperaba que no perdiera dinero por él ahora, al demostrar mayor consideración de la que la mayoría de las mujeres habría tenido en su situación, después de que la echaran de la noche a la mañana.

La agente le dijo cuánto lamentaba saber que iban a venderlo y que había oído que había hecho un buen trabajo con

la decoración. Así que Natasha supo que ya la habían llamado para ponerlo en el mercado. Vladimir había pensado en
todo y no perdía el tiempo. Le comentó que empezarían a
enseñarlo en cuanto ella se mudara. Vladimir iba a venderlo
amueblado. Él tampoco quería ningún recuerdo de su antigua vida, lo que hizo que se sintiera dolida por un instante, y
se obligó a no pensar en ello. No se lo podía permitir, sabía
que, de lo contrario, se desmoronaría. No podía permitirse
ponerse sentimental ni tener miedo. Solo podía seguir adelante, hasta que hubiera terminado y encontrado un refugio
seguro en alguna parte.

Le indicó a Ludmilla que apilara en el salón las cajas que
había conseguido. No le pidió que la ayudara en nada más y
ella no se ofreció. No salía de la cocina; también estaba a punto de quedarse sin trabajo. El despacho de Vladimir le había
notificado que podía quedarse hasta que se vendiera el apartamento y que le daría el sueldo de un mes cuando se marchara. Era lo adecuado, aunque no demasiado generoso. Por encima de todo, Vladimir era un hombre de negocios.

La agente inmobiliaria prometió llamar en cuanto hubiera
investigado algunos inmuebles en alquiler. La farsa de que
buscaba apartamento para una supuesta prima era ya innecesaria; la mujer sabía demasiado. Natasha le recordó que los
posibles apartamentos debían ser pequeños y no muy caros,
ya que no necesitaba mucho y disponía de un presupuesto
modesto. La agente le aseguró que lo entendía, sin duda mejor de lo que a Natasha le hubiese gustado, lo cual resultaba
embarazoso.

Se dio cuenta de que tenía por delante infinidad de humi-
llaciones: vender sus pertenencias, mudarse, buscar trabajo
sin experiencia laboral... Se preguntó si alguien la contrataría
siquiera. Quizá tuviera que ofrecerse como limpiadora en un
hotel, pensaba para sus adentros en los malos momentos, pero
si era así, lo haría. O aceptaría trabajar de asistenta en una casa

particular cuando el dinero se le acabara y necesitara un lugar en el que vivir. Se daba cuenta que ahora todo era posible, pero haría lo que fuera necesario. Ni por un segundo se le pasó por la cabeza intentar conocer a otro hombre como Vladimir o que alguno aparecería para salvarla y pagaría por su belleza, su cuerpo y su compañía. Eso era lo último que quería, y estaba dispuesta a morirse de hambre antes de llegar a eso. Ahora iba camino de la libertad y nada haría que diera media vuelta. Con todas las puertas cerradas a su espalda, otras se abrirían. Lo único que pasaba era que todavía no las veía, aunque esperaba que estuvieran ahí.

Tardó cuatro días en vaciar sus armarios de forma ordenada y en decidir qué iba a conservar y qué iba a vender. Optó por quedarse con los dos vestidos de noche más sencillos y luego subió a cuatro, por si acaso volvían a invitarla formalmente a algún sitio. Tres eran negros y muy sencillos, pero bien confeccionados, y el cuarto era rojo y le había encantado cuando lo compró. Era uno de los pocos que había elegido ella. Había docenas de vestidos y sintió remordimientos al ver cuántos tenía, pero todos los había encargado Vladimir. Ahora se daba cuenta de que había sido un accesorio para él y no una persona por derecho propio ante sus ojos.

También se quedó con algunos trajes de lana y unas cuantas faldas y pantalones, todos los jerséis y las blusas, aunque fueran de alta costura, ya que podría necesitarlas para trabajar en una galería. Se quedó con media docena de sus abrigos de lana y algunos de los ligeros; tenía tres percheros de pieles que vender. Eran magníficos y le surgieron dudas otra vez, así que se quedó con una chaqueta de zorro negro, dos de estilo informal y recuperó el abrigo de marta cibelina que le había comprado en Dior el invierno anterior. Era tan bonito que no quiso renunciar a él.

También hizo una criba con sus zapatos y se quedó solo con los pensaba que iba a ponerse, ninguno de los elegantes que había lucido en fiestas, en el barco o en casa. Guardó los que iba a necesitar para trabajar, algunos sobrios y elegantes y sus botas. Todos los sombreros de piel eran para vender, menos el que hacía juego con el abrigo de marta. También pensaba deshacerse de los bolsos Birkin, casi todos de piel de cocodrilo, y todos con el cierre de diamantes, algo que a ella jamás le había gustado pero en lo que Vladimir insistía, como parte del papel en que la había encasillado. Había pagado casi doscientos mil dólares por cada uno de los bolsos Hermès y su precio había subido desde entonces; se preguntó cuánto podía conseguir por ellos en una reventa o en una subasta. Ella tenía una docena, y siempre había oído que los clientes desesperados de Hermès pagaban precios elevados por ellos en el mercado de reventa, a fin de no tener que esperar tres años para conseguir uno nuevo en el color que deseaban, ya que la casa se tomaba su tiempo en entregarlos. Eso jugaba ahora a su favor.

En cuanto a las joyas, todas estaban bien guardadas en los estuches originales. Vladimir se inclinaba más por piezas de diseño de gran elegancia que por las gemas grandes, pero no le cabía ninguna duda de que había un mercado para ellas. Solo que aún no sabía dónde. Desmontar una vida por completo era algo nuevo para ella, pero procedía de manera organizada y metódica.

La agente inmobiliaria la llamó al cabo de unos días para ofrecerle tres pisos. Dijo que eran muy pequeños y no demasiado caros y le preguntó si ella tendría muebles, ya que los apartamentos estaban vacíos. Natasha no había tenido eso en cuenta, pero la agente le sugirió que se pasara por IKEA, donde tenían de todo para el hogar y era muy barato. Hasta podía comprar por internet, algo que para ella también sería una experiencia nueva. Iba a vivir una vida de verdad, no la de la amante de un hombre rico.

Al menos, seguía muy lejos de las pensiones y las fábricas

de Moscú. La habían expulsado de su vida de lujo, pero no iba a hundirse. Y en cuanto vendiera sus cosas, tendría suficiente para vivir una larga temporada. No contaba ya con la protección de Vladimir, pero tenía la suya propia. Su vida de lujo había sido un préstamo y lo estaba devolviendo a cambio de su libertad e independencia, que ahora eran mucho más valiosas para ella. La tristeza por el cambio de sus circunstancias era estremecedora, pero se sentía bien.

La agente le describió los tres apartamentos y le confesó que no había visto ninguno. Sugirió que fueran esa tarde, ya que tenía las llaves de dos de ellos y podía conseguir las del tercero si Natasha estaba libre. Hacía ya cinco días que permanecía en el apartamento, trabajando sin descanso, y pensó que sería estupendo salir. Y necesitaba empezar a investigar dónde vender su ropa. No tenía ni idea de adónde llevar las joyas, salvo tal vez subastarlas en Sotheby's o en Christie's, aunque suponía que tal vez quisiera disponer del dinero pronto y que ellos quizá no tuvieran hueco en una subasta hasta dentro de muchos meses. Accedió a ver los apartamentos esa tarde y se preparó para lo que iba a encontrarse. Los precios le parecían razonables y la agente le advirtió que eran muy pequeños, nada parecido a lo que estaba acostumbrada. Natasha le aseguró que no le importaba.

Cogió un taxi hasta la primera dirección en la calle du Cherche-Midi y se encontró con la intermediaria afuera. Natasha iba vestida con unos sencillos vaqueros, pero se había puesto tacones y una blusa decente y llevaba uno de los Birkin que había decidido quedarse, un *So Black* con los apliques en negro que había sacado del montón de «vender» antes de guardarlos en cajas. También había rescatado un bolso negro de piel Kelly. Si necesitaba más dinero, más adelante podría vender todo lo que se había quedado.

El apartamento era un tercero sin ascensor, que daba a un patio trasero, mal iluminado y muy deprimente. Ambas sabían que era demasiado espantoso, incluso aunque tuviera un precio decente. El dormitorio era apenas lo bastante grande para una cama, el salón también era diminuto y la cocina y el cuarto de baño eran lúgubres.

—Creo que no —dijo Natasha de manera educada; la agente estuvo de acuerdo.

Fueron andando hasta el siguiente, en la calle Saint Dominique. Había varios restaurantes a uno y otro lado de la calle, por lo que ambas pensaron que sería ruidoso, y además era más caro que los otros. Era bastante bonito, aunque el ascensor estaba en malas condiciones y tenía el tamaño de una cabina telefónica. Estaba en la planta quinta y era más luminoso que el anterior, pero Natasha dijo que preferiría algo más económico. Así que fueron al último, en la calle Du Bac, con una galería y un pequeño restaurante al doblar la esquina. También había una farmacia y un supermercado cerca, lo cual resultaba muy práctico. Era el más barato de las tres opciones, por lo que ninguna de las dos esperaba demasiado, y a Natasha le sorprendió su pequeñez, pero era un segundo sin ascensor en un bonito y pequeño edificio que parecía bien conservado y limpio.

—La dueña del apartamento lo es también del edificio. Su hija vivía en el apartamento, pero está casada y acaba de tener un bebé, así que se han mudado a un piso más grande en la planta de arriba. Y me parece que la dueña también vive en el edificio.

Natasha no podía imaginar cómo una pareja había podido vivir allí, menos aún con un bebé, pero estaba impoluto y era soleado. Tenía un dormitorio diminuto, igual que el último, pero había jardineras con flores en las ventanas que le conferían un aire alegre, los techos eran altos, al tratarse de un edifico antiguo, y el salón tenía un tamaño decente y disponía de chimenea. El armario no era ninguna maravilla, pero no se había quedado con demasiada ropa. Habían renovado los electrodomésticos de la cocina cuando la hija se casó y había un peculiar cuarto de baño a la antigua. Estaba a años luz de la avenida Montaigne, pero Natasha podía imaginarse viviendo allí, era una zona segura y el edificio estaba bien cuidado. Tenía código de entrada y telefonillo, así que no podía entrar nadie que no fuera residente. Y el precio se adecuaba al presupuesto que había calculado. Estaba siendo muy prudente para que el dinero le durara más. Tenía lo suficiente para pagar un alquiler con lo que le quedaba en su cuenta bancaria, que no era mucho. No necesitaría demasiados muebles, solo lo básico: un sillón, sillas, una mesa, una cama y una cómoda, algunas lámparas y una alfombra.

—Me lo quedo —dijo, agradecida.

Estaba disponible para entrar a vivir el último día de julio. Parecía el destino. Se consideró afortunada por tener un apartamento, y le quedaría dinero para amueblarlo y vivir hasta que encontrara un empleo. El dinero de la ropa y las joyas sería su pequeño colchón para utilizarlo cuando lo necesitara.

—Espero que seas feliz aquí —le deseó la agente con expresión compasiva. Natasha había sido discreta y educada y se compadecía de ella. Era evidente que estaba abandonando un estilo de vida lujoso y que ahora se veía obligada a llevar una existencia sencilla. Imaginaba lo que había pasado, pero Natasha le caía bien y quería ayudarla. No solía encargarse nunca de inmuebles en alquiler, sino que los derivaba a otra persona, pero tuvo la impresión de que había ocurrido algo y estaba preocupada por ella. Le apuntó el nombre de IKEA en un trozo de papel y se lo entregó—. Aquí encontrarás todo lo que necesites: muebles, ropa de cama, platos, alfombras, lámparas...

Natasha no había pensado en nada de eso, pero solo tenía su ropa. No quería pedirle nada del apartamento a Vladimir y estaba segura de que él tampoco se lo daría. Tenía suerte de que permitiera que se quedara con su ropa para venderla, ya que estaba convencido de que le había traicionado. Se preguntó cómo lo supo, o si lo había presentido. Sabía que podría haberla echado a la calle sin nada, así que no quería pedir nada más y daba gracias por lo que iba a quedarse. Lo que le sorprendía era que hubiera renunciado a ella de un modo tan fácil y repentino, como un objeto que ya no quería, sin ninguna emoción. Seguía siendo difícil de entender. Había cometido el error de pensar que se querían, lo cual estaba claro que no era el caso. A ella tampoco se le había roto el corazón. Solo estaba asustada y triste, que era algo normal después de pasar ocho años con él y de que todo hubiera cambiado de repente.

—Alguien tendrá que ayudarte a montar los muebles. —La agente le explicó el funcionamiento del comercio sueco y Natasha se quedó perpleja—. Todo viene desmontado, en piezas, pero seguro que puedes encontrar a alguien que te lo monte. Mi hijo y yo hemos comprado muchas cosas para su apartamento y es un as del montaje. Es una lata, pero no es difícil. Conozco a un estupendo manitas ruso; si quieres, puedo facilitarte su nombre.

A Natasha se le iluminó la cara.

—Sería genial. No se me da bien montar cosas —reconoció.

Ambas se echaron a reír.

—A mí tampoco, pero he aprendido.

Por sus conversaciones previas sabía que estaba divorciada y tenía dos hijos adultos.

La agente prometió llevarle el contrato de alquiler en los siguientes días. Era un contrato francés estándar por tres años, con dos renovaciones trienales y un incremento mínimo en cada una de ellas, y podía dejarlo en cualquier momento con un preaviso de sesenta días. La agente le explicó que los alquileres en Francia favorecían más al inquilino que al propietario. Si Natasha quería, podía quedarse nueve años en el diminuto apartamento. Para entonces tendría treinta y seis, ya que acababa de cumplir veintisiete, de modo que si su situación no mejoraba, tendría un hogar durante mucho tiempo. Reconfortaba saberlo ya y estaba segura de que podría pagar el alquiler con un empleo decente en una galería. No quería que nadie la ayudara económicamente jamás. Quería algo que pudiera permitirse ella sola.

Con su minúsculo apartamento nuevo en la mente, volver al de la avenida Montaigne supuso toda una conmoción, con su esplendor, sus boiseries, sus techos altos y las antigüedades que ella había comprado, pero no podía permitirse pensar en ello. Tenía un lugar al que ir y de nada servía mirar atrás o comparar su antigua vida con la nueva. Le quedaba mucho por hacer; ahora no podía desfallecer.

Esa noche buscó casas de subastas en la guía telefónica; encontró algunas que conocía y apuntó sus teléfonos. Era hora de librarse de sus posesiones y de su vieja vida. Y ahora que sabía dónde iba a vivir, era más consciente de cuántas cosas podía conservar. Colgó más ropa en los percheros para vender, convencida de que no la necesitaba. Pero tampoco podía permitirse comprar ropa nueva, así que se quedó con lo que era práctico y con algunas prendas que le gustaban. Estaba conforme con lo que había conservado. El resto había sido hacerle publicidad a Vladimir y ya no tenía que seguir haciéndolo. Aquello resultaba reconfortante en cierto modo.

Sus conversaciones con las casas de subastas en los días siguientes fueron muy instructivas. Llamó a dos de las más importantes que recordaba y le preguntaron si era una herencia, a lo que les respondió que no. Querían saber la antigüedad de la ropa y les dijo que era bastante reciente, que algunas de las prendas pertenecían a las colecciones de ese año y estaban sin usar. Le dijeron que las prendas se venderían por aproximadamente la mitad de lo que había pagado por ellas el comprador, o menos, con un precio mínimo estipulado, si así lo quería, y que tendría que pagar a la casa de subastas una comisión del veinte por ciento del precio final de todo lo que se vendiera. De ese modo recibiría el ochenta por ciento de la mitad de lo que Vladimir había pagado por cada prenda, lo que le parecía aceptable. A menos, claro estaba, que la gente enloqueciera y las pujas subieran los precios, en cuyo caso obtendría más, pero cabía la posibilidad de que algunos artículos no se vendieran.

Ambas casas celebraban subastas en septiembre, que era cuando el hotel Drouot, donde alquilaban salas para organizar subastas, abría para el otoño. Una de las casas tenía una gran subasta de Hermès en perspectiva y estaban deseando ver sus Birkin y fotografiarlos para el catálogo, si ella accedía a venderlos con ellos. Natasha concertó una cita con su experto para que fuera a verlos a la semana siguiente. Explicó que eran demasiados para llevarlos a sus oficinas.

Esa noche se sentó con un lápiz y papel para determinar el coste original de sus cosas y lo que podían generar en una venta. Era una suma impresionante, que le permitiría vivir durante una temporada. Se sintió aliviada al ver las cifras, y a las diez en punto decidió ir andando a L'Avenue, donde había comido con Theo, y comprar algo para llevarse a casa. Ludmilla libraba el fin de semana y no había nada en la nevera. No quería demasiado, pero necesitaba conservar las fuerzas.

Pidió una ensalada para llevar, un poco de salmón ahumado y frutas silvestres variadas y se sentó a una mesa de la terraza a esperar a que lo prepararan. Era una noche de sábado movidita. Oyó que alguien la llamaba por su nombre mientras estaba sentada, con la mirada perdida, pensando en las conversaciones que había mantenido con las casas de subastas. Era el fin de una vida y resultaba agotador organizarlo todo, pero gracias a Dios tenía algo que vender. Sin eso, estaría sin un céntimo, desamparada, e incluso en la calle.

A la gente le pasaban cosas así, eso jamás lo olvidaba, del mismo modo que tampoco lo olvidaba Vladimir, aunque él no tenía nada de qué preocuparse y no dependía de nadie más que de sí mismo, a diferencia de ella, que había dependido por completo de él. Oyó de nuevo su nombre y al volverse vio a un hombre mayor, alto y guapo, vestido con vaqueros negros y una camisa blanca, con cadenas de oro al cuello y un pesado Rolex de oro y diamantes en la muñeca. Tenía veinte años más que Vladimir, pero seguía siendo atractivo. Vladimir y él se conocían de Moscú. Había cenado en el barco varias veces, siempre con chicas rusas muy jóvenes que parecían ser intercambiables y que se reían como tontas todo el rato. Le gustaban muy jóvenes. Se llamaba Yuri y su rostro se iluminó en cuanto la vio.

—¡Me alegro mucho de verte! —dijo, y parecía contento de verdad—. ¿Cenas conmigo?

Nada le apetecía menos. Él hablaba mucho y era muy jovial y Natasha no estaba de humor. Aún no estaba lista para salir con nadie y ese hombre no estaría en los primeros puestos de la lista de alguien con quien ir a cenar. Tal vez ni siquiera figuraría en ella.

—No, gracias. —Sonrió y trató de no parecer tan agotada como estaba. Había sido una semana interminable, cargada de estrés, temor por el futuro, adaptación mental y trabajo duro, arrastrando cajas y maletas de un lado para otro y vaciando armarios, tomando decisiones y procurando no pensar en Vladimir. Este no la había llamado—. Acabo de pedir la cena para llevármela al apartamento.

—Debes cenar conmigo —insistió al tiempo que se sentaba frente a ella en la pequeña mesa, sin invitación—. ¿Champán? —ofreció y ella negó con la cabeza, pero él lo pidió de todos modos e hizo que la camarera le sirviera una copa. Natasha no tenía energías para resistirse, de modo que aceptó—. Hace un par de días vi a Vladimir en el casino de Montecarlo con... amigos. —Titubeó un instante, y por la manera en que la miró, Natasha comprendió en el acto que ya estaba con otra mujer, a la que intentaba impresionar en el casino, y que Yuri sabía que ella ya no formaba parte de su vida. Vladimir no había perdido tiempo. Sabía que no era jugador, sino que solo iba al casino de Montecarlo cuando quería impresionar a sus invitados. De lo contrario no le interesaba, aunque jugaba a la ruleta y al blackjack de alto riesgo cuando estaba allí—. ¿Qué vas a hacer durante el resto del verano? —preguntó Yuri, con una amplia sonrisa.

Natasha estaba segura de que era una persona agradable, pero la sacaba de quicio. Era un poco vulgar, sin duda un diamante en bruto, y solía rivalizar con Vladimir. Siempre había sentido debilidad por Natasha y decía que ojalá pudiera conocer a una mujer como ella. A Vladimir le gustaba tomarle el pelo a sus expensas y le respondía que buscara en las calles de Moscú en pleno invierno a una pobre con neumonía. A ambos les hacía gracia la broma, aunque a ella la incomodara.

Casi se echó a reír antes de responder a su pregunta sobre sus planes para el verano. Iba a mudarse a un apartamento diminuto, iba a comprar muebles baratos y a buscarse un trabajo antes del otoño. Y limpiaría ella misma su apartamento. Si le hubiera contado la verdad, se habría quedado horrorizado y se compadecería de ella. Desde luego, no iba a ir al casino de Montecarlo ni a hacer nada que fuera de interés para Yuri.

—Todavía no lo sé. Este mes estoy ocupada en París. Puede que me vaya a algún sitio en agosto —respondió de manera vaga, deseando que su cena llegara pronto, pero el restaurante estaba abarrotado y el servicio iba más lento de lo habitual.

—¿Por qué no vienes al barco? —sugirió mientras el rostro se le iluminaba de nuevo. Tenía un yate de sesenta y un metros que quedaba eclipsado por el de Vladimir, pero era un barco realmente precioso—. Me voy a Ibiza. Nos divertiremos.

No estaba segura de si se lo estaba proponiendo como invitada o como ligue, pero de un modo u otro, no tenía ningún deseo de ir a ninguna parte con él, mucho menos de vacaciones. Le dio las gracias y le dijo que iba a quedarse con unos amigos en Normandía, lo cual era mentira, pero deseaba declinar la invitación. Habría sido maravilloso pasar el resto del verano de nuevo en un barco, solo que no en el suyo.

Le había sorprendido oírle insinuar que se había encontrado con Vladimir saliendo con «amigos», cuando era obvio que se trataba de una mujer, pero supuso que querría demostrarle a todo el mundo que no la había perdido, sino que la había reemplazado, para proteger su ego. Vladimir no querría que nadie pensara que ella le había dejado, cosa que no había hecho. Y se aseguraría de que todos lo supieran. Sin duda ya se lo había contado a Yuri, algo humillante, pero no había nada que pudiera hacer. Si hubiera pensado que ella seguía con Vladimir jamás la habría invitado a su barco. Sabía que se había abierto la veda. De lo contrario no hubiera querido enfurecer a Vladimir al flirtear con ella. Estaba claro que ahora sabía que a su compatriota no le importaría. Desde luego, aquello no respaldaba su teoría de que se habían amado el uno al otro. Por lo visto él no, ya que le había puesto fin en un abrir y cerrar de ojos, en cuanto tuvo la más mínima sospecha de que ella podría haberle traicionado. No había esperado a estar seguro. Como siempre, confiaba en su instinto y no se había equivocado.

—Normandía es un aburrimiento. Vente a Ibiza —insistió Yuri mientras posaba con delicadeza la mano sobre la de ella, apoyada encima de la mesa. Natasha apartó la suya—. He estado pensando en ti desde que vi a Vladimir. Quería llamarte. Me dijo que estabas aquí. Me alegra mucho haberme tropezado contigo.

A ella no, pero sonrió y asintió; había quedado atrapada en la pequeña mesa con él mientras esperaba su comida.

La camarera cometió un error y le llevó la cena emplatada y no para llevar, diciéndole que pensaba que tal vez le gustaría cenar con su amigo, al mismo tiempo que le llevaba la suya a Yuri. Ahora resultaba imposible marcharse sin ser grosera, así que sonrió y asintió mientras él hablaba y comenzaban a comer. Yuri estaba encantado con el error de la chica y le brindó una sonrisa. Al igual que las demás camareras del restaurante, iba escasamente vestida, con una minúscula minifalda y una camiseta con cuello halter, y era joven y muy guapa.

—Quiero hablar contigo —dijo Yuri mientras Natasha cenaba tan rápido como podía sin perder las formas. Lo único que quería era irse a casa. Le deprimía estar allí sentada con él—. Vladimir me contó lo que pasó —prosiguió, bajando la voz mientras ella le miraba con curiosidad.

—¿Y qué te dijo que pasó?

Le interesaba oír qué historia iba contando él. Sin duda no que sospechaba que había informado a la policía de que era un ladrón de obras de arte y había robado cuadros por valor de cien millones de dólares.

—Me dijo que te habías pasado el último año acosándole para que tuvierais hijos, al menos en los próximos años. Y él no quiere hijos, así que creyó que lo justo era que os separarais y te dejó libre para que buscaras un hombre que te los pudiera dar. En realidad es muy respetable por su parte. Me dijo que le resultó muy doloroso tomar la decisión, pero que quería que fueras feliz. Dijo que te ha regalado el apartamento de París.

—¿De veras? —Enarcó las cejas—. En realidad no lo ha hecho.

No es que eso importara. Eran todo mentiras para proteger su ego y hacerle quedar como un héroe en vez de como un cabrón.

Yuri se puso serio de repente, apretándole la mano hasta hacerle daño. La sujetaba con demasiada fuerza y no le permitía apartarse, mientras ella contemplaba sus dientes, de fundas perfectas, su cadena de oro y sus implantes capilares, realizados de manera impecable pero que no terminaban de disimular su verdadera edad. Era guapo, pero de un modo ostentoso y artificial.

—Natasha, quiero hablar con franqueza. Siempre me has gustado. Tengo dos hijos que son mayores que tú y me encantaría tener un hijo contigo. Podríamos casarnos si es importante para ti; a mí me da igual. Estoy dispuesto a poner una gran suma de dinero a tu nombre para comenzar con nuestro acuerdo. La depositaré en una cuenta suiza a tu nombre. Puede que veinte millones para empezar, o treinta, si lo crees necesario, y la misma cantidad cuando nazca el niño. Todo pagado, casas donde quieras. Creo que lo pasaríamos muy bien juntos —añadió con ojos brillantes y aspecto de estar seguro de que iba a convencerla. Tal vez le funcionara con algunas chicas. Era una oferta impresionante, más de lo que Vladimir jamás le había dado. Veinte o treinta millones de dólares en una cuenta suiza, y lo mismo cuando diera a luz a su hijo, proporcionaban mucha seguridad. Era la clase de oferta que cualquier chica como ella anhelaba, y hacía solo una semana que Vladimir y ella se habían separado. Estaba estupefacta—. Si lo deseas y él no te lo regala, podría comprarle a Vladimir el apartamento que tiene aquí. Así no tendrías que mudarte. Yo me alojo en el George V.

Sabía que él también tenía un piso en Londres. No tenía la flotilla de enormes yates de Vladimir, ni tantas casas. No poseía industrias enteras en Rusia y no tenía al presidente en el bolsillo. Pero era un hombre muy, muy rico, con una fortuna de varios miles de millones de dólares, según Vladimir, que sabía de esas cuestiones. Y no tenía problemas para rodearse de mujeres hermosas. Pero no ella.

—No sé qué decir —repuso, comprendiendo lo que le estaba ofreciendo: seguridad de por vida, un hijo si quería y matrimonio, de forma que fuera presuntamente respetable, aunque no a sus propios ojos, y el apartamento que adoraba para que no tuviera que mudarse. Podría conservar su ropa y sus joyas y sabía que era un hombre generoso. Había visto lo que les regalaba a las chicas con las que salía. Le estaba ofreciendo la clase de seguridad a la que estaba acostumbrada, más aún de lo que le había ofrecido Vladimir. Yuri había esperado años para hacerle la oferta, con la esperanza de que en algún momento Vladimir y ella se separaran—. Es muy generoso por tu parte, Yuri. Pero no quiero formalizar una relación con nadie. Es demasiado pronto. —Trató de aparentar recato y... ¿qué podía decir? ¿Que le daba asco y le ponía la piel de gallina? ¿Que quería vivir en un apartamento diminuto, más pequeño que sus actuales armarios? ¿Que iba a vender todo lo que poseía y que cuando se quedara sin dinero no tenía ni idea de qué iba a hacer?

Lo que ahora deseaba era su libertad, no vender su vida y su cuerpo a un hombre rico a cambio de seguridad. Tal vez las mujeres que lo hacían eran más listas que ella, se dijo. Pero no quería volver a venderse como esclava a ningún precio. No estaba en venta, aunque si le decía eso a Yuri, no lo entendería más de lo que lo habría hecho Vladimir. Para ellos, era una mercancía que podían comprar. La única cuestión era el precio. Él le estaba ofreciendo un acuerdo de negocios, y de los buenos, de modo que se preguntó si otros también lo harían. Había una rivalidad feroz entre hombres como Vladimir y como él y todos pensaban que adquirir lo que este tenía, incluso las mujeres que desechaba, haría que se parecieran más a él. Pero Vladimir solo había uno, ni uno mejor ni uno peor. Prefería intentar valerse por sí misma, aunque se ahogara. No se había dado cuenta de ello, pero hacía años que deseaba aquello y Vladimir le había entregado su independencia en bandeja de plata. No estaba dispuesta a renunciar a ella otra vez.

—No estoy preparada —respondió por fin con amabilidad.

Yuri pareció decepcionado, aunque dijo que lo entendía.

—Bueno, cuando lo estés, te estaré esperando. Y ten presente que el acuerdo se mantiene. No voy a retirarlo. Si necesitas más, podemos hablarlo.

Yuri estaba acostumbrado a mujeres que negociaban duro. Ese nunca había sido el caso de Natasha. Ella no le había pedido nada a Vladimir y había recibido mucho, pero esa decisión se la había dejado a él.

Se terminó su cena, sentada con Yuri, e intentó pagar su parte, pero este no se lo permitió. Yuri le dio un beso suave en los labios cuando se despidió de él en el restaurante y le pidió que se mantuvieran en contacto, algo que Natasha sabía que no haría. Volvió deprisa al apartamento, deseando darse una ducha en cuanto llegara. Había renunciado a un importante acuerdo comercial y se le revolvía el estómago solo de pensar en ello. Hacía que se diera cuenta de lo que había hecho en los últimos ocho años. Había vendido su cuerpo y su alma al hombre más rico del mundo. Y daba igual qué ocurriera ahora; jamás volvería a hacerlo. Nadie volvería a controlarla nunca y no pensaba vender ni su cuerpo, ni su vida, ni su libertad a ningún precio. Ni a Vladimir, ni a Yuri, ni a nadie. Por fin era libre y ya no estaba en venta.

14

La ropa que Natasha tenía en el barco llegó la semana después de su marcha y también la clasificó. Se quedó con muy pocas prendas, exceptuando los vaqueros blancos, los trajes de baño y el Birkin blanco, que podía utilizar en verano. No se imaginaba viviendo de nuevo en un barco y se estremecía cada vez que se acordaba de la propuesta de Yuri. Tal vez tuviera buenas intenciones, pero la cabeza le daba vueltas cuando pensaba en volver a venderse. A otra mujer, y a muchas de las que se había encontrado con hombres a los que Vladimir conocía, no les habría importado lo viejo que fuera Yuri, su aspecto o si les atraía o no. Todo se reducía a lo que este tenía y a lo que podían conseguir. Pensaba que en cierto modo eran prostitutas de lujo y se preguntaba si también ella lo había sido. Había dignificado su relación con Vladimir al creer que le amaba y que él la necesitaba, pero resultó que él no la amaba ni la necesitaba. Había sido una posesión, y quizá lo que había sentido por él no era amor, sino gratitud y respeto. Y ahora ni siquiera le respetaba. Y lo único que Yuri le inspiraba era repulsión, aunque no cabía duda de que le había hecho una buena oferta y él jamás entendería por qué le rechazaba.

Sus últimas reuniones con las casas de subastas fueron satisfactorias y deprimentes. Pensó que no se habían equivocado al preguntarle si se trataba de una herencia. La persona que era cuando se ponía esa ropa ya no existía, había muerto. Estaba vendiendo la ropa de una difunta, de una vida que se había extinguido. Lo vendido le iba a reportar una buena cantidad de dinero para vivir, no para alardear. Pero solo conseguiría mucho dinero de verdad si vendía de nuevo su cuerpo y aceptaba la oferta de Yuri. Sin embargo, ya no necesitaba tanto dinero ni quería la vida que le ofrecían ni la que había tenido.

Tenía la posibilidad de obtener mucho con los Birkin con cierre de diamantes, que solían venderse en subasta por cantidades que superaban lo que costaban en Hermès, y eso le beneficiaba. Y todavía le quedaban las joyas. Las llevó a un joyero, las vendió por una parte de lo que Vladimir había pagado por ellas y metió el dinero en el banco.

Firmó con la casa de subastas más importante de las dos con las que había hablado para incluir la ropa en una venta de alta costura en septiembre, al comienzo de la temporada de subastas. Y confió sus bolsos para una subasta de Hermès más adelante ese mismo mes. Iban a recogerlo todo el día antes de que se mudara. Se sintió extrañamente libre y sin cargas después de firmar los documentos. Los símbolos de su esclavitud estaban desapareciendo poco a poco, como cadenas que se desvanecían. Quería deshacerse de los adornos de su antigua vida y de todo lo que no necesitaba. No quería nada que le recordase un pasado del que se avergonzaba.

Para entonces ya había firmado el contrato de su apartamento. Alquiló una furgoneta y fue a IKEA después de anotar las medidas para asegurarse de que los muebles cabrían. Compró los artículos básicos que necesitaba, incluyendo platos y ollas, y fue a un lugar un poco más bonito a por ropa de cama y toallas. No se parecían en nada a lo que acostumbraba a comprar, pero estaba dispuesta a renunciar también a eso. No habría elegantes sábanas con encaje de Porthault en su nueva vida.

Llamó al manitas ruso y este le prometió que le montaría todos los muebles el día que se mudara. Estaba ilusionada y lista para dejar el apartamento de la avenida Montaigne. Durante unos meses creyó que era su hogar, pero ahora se daba cuenta de que jamás lo fue. Solo había sido otro escaparate y nada de aquello había sido suyo. Su minúsculo apartamento nuevo era mucho más real, y eso era lo que ahora quería; una vida real y suya.

Al revisar sus cosas encontró el trozo de papel con el número de Theo en su cartera y recordó que cuando comieron juntos le dijo que le llamase si alguna vez le necesitaba, si quería ayuda o estaba en peligro. Pero no lo estaba y se las estaba apañando muy bien. Se alegraba de que hubiera recuperado sus cuadros, y la hacía feliz saber el papel, por pequeño que fuera, que ella había desempeñado, aunque todo hubiera ocurrido porque Vladimir presintió el peligro y devolvió los cuadros. No necesitaba volver a hablar con Theo. No quería su compasión ni tener que explicarle qué había pasado ni cuánto había pagado por saber la verdad acerca de sus cuadros. Le encantaba el retrato que le había pintado e iba a llevárselo con ella. Era la única obra de arte que le pertenecía. Pero Theo y ella eran unos desconocidos. Él tenía su vida como artista y ahora ella tenía que forjarse la suya propia, sin la ayuda de nadie. Tenía que hacer aquello por sí misma, y en ello estaba. Dudaba que volviera a ver a Theo Luca.

A mediados de julio, Maylis estaba de nuevo en el restaurante a tiempo completo, Gabriel se encontraba mejor e iba a dar largos paseos todos los días y Theo había sido relevado de sus tareas y estaba otra vez en su estudio. Habían incrementado la seguridad en el restaurante, pero Maylis todavía estaba afectada por lo ocurrido. A todos les parecía un milagro el regreso de las pinturas y la manera en que se había producido.

Cuando Theo le preguntó, Maylis le dijo que Vladimir y Natasha no habían vuelto al restaurante. Seguía convencido de que él había estado involucrado en el robo, como un enfermizo acto de venganza porque no consiguió el cuadro que quería. Pero al menos el que se los había llevado los había devuelto después de darles a todos un susto de muerte, aunque las unidades policiales que habían participado habían invertido mucho trabajo en vano. Ni los informadores ni la labor policial habían descubierto quiénes eran los responsables.

Maylis dijo que se había enterado por uno de sus clientes rusos de que Vladimir se había llevado su barco a Grecia el resto del verano. Theo se sintió aliviado; no quería toparse de nuevo con él, aunque seguía pensando en Natasha de vez en cuando. Un día estaba contemplando su retrato inacabado y supo lo que tenía que hacer con él. Volvió a colocarlo en el caballete y pintó sobre él hasta convertirlo en un lienzo en blanco otra vez. Había pintado un retrato de ella y bastaba con eso. Su obsesión había acabado y por fin era libre.

Natasha había elegido la vida que le convenía y no había espacio en ella para él, ni lo habría. Era la muñeca de un hombre rico, lo cual a ella le funcionaba, y Theo tenía su propia vida y necesitaba pasar página. Había pensado en llamar de nuevo a Inez, aunque no estaba seguro de que fuera lo correcto, pues sus metas en la vida eran muy distintas. Ella quería un marido y más hijos y él no se imaginaba desempeñando ese papel hasta dentro de mucho tiempo, si es que alguna vez llegaba a eso. Por el momento su arte era lo más importante para él, así que le pareció lo mejor no llamarla. Y con el robo, se había perdido la feria de Londres, por lo que no había vuelto a ver a Emma. Todavía se reía al recordarla a ella y el buen rato que pasaron, aunque una dosis grande de esa mujer de manera regular habría sido demasiado para él. Por ahora no había nadie y tampoco le preocupaba.

Marc pasó a verle el día en que pintó encima del retrato de

Natasha y le contó lo que había hecho. Su amigo se quedó impresionado y guardó silencio durante un instante mientras Theo le explicaba la liberación que había supuesto y abría una botella de vino para los dos. Pasaron la tarde bebiendo y charlando sobre las peculiaridades de las mujeres y sobre aquellas que se habían ido. A Marc le alivió enterarse de que había superado su obsesión. En esos momentos ninguno tenía una mujer en su vida. Theo aseguraba que era más feliz así, concentrándose en su trabajo. Estaba encantado de no trabajar en el restaurante.

—¿Qué hay de la chica de la galería de Cannes? Era guapa, aunque un poco cuadriculada —comentó Marc refiriéndose a Inez.

—Más que un poco —añadió Theo mientras se tomaba una segunda copa de vino—. No es para mí, y yo no soy el tipo de hombre que ella quiere.

—Puede que seamos artistas solteros y solitarios para siempre —dijo Marc con pesar. Acababa de romper con otra novia, que se había llevado el poco dinero que tenía. Siempre lo hacían—. Quizá no sea posible tener una vida amorosa si eres un artista serio —aventuró con aire pensativo y Theo se echó a reír.

—Mi padre tuvo cuatro amantes importantes, dos esposas y ocho hijos. Yo diría que se puede tener una mujer en tu vida y arte. Solo necesitas a la mujer correcta.

—Ese es el problema. Son muy difíciles de encontrar —repuso, pesaroso.

Theo asintió, de acuerdo con él, y continuaron bebiendo hasta terminarse el vino. Era el primer día que se tomaba libre desde hacía semanas y era agradable pasar un rato con su amigo. Admitieron que estaban borrachos al final de la tarde y, para variar, decidieron ir a la playa de Antibes a nadar en lugar de volver a trabajar. Las copas que se habían tomado les obligaron a coger el autobús. Cuando se marcharon de la playa, Marc había encontrado a una chica y se fue a casa con ella. Theo regresó solo. Estaba pensando en Natasha y deseaba que todo le fuera bien. Se acostó, dispuesto a dormir la mona. Se alegraba de no soñar ya con ella; hacía tiempo que no lo hacía. Esperaba no volver a hacerlo. Necesitaba olvidar a Natasha, dejar que se perdiera en las brumas de la memoria, donde pertenecía.

Una vez devolvieron los cuadros, a Athena y Steve los asignaron a otro caso de inmediato, un importante robo en Saint Jean Cap-Ferrat en el que habían atado y tomado como rehenes a todo el personal de servicio mientras la familia estaba ausente. Los habían liberado ilesos, pero habían desaparecido diez millones en joyas y un millón en efectivo de la caja fuerte. Athena estaba segura de que se trataba de un trabajo desde dentro y no se equivocaba. Resolvieron el caso con rapidez, arrestaron al mayordomo y a la cocinera y les acusaron del delito. Era otra muesca en su revólver en su amplio historial de exitosas detenciones.

Habían pasado ya tres semanas desde que devolvieron los cuadros y una tarde le dijo a Steve que iba a Saint Paul de Vence para ver a Theo. Quería tener una última conversación con él y no había tenido ocasión por culpa del robo en Cap-Ferrat.

—¿Te vas sin mí? —preguntó Steve, y se echó a reír cuando ella asintió—. Sé de qué va esto. ¿Un poco de diversión con un artista local?

—No seas imbécil. Es trabajo.

—Eso se lo cuentas a otro.

La conocía bien.

—¿Qué crees que voy a hacer? ¿Violarle a punta de pistola? —Esbozó una sonrisa.

Steve rio.

—Probablemente. No dejes marcas.

—Eres asqueroso.

—Viniendo de ti, me lo tomaré como un cumplido —bromeó Steve.

Athena condujo hasta Saint Paul de Vence y Steve se dedicó al papeleo en su mesa durante el resto de la tarde. Tenían una montaña de trabajo que poner al día. Athena había llamado a Theo y le había preguntado si podía pasar a verle.

Él se alegró de verla cuando llegó a su casa. Llevaba una sencilla falda blanca y una blusa, nada demasiado sexy o sensual. En realidad había ido allí por trabajo, para atar algunos cabos sueltos. Quería contarle ciertas cosas que él no sabía. Ya no servía de nada, pero, siendo justos, creía que debía hacerlo.

A su llegada, Theo le ofreció vino, pero Athena declinó la oferta. Al contrario de lo que pensaba su compañero, no había ido allí para intentar ligárselo, aunque no le habría importado que él lo hiciera ahora que el caso estaba cerrado, pero no había captado ese tipo de señales por su parte. Era un tío franco y su trato había sido estrictamente profesional. Y aún tenía la fiable corazonada de que estaba enamorado de Natasha. El retrato que había pintado de ella le delataba.

Se sentaron en la cocina con una taza de café y le miró con expresión seria durante un instante.

—Ya no cambia nada, pero al final tuvimos un informador. —Él pareció sorprendido por sus palabras y esperó a oír el resto—. Fui a ver a la novia de Stanislas, Natasha, con el pretexto de verle a él. Quería formarme una idea de si ella sabía algo. Tenía el presentimiento de que sí. Hablamos durante un rato; parecía muy incómoda y un poco rara. Al parecer estuvieron a punto de que les abordaran unos piratas en Croacia y Stanislas ordenó que sacaran las armas. Tienen AK-47 en el barco y la tripulación sabe manejarlos. Es un barco bastante autosuficiente —añadió con sarcasmo—. Me estaba hablando de eso y no llegábamos a ninguna parte, así que nos levantamos para marcharnos y la seguí abajo. No cogimos el ascensor. Más tarde me di cuenta de que hay cámaras de vigilancia en él y que ella no quería que nadie viera lo que hacía. Se volvió hacia mí en mitad de la escalera y me susurró que los cuadros estaban en la armería, que los había visto. Es cuanto dijo. Hice todo lo que pude por conseguir una orden de registro para el barco, pero mis superiores no tenían suficiente para seguir adelante. No quise identificar a mi fuente, lo cual hacía que fuera más complicado. Me daba miedo lo que Stanislas pudiera hacerle si lo descubría. No confío en ese hombre, y si iba a la cárcel por culpa de ella, sabe Dios qué le haría. No estaba dispuesta a arriesgar su vida. Cometí ese error con informantes cuando era más joven. No salió bien. Ahora siempre protejo mis fuentes.

—¿Los vio? —dijo, sorprendido, refiriéndose a los cuadros.

—Si estaban en la armería, que mantenían cerrada con llave, puede que ella estuviera cerca cuando repartieron las armas para defenderse de los piratas. En cualquier caso, no conseguí la orden y me dijeron que lo olvidara. Y entonces las pinturas reaparecieron de forma misteriosa. No sé si Stanislas sabía que ella me lo había contado, si alguien la vio o si sospechó que había hablado después de que yo estuviera allí. Si Stanislas sabía que ella vio los cuadros, puede que fuera el detonante. Jamás lo sabremos y no podemos acusarle del robo. En fin, es posible que haya recuperado los cuadros gracias a que ella me lo contó. Lo cierto es que no lo sé. Pero he pensado que debía saber que tuvo las agallas para contármelo. Fue muy valiente por su parte. Podría haber puesto su vida en peligro.

—¿Se encuentra bien? —Theo parecía preocupado—. ¿La ha visto alguien desde entonces?

¿Y si la había matado, la tenía prisionera en el barco o la

estaba torturando? La imaginación de Theo se desbocó después de lo que Athena había dicho.

—No sé mucho. El barco no está aquí y corre el rumor de que se lo ha llevado a Grecia durante el resto del verano, lo cual es plausible. Puedo comprobarlo si quiere, pero no creo que importe. Mi compañero se tomó unas copas con un par de marineros del *Princess Marina* antes de que zarpara y le dijeron que era todo muy secreto, pero que Stanislas la echó el día después de que recuperara los cuadros. El mismo día, técnicamente. Los devolvieron entre las dos y las cuatro de la madrugada y él la echó ese día, a la hora de la cena, en el muelle. Se suponía que iba a llevarla a cenar y sin más le dijo que se había acabado y la mandó a París para que recogiera sus cosas. Si sospechaba de ella, tuvo suerte de que la dejara marchar y no le hiciera algo peor. El barco zarpó unos días después, así que no está con ella. No sé dónde está ahora ni adónde habrá ido. Puede que haya vuelto a Rusia.

—Lo dudo —repuso Theo, que parecía pensativo mientras recordaba lo que Natasha le había contado sobre su vida cuando comieron juntos. Estaba a un millón de kilómetros mientras pensaba en ella. Conocía la dirección del apartamento de París, pero no tenía su número de teléfono. Ella no se lo había dado y no se había puesto en contacto con él—. ¿De verdad cree que la echó?

—Eso dicen. La tripulación se quedó muy sorprendida. Llevaban juntos ocho años y decían que era una buena mujer. Se limitó a decirle que se había terminado y la dejó en el muelle, se subió a la lancha y regresó al barco sin mirar atrás. Esos tipos son muy fríos. Te matan con solo mirarte. No me gustan nada.

—A mí tampoco —convino—. Gracias por contármelo.

—Puede que él lo supiera y se asustara, o que le hiciera espabilar. No creo que tenga muchas ganas de ir a la cárcel. Y si tenía la más mínima sospecha de que me había dicho algo, sabía que no podía confiar en nadie. Y las chicas como ella ven muchas cosas que pasan alrededor de estos hombres. No podía permitirse estar con una mujer que habla con la policía.

Theo asintió, de acuerdo otra vez con ella. Poco después, Athena se levantó, le deseó suerte y se marchó. Se pasó por la comisaría de camino a casa. Steve seguía allí. Se sorprendió al verla.

—Qué rápido. ¿Nada de diversión? —Había dado por hecho que su compañera tardaría horas en volver si Theo iba a por ella o si ella le tiraba los tejos.

—Nada de diversión. Me he sacrificado en nombre del amor de juventud.

Esa era la razón de que hubiera ido a verle. Si estaba enamorado de Natasha, tal y como sospechaba, tenía derecho a saber lo que había hecho por él y el precio que podría haber pagado por ello. Athena le había contado todo lo que sabía. El resto dependía de él. La información que había compartido era un regalo.

Theo no pudo quitarse a Natasha de la cabeza en toda la noche. Se preguntaba qué debía hacer con lo que había descubierto: que Natasha había delatado a Vladimir, que ya no estaba en el barco y era muy posible que estuviera en París y que el ruso había puesto fin a su relación con ella. Esperaba que estuviera bien.

Dio vueltas en la cama, intentando decidir si debía ir a París para buscarla. Pero si ella quisiera llamarle lo habría hecho, y no era sí. O tal vez estuviera demasiado avergonzada o pasando penurias. Apenas pegó ojo en toda la noche y casi había decidido ir a París, cuando su madre le llamó por la mañana. Se había resbalado en el último peldaño de la escalera del estudio y se había hecho un esguince de tobillo. Acababa de volver de urgencias y le preguntó si podía sustituirla durante una semana. Lo sentía mucho y se disculpó, pero le dolía y no ponía moverse. El médico le había dado unas muletas.

—Claro, mamá. —Siempre podía ir a París la semana siguiente, y después de la larga estancia de su madre en Italia con Gabriel, ya estaba acostumbrado a dirigir el restaurante. No le molestaba tanto como antes—. ¿Necesitas algo?

—No, Gabriel me tiene en palmitas.

Theo ya había tomado una decisión. En cuanto su madre volviera al restaurante, cogería un vuelo a París para ver a Natasha y darle las gracias por lo que había hecho. No se engañaba pensando que podría haber algo entre ellos, aunque Vladimir y ella ya no estuvieran juntos. Ahora entendía más cosas sobre su vida y que no estaba hecha para estar con personas «normales». Ya fuera Vladimir u otro, vivía en un mundo exclusivo y Theo estaba seguro de que buscaría a otro hombre como él, si no lo había encontrado ya. Esperaba por su bien que fuera uno más amable y menos peligroso que Vladimir. Él solo quería tener la ocasión de darle las gracias por haber tenido agallas para hablar con la policía. Era lo más generoso y valiente que nadie había hecho jamás por él. Y no había forma de saber si el que hubiera delatado a Vladimir le había obligado a actuar y había hecho que devolviera los cuadros. Sea como fuere, Theo quería agradecérselo. Al menos le debía eso.

15

La última semana de Natasha en el apartamento de la avenida Montaigne fue un hervidero de actividad que le dejó poco espacio para las emociones. Recogió todo lo que iba a llevarse. Tenía bolsas con sábanas nuevas desperdigadas entre las cajas y le había pedido a Ludmilla que las lavara antes de que se marchara. Así no tendría que hacerlo en una lavadora compartida con todo el edificio, ya que no disponía de una en el nuevo apartamento.

Tenía todos los muebles de IKEA que necesitaba y Dimitri y ella iban a montarlos juntos. La casa de subastas pasó a recoger lo que iba a vender el día antes de marcharse, tal y como había prometido. Tenía tanto que lo sacaron en unos enormes bastidores y llenaron un camión entero. No lamentaba ver desaparecer casi todo su guardarropa. Los Birkin estaban en sus cajas de Hermès originales y había montones de estas en el camión, así como cajas de zapatos de diseño sin estrenar.

El día de la mudanza alquiló una furgoneta para trasladar sus maletas, algunas cajas y su retrato. Dimitri, su nuevo manitas, la ayudó a cargarlo todo. Le agradeció a Ludmilla, le estrechó la mano y le dio una generosa propina por su ayuda en las últimas semanas que satisfizo mucho a la mujer. Natasha también le dio las gracias a la conserje y se despidió de ella. No dejó dirección. No esperaba recibir correspondencia. Nunca recibía nada. No tenía parientes ni amigos y la limitada correspondencia que mantenía era por correo electrónico. Sabía que su tarjeta de crédito vinculada a la cuenta de Vladimir había sido cancelada. Se hizo con una nueva en el banco con un pequeño límite, a diferencia de las tarjetas sin límite de crédito que Vladimir le había dado.

Cuando llegó a su nuevo apartamento, Dimitri empezó a montar todo el mobiliario; la cama, la cómoda de cajones, algunos armarios en los que colgar la ropa y un escritorio. Había comprado muebles contemporáneos divertidos y de brillantes colores que le daban al piso un aire alegre; ella misma colgó su retrato encima de la chimenea.

Conversó con Dimitri en ruso y trabajaron hasta bien entrada la noche, cuando todo estuvo terminado. Había quedado genial. Había comprado flores y un par de jarrones y colocó uno con un colorido ramo en la mesita de café. El apartamento era cálido y acogedor. Le gustaban las alfombras que había comprado, y las lámparas, las dos butacas grandes y cómodas y el bonito sillón de piel. Sería un agradable lugar al que volver por la noche. Dimitri le cobró una cantidad ridícula por montarlo todo, así que le dio las gracias y una buena propina.

Había tardado un mes en organizarlo todo, pero lo había conseguido y sentía que había cortado por completo los lazos con su pasado. Ni siquiera había sabido nada de Vladimir, ni tampoco lo esperaba. No llamó a Yuri, y no tenía intención de hacerlo. Tenía casa y dinero suficiente en el banco para vivir una temporada, y cuando en otoño se vendieran sus cosas, tendría más. Aún necesitaba encontrar un empleo, pero sabía que sería imposible antes de septiembre. Todo el mundo se iba de vacaciones en verano, en julio o en agosto, y casi todas las galerías estaban cerradas. También estaba considerando la posibilidad de matricularse en un curso de historia del arte en la escuela del Louvre. Tenía la sensación de que había renacido como una persona nueva. Todos los vestigios de su vida pasada habían desaparecido, salvo algunas prendas de ropa.

Mientras contemplaba su nuevo apartamento la primera noche que pasaba en él, sintió que estaba en su hogar. No necesitaba vivir en la avenida Montaigne, en un yate de más de ciento cincuenta metros de eslora, en una legendaria villa en Saint Jean Cap-Ferrat ni en una casa en Londres. Tenía todo cuanto necesitaba, y todo lo que había allí era suyo. De vez en cuando le sobrevenían unos minutos de ansiedad, pero luego recordaba que podía cuidarse sola y aprender a hacer aquello que aún no sabía.

Maylis tardó una semana más de lo esperado en volver a caminar por culpa del esguince. En cuanto lo hizo y regresó al restaurante, Theo reservó un vuelo a París para el día siguiente. La historia casi había terminado para él, pero aún deseaba darle las gracias a Natasha. Y quería hacerlo en persona. Era la primera semana de agosto y París estaba muerto. Tiendas y restaurantes estaban cerrados, no había casi nadie en la calle. No había tráfico. Hacía calor y parecía una ciudad fantasma mientras bajaba por la avenida Montaigne hasta el número quince. No le había dicho a su madre adónde iba. Y no le había contado que Natasha delató a Vladimir, pues pensaba que cuantas menos personas lo supieran, mejor para ella. No quería hacer nada que la pusiera en peligro, solo darle las gracias.

El edificio parecía desierto cuando llegó allí. Llamó al timbre, pero nadie respondió. Luego llamó al piso de la conserje. Esta fue hasta la puerta y le miró con recelo cuando preguntó por Natasha.

—¿Por qué quiere saberlo? —preguntó.

—Soy amigo suyo —dijo, exagerando un poco la verdad.

—Ya no vive aquí. Se mudó hace una semana.

—¿Tiene su nueva dirección? —inquirió, con cara de estar muy decepcionado. Había llegado tarde.

—No, no la tengo. Y si fuera amigo suyo, la sabría. No sé adónde se fue. No me lo dijo. Aquí ya no recibe correo. Es todo para él. —Theo asintió, nada sorprendido—. Ella lo envió todo el día antes de marcharse. Solo tenía unas pocas maletas el día que se mudó. Y había un hombre ruso con ella.

Dimitri había ido a ayudarla con las maletas más pesadas.

—¿El señor Stanislas? —preguntó, preocupado.

La conserje, ataviada con bata y zapatillas de estar por casa, meneó la cabeza.

—No. Otro. —Eso tampoco sorprendió a Theo. Era lo que su madre había dicho la primera vez que hablaron de ella. Las mujeres como Natasha tenían que pasar a otro hombre parecido al último. Era la única manera de sobrevivir que conocían. No la condenaba por ello. Tan solo esperaba que ese fuera un hombre mejor que Vladimir. No había tardado mucho en reemplazarle—. Él acaba de vender el apartamento —dijo la conserje sin que le preguntara—. La asistenta se marchó ayer. Dijo que no volvería por aquí.

Theo asintió, triste por no haber visto a Natasha. Le habría gustado despedirse de ella y desearle lo mejor. Pero todos los caminos de su vida pasada eran ahora callejones sin salida. No tenía ni idea de dónde buscarla y no sabía a quién preguntar. Le dio las gracias a la conserje y esta cerró la puerta de golpe. A continuación volvió a la avenida Montaigne y fue caminando despacio hasta el restaurante donde había comido con ella. Parecía que hubieran pasado mil años, aunque tan solo había sido en enero. Habían ocurrido un montón de cosas en siete meses y su vida había cambiado por completo.

Pasó por delante del restaurante y sonrió al recordarla allí. Se preguntó dónde estaba ahora y con quién.

Cogió un vuelo de regreso a Niza esa noche, con todas las

familias que se marchaban también. La gente llevaba ropa de playa en el avión. Todos parecían contentos de estar de vacaciones. En cuanto aterrizaron, sacó el coche del garaje y condujo hasta casa.

Theo pasó el resto del verano pintando de manera frenética. Le aseguraba a su madre que todo iba bien cada vez que se lo preguntaba. Maylis volvía a llevar el restaurante a tiempo completo. Era su mejor verano de todos los tiempos y Gabriel pasaba muchas noches allí, con ella. A mediados de agosto decidió cerrar el restaurante el resto del mes y todo septiembre, y tal vez incluso más tiempo. Gabriel y ella querían viajar, pero antes deseaba pasar varias semanas con él en su apartamento de París. Era la primera vez que hacía tal cosa. Y la primera vez en más de treinta años que volvía a París.

Gabriel estaba emocionado. Se habían comportado como tortolitos de luna de miel desde que volvieron de Florencia y Theo se alegraba por ellos. Prometió a su madre que echaría un vistazo al restaurante y a la casa todos los días; aún había dos guardias de seguridad allí cada noche y Maylis tenía pensado mantenerlos.

Antes de marcharse compartió con Theo el nuevo plan del que Gabriel y ella llevaban un tiempo hablando. Estaba valorando cerrar el restaurante definitivamente a finales de año y convertir el edificio en un pequeño museo dedicado a la obra de Lorenzo, algo que en realidad ya era. Gabriel la ayudaría a ponerlo en marcha.

—Necesitaremos a alguien que lo dirija. Yo no quiero estar atada aquí de forma permanente. Queremos pasar tiempo en París y tener libertad para ir y venir cuando queramos.

Parecía una mujer nueva, mucho más feliz que la antigua, que había llorado tantos años a Lorenzo. Y aunque todavía honraba su memoria, Gabriel era ahora su principal preocupación. Se ocupaba de él como una mamá gallina y él estaba mejorando. Y Marie-Claude estaba entusiasmada con que en septiembre fueran a estar juntos en París.

Se marcharon de Saint Paul de Vence a finales de agosto; Maylis estaba encantada con todas las cosas que Gabriel y ella querían hacer en París, las exposiciones que quería ver, los museos en los que no había estado desde hacía años, los restaurantes a los que él había prometido llevarla. El día después de que llegaran y se instalara en su apartamento, que de repente parecía demasiado pequeño para los dos, aunque muy acogedor, cenaron en casa de Marie-Claude con su marido y sus hijos. Hubo muchas risas, bromas, buena comida e interrupciones de los niños, y uno de ellos llevó a un amigo a cenar. Maylis preparó *hachis parmentier* para todos, y hasta el último de ellos dijo que estaba delicioso. Había aprendido a prepararlo del chef del restaurante. Parecían una familia de verdad, compartiendo una cena de domingo todos juntos.

Era justo lo que Marie-Claude había esperado de su padre durante tantos años, mientras Maylis veneraba el altar de Lorenzo y se olvidaba de quién estaba a su lado. Ahora era completamente consciente de lo importante que era y que siempre había sido Gabriel para ella y cuánto se amaban en uno al otro.

—Gracias —susurró Marie-Claude cuando se despidieron con un beso.

Maylis le dio las gracias por la cena.

—¿Por qué? Soy una mujer muy, muy afortunada —dijo, mirando a Gabriel, que estaba hablando con su yerno y su nieto—. Gracias a ti por aguantarme todos estos años. Estaba ciega.

—A todos nos pasa a veces —aseguró Marie-Claude y la abrazó antes de que se fueran.

El mes de septiembre fue muy ajetreado para ellos, con exposiciones que ver, lugares a los que ir y ferias de antigüedades en las que curiosear, y pasaron a menudo por su galería de arte en la avenida Matignon. Gabriel jamás había gozado de mejor salud y ambos eran felices. Tenían planes para ir a Venecia en octubre y Maylis le dijo a Gabriel que detestaba abandonar París, lo que le hizo reír.

—Bueno, eso es nuevo para ti.

Estaba tan relajada y feliz últimamente que casi no la reconocía. Durante años había llevado consigo una tristeza subyacente mientras continuaba llorando a Lorenzo, pero ahora por fin le había enterrado. Todavía atesoraba sus recuerdos, hablaba de él y estaba dedicada en cuerpo y alma a su trabajo, pero ya no era un santo y sus recuerdos de él eran más fieles, aunque seguían siendo profundamente afectuosos. Pero ahora participaba con plenitud en la vida de Gabriel y le había dado acceso total a la suya.

—Vaya, aquí hay algo que podría resultarte divertido —comentó Gabriel una mañana a mediados de septiembre cuando abrió el correo. Le entregó un catálogo. Era una venta de bolsos *vintage* y nuevos de Hermès y el que salía en la portada era uno precioso de color rojo. Cuando Maylis lo hojeó, había bolsos Birkin y Kelly de todos los colores, de piel normal y de cocodrilo. La venta iba a tener lugar en el hotel Drouot, la casa de subastas más ilustre de la ciudad, que alojaba quince salas en las que se celebraban cuarenta y cinco subastas a la semana. A Gabriel le encantaba curiosear en las exposiciones donde la gente podía ver los artículos antes de la puja—. ¿Por qué no nos pasamos y echamos un vistazo?

—Los precios son desorbitados —comentó con tristeza, mirando las tasaciones—. Son tan caros como los nuevos en Hermès.

—La mayoría de los bolsos subastados también son nuevos —comentó. Estaba familiarizado con las subastas de Drouot, a las que iba a menudo—. La única diferencia es que no tienes que esperar tres años para conseguirlos.

Maylis se sentía muy tentada. Dejó el catálogo en su mesa, pero el viernes de la semana siguiente Gabriel le recordó que la exposición era el sábado y le preguntó si le gustaría ir.

—Me avergüenza decir que sí —repuso, abochornada.

—No pongas esa cara —bromeó—. Te lo puedes permitir. Si encuentras uno que te guste, cómpratelo.

Le interesaba un precioso Birkin negro de piel de cocodrilo, el rojo de piel de la portada y uno azul marino. Tenían el tamaño que le gustaba y eran muy elegantes y apropiados para su nueva vida en París con él. Hacía años que no se había comprado ropa nueva, ya que no necesitaba demasiado en Saint Paul de Vence, pero desde que llegó a París, había ido de compras con Gabriel y se había divertido.

Fueron al hotel Drouot esa tarde, en medio del ajetreo de los anticuarios que entraban y salían a toda prisa, para echar un vistazo a los artículos, tomar nota y decidir por cuáles pujarían en las subastas del día siguiente. No todo eran antigüedades. Había una gran variedad de objetos, desde ropa *vintage* hasta útiles de jardinería, pasando por uniformes e insignias militares, muebles contemporáneos, alfombras persas, vino y libros, piezas de taxidermia y cualquier cosa que uno pudiera imaginar. Si uno quería comprar algo, podía encontrarlo en Drouot. Las subastas eran emocionantes. A veces Gabriel pujaba por teléfono, sobre todo en subastas de arte, pero le gustaba la emoción de la caza de tesoros e inició a Maylis en sus placeres mientras iban de sala en sala, entre los artículos de las quince subastas, hasta que llegaron a la de los bolsos de Hermès. La exposición era un festín para la vista. Contempló varios con atención. Maylis dijo que no le gustaban los que tenían el cierre de diamantes y que, de todas formas, eran ridículamente caros.

—Pues es una suerte, ya que quintuplican el precio de los demás —bromeó.

—Es absurdo —adujo con desdén, pero buscó los tres bolsos por los que quería pujar y acordaron volver al día siguiente para asistir a la subasta.

Entonces desmontarían la sala de exposición, colocarían sillas plegables, un podio para el subastador, una larga mesa con varios teléfonos para las pujas telefónicas y la subasta se celebraría en la misma sala. Un día después, las mismas quince salas estarían repletas de tesoros nuevos que exhibir, y cada dos días se celebraban quince subastas. Era una de las actividades favoritas de Gabriel y se enorgullecía del botín de guerra que había conseguido allí. Advirtió a Maylis que aquello se convertía en una adicción y a ella no le costó creerle; estaba entusiasmada por pujar por los tres bolsos. Solo tenía pensado adquirir uno, ya que no eran baratos, pero los tres estaban en perfectas condiciones, parecía que no los habían usado y conservaban sus cajas naranjas originales de Hermès. Y solo el negro de piel de cocodrilo iba a ser realmente caro.

Al día siguiente llegaron nada más empezar la subasta, que estaba animada. Los artículos que le interesaban saldrían poco después y ocuparon sus asientos. Habían empezado con algunos artículos de menos relevancia y bolsos más antiguos y menos emocionantes. Los Birkin de piel de cocodrilo eran las *pièces de resistente* de la subasta, de modo que los reservaban para más tarde a fin de mantener a la gente en la sala.

El bolso de piel azul marino fue el primero en salir, media hora después. Era muy chic y las pujas subieron más de lo que Maylis había previsto. Al principio levantó la mano con timidez y luego se volvió más osada mientras Gabriel la observaba con una sonrisa, aunque superaron su puja y no lo consiguió. Le susurró que se estaba reservando para el rojo de piel o el negro de cocodrilo, que creía que utilizaría más, y él asintió con aprobación. Mientras hablaba con él reparó en un rostro familiar al otro lado del pasillo. Era una mujer joven con un chaquetón de estilo marinero y el pelo recogido en una trenza. Vestía de manera sencilla, aunque elegante. Maylis no consiguió ubicarla al principio, mientras la miraba. No pujó por nada mientras la observaba, sino que contemplaba la subasta con suma atención. Y entonces, unos minutos más tarde, Maylis cayó en la cuenta de quién era, le habló en susurros a Gabriel y se la señaló con la cabeza.

—Es la amante de Stanislas. Me sorprende que compre sus bolsos aquí. Él le compraría cualquier cosa que quisiera.

—A todo el mundo le encanta un chollo —susurró, aunque los precios de la venta que estaba viendo no eran nada baratos.

En varias ocasiones, cuando los precios se dispararon, sobre todo los bolsos con el cierre de diamantes, vio que Natasha sonreía y parecía satisfecha. Pero no pujó por ninguno y apuntó el precio final de cada uno en el catálogo que tenía. Maylis se lo comentó a Gabriel y este también la miró. Natasha no pareció reparar en su presencia; estaba demasiado enfrascada en la venta.

—No está comprando —susurró Gabriel—. Me parece que es la vendedora.

—¿De veras? —Maylis se sorprendió—. Increíble.

—Te sorprendería la frecuencia con la que se ve aquí a gente conocida, haciendo ambas cosas.

—Desde luego, no necesita vender nada —arguyó Maylis.

—A lo mejor él no le da suficiente efectivo —respondió Gabriel en un susurro—. He oído que muchas de las chicas rusas venden los regalos que reciben. Obtienen una fortuna por ellos. Un hombre al que apenas conocen les regala un Birkin de piel de cocodrilo y ellas se dan media vuelta y lo venden. Es dinero fácil.

—Pero ella no es una prostituta, por el amor de Dios; es su amante. Y por cómo la he visto vestir, debe de ser muy generoso con ella. Lleva alta costura de la cabeza a los pies. —Gabriel la miró y a él le pareció una estudiante con vaqueros. Aparentaba unos dieciséis años—. Puede que hoy no, pero cuando vino al restaurante, su ropa era de la última temporada de alta costura. Hoy debe de estar de incógnito e intenta ser discreta.

El siguiente artículo era uno de los platos fuertes, otro Birkin de piel de cocodrilo con el cierre de diamantes que dobló el precio de los demás, ya que un par de mujeres se pelearon por él. Cuando cayó el mazo, estableciendo un precio exorbitante, Natasha sonrió de oreja a oreja. Aquello confirmó la suposición de Gabriel respecto a por qué estaba allí; Maylis estaba de acuerdo. No cabía duda de que estaba vendiendo. Y entonces salió el bolso rojo que Maylis quería y lo consiguió, mirando a Gabriel con placer. Había sido un buen negocio.

—¡Te dije que te engancharías! —rio mientras la observaba.

Cuando apareció el bolso negro de piel de cocodrilo, pujó con timidez y abandonó demasiado pronto. El mazo estaba a punto de caer a un precio mucho más elevado cuando Gabriel la sorprendió al levantar la mano. Ganó la puja por el bolso y Maylis se le quedó mirando boquiabierta. Había pagado una fortuna por él.

—¿Por qué lo has hecho?

—Te quedará genial cuando vengas aquí conmigo —respondió.

Después de la subasta se pusieron a la cola para pagar y recoger los dos bolsos en sus cajas originales. Mientras esperaban, Maylis se fijó de nuevo en Natasha. Parecía diferente a cuando estuvo en el restaurante. No iba maquillada y se mezclaba con la gente. Miró a su alrededor en busca de Vladimir, pero no le vio, y se preguntó si él sabía que Natasha estaba allí, vendiendo sus Birkin. Resultaba extraño por su parte.

Natasha no recogió ninguna compra tras la subasta. En cambio, se guardó el catálogo en su sencillo bolso Birkin negro, con discretos adornos también en negro, se subió el cuello del chaquetón marinero y se escabulló con cara de satisfacción.

—Me pregunto a qué viene eso —le comentó a Gabriel después de darle las gracias con efusividad por su extravagancia. A continuación se le ocurrió algo acerca de Natasha—. No creo que debamos decirle a Theo que la hemos visto —murmuró—. Estuvo torturándose con ella una temporada; todo ese asunto de obsesionarse con mujeres inalcanzables. Parece que lo ha superado, pero no quiero que empiece de nuevo.

Gabriel asintió.

—No diré nada. Lo prometo. Pero es una chica preciosa.

—Pues claro que lo es. Pero es la amante de un multimillonario y siempre lo será. Así funciona. Un chico como Theo no le sirve para nada. —Ya no era ningún chico, sino un hombre de treinta y un años—. Y las obsesiones son algo extraño. Pintó un hermoso retrato de ella y creo que se lo regaló.

—Lo recuerdo. Le dije que lo incluyera en la exposición. Era una de las mejores piezas. Para un artista, la obsesión puede ser algo bueno.

—Pero no en la vida.

Quería que su hijo fuera feliz, no que estuviera atormentado por una mujer a la que no podía tener. Y no tenía intención de decirle que la había visto, por temor a que eso le hiciera obsesionarse de nuevo. Lo que ella estuviera haciendo allí, comprar o vender, no tenía nada que ver con ellos.

Maylis salió del hotel Drouot con cara de satisfacción. El bolso que Gabriel le había comprado era precioso y estaba sin estrenar.

—Me gusta este sitio —comentó alegre en el taxi de camino a casa.

Gabriel le prometió que volverían. A fin de cuentas, París estaba resultando ser muy entretenido.

En el metro de camino al distrito VII, Natasha estaba echando un vistazo al catálogo y también sonreía. Podría vivir una larga temporada con lo que acababa de ganar con la venta de ese día. Poco a poco se iba sintiendo más segura. Su nueva vida iba viento en popa.

16

Al igual que había hecho con el apartamento de la avenida Montaigne, Natasha continuó añadiendo cosas a su diminuto piso en la calle Du Bac, solo que a menor escala. Encontró algunos artículos inusuales en Drouot, algunos objetos de jade que poner en su estantería por un precio ridículo, una mesa y unas sillas italianas de cocina preciosas, incluso un par de cuadros. Nada de aquello era caro, pero era bonito, y ahora aplicaba su propio sentido del estilo a las cosas económicas, tal y como antes había hecho con las caras, y había creado un ambiente que le encantaba.

La venta de su ropa en Drouot había ido bien, superando incluso sus expectativas, y entre la venta de Hermès y la de alta costura, tenía dinero suficiente en el banco para mantenerse y no preocuparse durante una temporada. Pero tenía intención de trabajar. Empezaría a buscar en serio después de Año Nuevo. Había ganado suficiente con lo que había vendido para pasar unos meses más mientras se adaptaba a su nueva vida.

Estaba encantada con el curso de modernismo del siglo xx que estaba haciendo. Había empezado esa misma semana y era justo lo que quería. Todo le iba bien, y cada día que pasaba se sentía más ella misma. Todavía le avergonzaba lo que había hecho en los últimos años; de repente lo consideraba prostitución, aunque en su momento no se lo había parecido. Tenía que aprender a perdonarse y pasar página, pero al menos estaba orgullosa de su vida actual. Estaba empezando de cero. Y lo cierto era que jamás habría podido salir de Moscú sin Vladimir y tal vez habría muerto por enfermedad o a causa de la desesperación.

No echaba de menos la ropa ni las joyas que había vendido, y tampoco su vida con Vladimir. No había vuelto a tener noticias suyas desde que la dejó en el muelle. Y se sentía aliviada por no haberse tropezado de nuevo con Yuri. Este no sabía cómo ponerse en contacto con ella, así que no podía reiterarle su oferta. Se había comprado un teléfono móvil nuevo con un número privado. Nunca lo usaba, ya que no conocía a nadie a quien llamar, pero lo tenía por si acaso lo necesitaba alguna vez. Aun sin Vladimir, vivía en un mundo de total aislamiento. Todavía no tenía amigos, ya que durante los últimos meses había estado ocupada construyendo su refugio. El resto llegaría con el tiempo.

En otoño, Theo pintó con el mismo frenesí que en verano y Jean Pasquier le pidió que fuera a París en octubre para hablar de una nueva exposición. Le preguntó si tenía suficientes obras nuevas, a lo que este respondió que sí. Jean estaba pensando en febrero. Les había ido tan bien con la última exposición que no quería que la cosa se enfriara y estaba deseoso de mostrar sus nuevos trabajos.

Pasaron juntos el día y durante la cena fijaron la fecha para la exposición. Al ver de nuevo la galería recordó el retrato de Natasha y se preguntó cómo estaría, y si sería feliz con el nuevo ruso que había mencionado la conserje. Para él era una vida triste. Sería un pajarillo en una jaula de oro para siempre, pero era lo único que ella conocía. Estaba a años luz de su mundo, que en los últimos tiempos se centraba solo en su trabajo. Se daba cuenta de que había tardado mucho en sacarse a Natasha de dentro. Se había obsesionado profundamente con ella.

Durante un tiempo se le revolvía el estómago cada vez que la veía con Vladimir y se sentía desorientado siempre que se tropezaba con ella. Ahora le parecía una estupidez. Esa mujer había sido un fantasma en su vida, una especie de espejismo; la mujer de sus fantasías, que se le aparecía en los lienzos, pero no en la vida real. Su madre no se había equivocado; había estado a punto de costarle la cordura y el corazón. Pero había salvado ambas cosas y ahora se sentía fuerte y centrado en su trabajo. Y no había salido ni mantenido una relación con una mujer desde Inez, hacía nueve meses. Se encontraron en un evento artístico celebrado en Cannes en septiembre y le contó que estaba saliendo con un hombre que tenía dos hijos; parecía feliz.

Theo pasó el día siguiente en París, después de su reunión con Jean Pasquier el viernes por la noche. El sábado estaba lloviendo y no tenía nada que hacer antes de su vuelo a Niza. Gabriel y su madre estaban en Venecia, disfrutando del viaje que habían planeado, y luego regresarían a París para pasar otro mes antes de volver a Saint Paul de Vence. El restaurante continuaba cerrado. Maylis tenía planeado abrir brevemente para Navidad y después cerrarlo para siempre, cuando lo convirtiera en un museo. Las vacaciones serían su despedida de Da Lorenzo y de todos sus devotos clientes, que les habían sido leales. Iba a ser un capítulo final agridulce para una aventura que había sido muy provechosa para ella, pero ya estaba lista para pasar página, antes de que se convirtiera más en una carga que en un motivo de alegría. Gabriel y ella querían disponer de libertad, pasar tiempo juntos mientras todavía pudieran disfrutarlo y hacer lo que les apeteciera. Theo había recibido una llamada de su madre desde Venecia y parecía una jovencita.

Le había contado lo mucho que Gabriel y ella disfrutaron de las subastas en Drouot y, sin otra cosa que hacer, decidió que esa tarde se pasaría por allí a echar un vistazo antes de marcharse. Había hecho que sonara como una caza del tesoro.

Paseó por una sala de sombríos cuadros góticos y por otra de arte pop, después por una de cuadros espantosos y por una sala llena de lo que parecían cosas sacadas del ático de la abuela de alguien, con tapetes de encaje, viejos abrigos de pieles y diminutos zapatos antiguos incluidos. Había una sala con exquisita porcelana, incluyendo una vajilla para cuarenta y ocho comensales con blasón real, y otra con fotografías que le resultó más interesante, y después una con estatuas y artículos de taxidermia y algunos cuadros que le gustaron. Las tasaciones eran bajas y, al doblar una esquina, siguiendo el laberíntico flujo de personas, casi chocó con una mujer. Estaba a punto de disculparse, pero se quedó boquiabierto al ver de quién se trataba.

—Ay, Dios mío... Natasha... ¿Estás bien? —Los dos hablaron a la vez y ella se echó a reír.

—No miraba por dónde iba —confesó ella, estupefacta al verle allí.

—Yo tampoco.

Parecía joven, sana y feliz. Debía de estar yéndole bien en su nueva vida. No iba maquillada y llevaba el cabello húmedo por la lluvia.

—¿Qué haces aquí? —preguntó, con curiosidad.

—Estoy matando el tiempo antes de mi vuelo de esta noche. He venido a ver a mi marchante. Me está organizando otra exposición para febrero. Pero esta vez no hay ningún retrato tuyo —bromeó.

Ella rio.

—Queda espectacular en mi nuevo apartamento. Está encima de la chimenea del salón.

No le dijo que tenía el tamaño del apartamento entero y él la imaginó en un palacete proporcionado por su nuevo novio, como el último de la avenida Montaigne.

—¿Dónde vives? —Theo también sentía curiosidad por ella.

—En el distrito VII.

Y entonces se puso serio.

—Intenté dar contigo el pasado verano para darte las gracias, pero estuve ayudando a mi madre en el restaurante y llegué aquí demasiado tarde. Tú ya te habías mudado. Athena, la policía, me contó lo que hiciste. Fue muy valiente por tu parte. Me alegra que no te haya pasado nada por culpa de eso. —Natasha sonrió cuando él lo dijo, sin estar del todo segura de que fuera cierto, pero las cosas malas habían resultado ser buenas. *Un mal pour un bien*, como decían los franceses—. ¿Ya no estás con Vladimir? —Era más una afirmación que una pregunta, ya que conocía la respuesta.

Ella meneó la cabeza.

—No, no estoy con él.

Theo no quiso decirle que la conserje de su antiguo edificio le había contado lo de su nuevo novio ruso. Hacía que pareciera tan cotilla como ella, que le había hablado del asunto. Pero Natasha parecía diferente, mejor y más joven, y feliz. Menos seria. No le preguntó por su nuevo novio; en realidad, no quería saber nada. Le bastaba con ver que estaba bien y que no le había ocurrido nada malo. Y ya le había dado las gracias, que era lo que había querido hacer hacía tres meses y no había podido por la tardanza.

—¿Viajas mucho? —siguió. No quería dejarla marchar. Pero esa vez no sentía que le diera vueltas la cabeza, ni se le encogía el estómago al mirarla. No se moría de anhelo por aquello que no podía tener. Ahora lo aceptaba.

—Ya no.

—¿Todavía vas al sur?

—No —respondió sin más; también parecía contenta de verle.

—¿Nada de barco esta vez?

A Natasha le resultaba rara su forma de hablar y le miró de manera inquisitiva.

—¿A qué te refieres con «esta vez»? —preguntó, mirándole a los ojos.

—Me refiero a... ya sabes... bueno... si hay alguien nuevo desde Vladimir.

—No lo hay —respondió en voz queda—. ¿Por qué tendría que haberlo?

—Creía que... —Pero ya estaba metido hasta el cuello—. Cuando intenté dar contigo para darte las gracias, la conserje de la avenida Montaigne me dijo que te marchaste con un hombre ruso.

Natasha se echó a reír a carcajadas.

—Me parece que se refería a Dimitri. Es un manitas, me ayudó a mudarme. Vivo sola en un apartamento del tamaño de un sello de correos. El retrato que me pintaste es lo más grande que hay en él.

Parecía orgullosa.

—¿Nada de yates? —Estaba estupefacto.

—Nada de yates —confirmó.

Ambos sonrieron.

—Siento haber sacado conclusiones. Lo que pasa es que pensé...

—Pensaste que había pasado al siguiente, a otro igual que Vladimir. Me hicieron una proposición de ese tipo —confesó muy seria—. Decidí que ya no vendo mi alma para conseguir un determinado estilo de vida. No hice tal cosa con Vladimir. Todo fue una coincidencia, quién era él y la vida que me proporcionaba. Ya no quiero eso. Además... —añadió, guiñándole un ojo—, el yate del otro hombre era demasiado pequeño. Solo sesenta y un metros. Pero era una gran oferta. Treinta millones en una cuenta suiza y otros treinta si tenía un hijo con él. Podría haber vuelto adonde estaba hacía un mes, después de que Vladimir me echara y me dejara en el muelle de Antibes. Ya no hago eso.

—¿Te echó? —Theo parecía horrorizado.

—No literalmente. Me acompañó fuera del barco y se marchó. Estoy bien —aseguró, sonriendo—. De verdad que lo estoy. Lo he solucionado todo. Y ya nadie me impone las reglas, nadie me dice lo que tengo que hacer, cuándo ir y venir, con quién puedo hablar o cuándo salir de la habitación.

En cuanto lo reconoció para sí, fue estremecedor para Natasha darse se cuenta de hasta qué punto él la había controlado. Sabía que no podía dejar que eso le ocurriera de nuevo.

—¿Por qué no me llamaste? ¿Tuve yo la culpa de que lo hiciera?

—Puede... ¿Quién sabe? Pensó que le había traicionado, y no se equivocaba. Lo hice. Tuve que hacerlo. Lo que hizo estuvo muy mal, no podía consentir que te pasara aquello. Él es así. —Theo había visto la magnitud de su cólera la noche en que se negó a venderle la pintura. Y el robo fue su venganza—. Y no te llamé porque necesitaba resolver las cosas por mí misma; descubrir qué quiero hacer, quién quiero ser, cómo quiero vivir y qué he estado haciendo los últimos ocho años. Tenía mucho en qué pensar y no quería que nadie me ayudase, ni siquiera tú. Salvo Dimitri. —Sonrió a Theo—. Es buenísimo. Me montó todos mis muebles de IKEA.

—¿Tienes muebles de IKEA? Eso quiero verlo. —Theo parecía divertido.

—Puedes venir a cenar la próxima vez que vengas a París, después de que aprenda a cocinar.

Theo le sonrió. Su madre se había equivocado con ella y él también. No estaba con otro multimillonario ruso. Estaba sola.

—¿Quieres que tomemos un café en alguna parte antes de que me vaya al aeropuerto?

Natasha dudó antes de asentir y se marcharon juntos del Drouot. Estaba lloviendo a mares y cogieron un taxi a una manzana de distancia. Theo dio la dirección de la cafetería a la que a veces iba con Gabriel. Cuando llegaron, entraron corriendo para guarecerse de la lluvia, se sentaron a una mesa al fondo y pidieron café. Theo encargó un sándwich y le preguntó a ella si quería comer algo, pero Natasha rechazó el ofrecimiento. Charlaron durante dos horas sobre sus cuadros, los planes de su madre de cerrar el restaurante y convertirlo en un museo permanente, que en esos momentos se encontraba con Gabriel en París y sobre su epifanía al respecto. Theo dijo que aquello era muy bonito.

—Algunas personas abren los ojos muy tarde. Al menos los ha abierto —añadió, y Natasha asintió.

—Parece un buen hombre —repuso con amabilidad.

—Lo es. Y siempre ha sido bueno con ella. Mucho más de lo que lo fue mi padre. Él era un genio a veces insufrible. Gabriel es como todos desean que sea su padre. Es una buena persona. Y aguanta a mi madre. —Se echó a reír—. Bueno, ¿y qué haces ahora? —preguntó.

Natasha lo pensó durante un instante.

—Todavía me estoy organizando. He encontrado apartamento. Estoy haciendo un curso en el Louvre. He vendido todo lo que Vladimir me regaló, así que tengo de qué vivir y algunos ahorros. Ahora quiero encontrar empleo, aunque antes deseo terminar el curso. Es todo lo que sé por ahora.

—¿Quieres quedarte en París?

—Tal vez..., es probable..., sí..., creo que sí. —Le brindó una sonrisa; volvía a parecer una jovencita, y él también sonrió.

—Mi madre va a buscar a alguien que dirija el museo. No

quiere estar atada como lo estaba con el restaurante. Durante mucho tiempo fue divertido, pero ahora prefiere ser libre para estar con Gabriel.

—Yo también. Me refiero a lo de ser libre. Durante ocho años fui un robot, una esclava. Una muñeca a la que él vestía y exhibía para mejorar su imagen. No podría volver a hacerlo. Ahora me asusto a veces, cuando no sé qué voy a hacer o adónde voy. Pero entonces me recuerdo a mí misma que puedo descubrirlo. Creo que puedo. No es tan malo como lo era a los diecinueve años, cuando él me encontró. Entonces no tenía nada. Ahora tengo veintisiete. Puedo hacerlo.

—Yo tengo treinta y uno y a veces me surgen las mismas dudas —reconoció con una sonrisa—. Siempre parece que todo el mundo lo hace mejor. Quizá nadie sabe qué está haciendo.

—Yo procuro decidir qué es lo que quiero yo. No hacer lo que otra persona me dice que haga.

Tomar sus propias decisiones era un gran cambio. Todo era nuevo para ella.

—¿Me llamarás si necesitas ayuda, Natasha? —preguntó con seriedad. Sabía lo sola que estaba y que no tenía familia ni amigos. Ella misma se lo había dicho la vez que comieron juntos.

—Quizá. No lo sé. Conservé tu número, por si acaso. Pero no quería usarlo. —Theo solo podía imaginar lo asustada que había estado los últimos cuatro meses, después de que Vladimir la echara, después de protegerla y controlarla por completo. Pero parecía que lo había superado y la admiraba por ello—. Al principio no quería hablar con nadie ni que nadie me ayudara. Tenía que lograrlo por mí misma. Y creo que lo he hecho bien. Aún no he resuelto algunas cosas, como conseguir un trabajo, pero tengo tiempo.

—Piénsate lo de venir a trabajar en el museo. Podría ser interesante si quieres vivir en el sur. —Y eso hizo que se acordara de otra cosa—. La casa ahora está vacía. Hay seis dormitorios arriba. Mi madre solía alquilarlos de forma esporádica. Si quieres un lugar en el que quedarte, si lo necesitas o si simplemente quieres pasar una temporada allí para pensar, puedes quedarte todo el tiempo que te apetezca. Esas habitaciones ya no se van a usar este invierno, salvo para almacenar obras de arte, o puede que una o dos como despachos. Ven cuando quieras. Ni siquiera tienes que hablar conmigo. Yo vivo en mi propia casa a unos kilómetros. No te molestaría. Y mi madre vive en el viejo estudio o en París. Tendrías la casa para ti sola, con dos guardias de seguridad para protegerte.

—Eres muy amable por ofrecérmelo.

Sin embargo, Theo percibía que no iba a aceptar. Quería ser independiente.

—¿Tienes un número al que pueda llamarte? —preguntó con cautela—. Solo por si acaso.

Ella no se lo había ofrecido y Theo no quería marcharse sin saber dónde vivía o cómo ponerse en contacto con ella. Natasha lo apuntó en un trozo de papel y se lo entregó de manera solemne.

—Eres la única persona que tiene este número.

—Te mandaré un mensaje si vuelvo a París. Espero que vengas a mi exposición. —Faltaban cuatro meses y confiaba en verla antes, pero no estaba seguro de que fuera así—. Y recuerda la oferta de quedarte en la casa siempre que quieras. Puedes aprovechar para hacer una escapada.

—Gracias —dijo, y le siguió fuera del restaurante después de que él pagara.

Theo cogió un taxi para que le llevase al aeropuerto mientras ella corría hacia el metro. Se despidió con la mano al pasar por su lado. Apoyó la cabeza contra el asiento del taxi, mientras su imagen y su voz le daban vueltas en la cabeza. No podía creerlo. Se estaba enamorando de nuevo de ella. Y esa vez era peor. Natasha era real. E igual de inalcanzable, solo que de un modo diferente. Había jurado que no dejaría que nadie volviera a cortarle las alas. Siempre estaba en algún lugar fuera de su alcance. Antes era prisionera y pertenecía a otro hombre. Ahora era libre. Pero de un modo u otro, no era suya.

17

Theo acometió su trabajo con energía renovada después de haber estado en París. Estaba entusiasmado con su próxima exposición y quería terminar una nueva obra para la ocasión. Ver a Natasha también le había animado. Seguía siendo la misma, tan mágica, etérea y cautivadora, y sin embargo ahora tenía una vida de verdad, o quería tenerla, y estaba intentando forjársela. No la llamó al número que ella le había dado. Si quería hablar con él, le llamaría ella, se dijo. Pero no lo hizo. No supo nada de Natasha en todo el mes de noviembre.

Marc se dejaba caer por allí de vez en cuando para tomarse un descanso de su propio trabajo. Había aceptado un gran encargo para un museo local y lo estaba haciendo bien. Prometió ir a París en esa ocasión para la exposición de Theo.

También su madre estaba en París. Gabriel y ella se estaban divirtiendo y disfrutando de la ciudad. Seguía diciendo que volvería pronto a casa, pero estaban recuperando el tiempo perdido e incluso soltaban indirectas sobre casarse en primavera, algo que a sus hijos les parecía maravilloso.

A finales de noviembre hubo una tremenda ola de frío en el sur, el suelo se helaba cada mañana y el último día del mes cayó una ligera nevada. Aquello le habría parecido bonito, pero en su estudio no había calefacción y siempre tenía las manos heladas, con lo cual le costaba pintar.

Justo después de anochecer, regresaba en bicicleta de echar un vistazo al vacío restaurante cuando al llegar a la entrada de su casa la vio allí, de pie, con nieve en el cabello y también congelada. Sabía que no podía llevar mucho esperando, ya que se había marchado hacía media hora. Había un coche en el camino de entrada, pero estaba de pie bajo la nieve y sonrió al verle. Theo se bajó de la bici y fue andando hasta la puerta, donde estaba ella. No quería preguntarle por qué estaba allí, pero ella vio la pregunta en sus ojos. Llevaba unas pesadas botas y un grueso abrigo.

—He venido a preguntarte si lo decías en serio —dijo en voz queda.

—¿El qué?

Prácticamente contuvo el aliento, temiendo espantarla como a un pajarillo posado en su dedo a punto de levantar el vuelo.

—Que podría quedarme en el restaurante durante una temporada.

—Por supuesto.

No podía creer su suerte. Habían pasado seis semanas desde que la vio en París y no había sabido nada desde entonces, y ahora, ahí estaba. Había aparecido de repente.

—He terminado el curso en el Louvre. Quiero buscar empleo. —Estaba asustada, pero no quería reconocerlo. Sentía que no tenía nada que ofrecer, ni tampoco experiencia. ¿Quién iba a contratarla a su edad, sin haber trabajado en ninguna parte salvo en una fábrica hacía ocho años? Y ¿qué iba a decir?—. Debería haber llamado antes de venir —adujo, con expresión contrita—. Podría quedarme en un hotel.

—Tenemos seis habitaciones vacías. —Quería decirle que también podía quedarse con él, pero no se atrevió. Natasha tenía que llegar a eso por voluntad propia—. Si quieres te llevo ahora. No hay comida, pero puedes comprar algo para comer después de que dejes el equipaje. ¿Puedo ir contigo en el coche?

Ella sonrió y se montaron en el coche que Natasha había alquilado. Había conducido desde París para despejarse. Había tardado diez horas, pero le gustaba conducir. Llegaron al restaurante unos minutos después. Theo abrió la puerta con sus llaves, desconectó la alarma y encendió la calefacción. La casa estaba fría y los dos guardias de seguridad estaban apostados afuera. Le saludaron de manera cordial cuando entró y les dijo que Natasha iba a quedarse allí.

Cuando encendió las luces del salón pasó por delante de los cuadros que había visto con anterioridad. Eran más hermosos de lo que recordaba. Le resultaba raro estar allí con él. Había estado antes con Vladimir, aunque Theo también estaba. Se echó a reír al detenerse delante de uno de los cuadros y le miró.

—Ahora soy yo la que debería llevar uno de esos letreros de «No está en venta».

—Entonces alguien podría robarte —respondió él muy serio—. No querría que eso pasara.

—Yo tampoco. —Sus ojos parecían enormes.

Theo llevó su equipaje arriba, dejó que escogiera la habitación que más le gustara y encendió la calefacción de ese piso para que estuviera caldeado cuando volvieran. Natasha sonrió mientras le seguía abajo y volvieron a su coche para ir a un restaurante local que servía *socca*, algo que ella no había probado. Charlaron durante la cena, recordando el pasado y saboreando el presente.

—Me acuerdo de todas las preguntas que me hiciste cuando comimos juntos —comentó en voz queda. Parecía que hubieran pasado mil años.

—Estaba intentando comprender las decisiones que habías tomado. Pero no le debes explicaciones a nadie.

—Te dije que le quería y creía que él me quería a mí. Resulta que ninguno de los dos sabía qué era eso.

Un capítulo de su vida se había cerrado, pero había tenido

su mérito al principio, solo que no al final. Sin Vladimir no habría sobrevivido jamás en Rusia. Y al final lo había arriesgado todo, tal vez hasta su vida, para ayudar a Theo. Este no podía olvidar eso mientras la miraba, y sabía que jamás podría. Podía ver que en los meses que llevaba sola había hecho las paces con su historia. Theo respetaba las decisiones que había tomado en su juventud y también las de después. En su momento habían tenido sentido, como también lo tenían las decisiones que estaba tomando ahora. Nadie podía saber en realidad lo que había sufrido en Moscú, lo aterrador que había sido para ella y de qué manera había influido en el camino que había elegido. No la juzgaba. ¿Cómo podría?

Ahora todo era diferente. Natasha ya no era la amante de nadie. Era libre para tomar sus propias decisiones y los errores que cometiera también serían suyos. El pasado ya no le parecía una pesada carga mientras miraba a Theo. A Natasha le gustaba ser responsable de sus actos; había ansiado eso y tener una vida normal. Había renunciado a todo con Vladimir. Pero ahora tenía años por delante para hacer lo que quisiera, tomar buenas decisiones, conocer nuevos amigos y enamorarse del hombre adecuado.

Y Theo ya no estaba obsesionado con una mujer que pertenecía a otro hombre y que nunca podría ser suya. Ahora todo era a escala humana; lo bueno y lo malo. Ella no necesitaba ni quería lo que Vladimir le había dado. El precio era demasiado alto. Ya no estaba dispuesta a vender su alma ni a renunciar a quien era.

Theo le sonrió cuando terminaron de cenar.

—¿Qué miras? —preguntó Natasha.

—Ya no eres un retrato. Eres real.

Natasha había vivido en su estudio y en su cabeza durante meses, y ahora podía alargar el brazo y tocarla.

Fueron a dar un paseo después de cenar. Era una fría noche de noviembre, pero era estupendo sentir el aire en la cara.

Ahora podían hacer lo que quisieran y nadie podía impedírselo, aterrorizarles ni avergonzarles. Theo se detuvo mientras paseaban, la rodeó con los brazos y la besó. Ella le sonrió y regresaron al coche cogidos de la mano. El pasado era historia. Tenían por delante el futuro, repleto de promesas y esperanza. Habían recorrido un largo viaje para encontrarse. Y, mientras la besaba de nuevo, la mujer que le había obsesionado desde que la conoció estaba por fin a su alcance.

Danielle Steel es, sin duda, una de las novelistas más populares del mundo. Sus libros se han publicado en sesenta y nueve países, con ventas que superan los ochocientos millones de ejemplares. Cada uno de sus lanzamientos ha encabezado las listas de best sellers de *The New York Times*, y muchos de ellos se han mantenido en esta posición durante meses.

www.daniellesteel.com
www.daniellesteel.net
DanielleSteelSpanish